U0513508

王安忆散文

人民文学出版社

图书在版编目（CIP）数据

王安忆散文/王安忆著．—北京：人民文学出版社，2022（2023.11重印）
（中国现当代名家散文典藏）
ISBN 978-7-02-016041-9

Ⅰ.①王… Ⅱ.①王… Ⅲ.①散文集—中国—当代 Ⅳ.①I267

中国版本图书馆 CIP 数据核字（2022）第 049597 号

策划编辑 杨　柳
责任编辑 薛子俊
装帧设计 陶　雷
责任印制 宋佳月

出版发行 人民文学出版社
社　　址 北京市朝内大街 166 号
邮政编码 100705

印　　刷 河北环京美印刷有限公司
经　　销 全国新华书店等

字　　数 228 千字
开　　本 880 毫米×1230 毫米　1/32
印　　张 10.25　插页 4
印　　数 8001-11000
版　　次 2008 年 1 月北京第 1 版
印　　次 2023 年11月第 3 次印刷

书　　号 978-7-02-016041-9
定　　价 39.00 元

作者像

童年

在贝多芬故居前

父亲、母亲、姐姐、王安忆

出版缘起

中国现代文学开启自一百多年前的一场文学革命。从此,与社会现实密切相关,普通大众可以接受、可以欣赏、可以从中得到思想启蒙和艺术享受的新文学,就如雨后春笋般生长,涌现出一篇又一篇、一部又一部影响当时、传之久远的经典作品。自"五四"新文学以来的中国现当代文学发展进程中,散文无疑是耀人眼目的明星。

散文既能直抒胸臆,又能描摹万物,因此被视为自由多样的文体;散文语言贴近日常,最易触动人们的情感,可以直接地陶冶人们的心灵。这也是经典散文被誉为美文、拥有广泛读者、历经岁月更迭仍让人捧读的原因。百余年来的中国现当代散文创作云蒸霞蔚,已莽莽如浩瀚的文学森林,人们若贸然闯入这片森林之中,时有乱花迷眼、茫然难辨之困扰。为了让广大喜爱散文的读者能够更迅捷地读到中国现当代散文的经典性作品,我们精心编选了这套"中国现当代名家散文典藏"丛书。本丛书编选过程中,我们邀请了文学界的专家学者组成编委会,在认真商讨的基础上,汇集、编选了20世纪以来中国现当代散文史上的名家、名作。目的就是方便广大读者感受散文经典的艺术魅力,有利于集中欣赏、比较阅读、收藏,以及进行相关研究。

在研究、讨论过程中,编委会形成了经典性的编选宗旨。卷帙浩繁的现当代散文作品中，以经典作家、经典作品的筛选为编选原则，是为读者提供阅读便利的需要，也是为百余年散文创作所做的某种回顾和总结。我们深知，任何一部文学经典都并非一蹴而就，也非任由某个权威命名而成，文学经典是经过时间的淘洗，经受了社会和读者等各个方面的考验，自然形成的。这个淘洗和考验的过程就是一部文学作品被经典化的过程。经典，是经典化过程的结晶。中国现代文学是中国当代文学的前身，当代文学是活在我们身边的文学，这是一件非常有趣的事，因为这样一来，我们也许就能亲眼看到一部文学作品是如何诞生的，又是如何引起社会的热议、得到不断深入阐释的，我们对一部当代散文的喜爱，往往也是在这一过程中不断地得以强化。经典便是在这样不断被阅读、被热议、被阐释的过程中得到人们的广泛肯定从而成为大家公认的经典。当我们要编选一套现当代散文经典的丛书时，就应该考虑到当代文学的这一特点，要意识到当代文学的经典并不是凝固不变的，它仍处在不断丰富和不断成熟的经典化过程之中。这就确定了我们的基本编辑思路，即我们自觉地将“中国现当代名家散文典藏”的编选和出版，视为参与到现当代散文的经典化过程的一次积极行动。经典化，为我们的编选打通了一条通往经典性的最佳通道。我们从经典化的角度来审视现当代散文，就要更强调发展和辩证的眼光，更需要发现和辨析那些正在茁壮生长中的新现象和新作品；这也提醒我们，在经典标准的确认上不能墨守成规。我们既要关注作为文学史的经典，同时又要更看重历经岁月变幻始终在广大读者中拥有良好口碑的作品。我们认为，读者是经典化过程中不可忽视的参与者，因此也希望这次“中国现当代名家散文典藏”的编选和出版，能够为广大读者参与到现当代散文经典化进程中来提供一次良好的机会。

经典化的编选思路，自然决定了这套丛书有另一特征：开放性。中国现当代文学作为活在我们身边的文学，这就意味着它是一种具有旺盛生命力的，仍在茁壮生长的文学。回望过去的一百余年，现当代散文已经产生了不少的经典性作品；凝视当下的现实，仍有许多正行走在经典化道路上的优秀作品；放眼未来，我们相信，将会有更多的经典脱颖而出。我们这套散文典藏丛书不光要"回望"，而且还要有"凝视"和"放眼"，也就是说，我们不光要推出已有定论的经典性作品，而且还要把那些正行走在经典化道路上的，以及刚刚萌芽即将脱颖而出的优秀作品也纳入丛书的视野，因此我们必须采取开放性的编选方针。我们不是一次性地编选数十本书就宣布大功告成了，我们还要在此基础上继续延伸下去，把在经典化进程中逐渐成熟了的作家和作品吸纳进来，作为系列丛书、长期工作、"长河"计划而接连不断地出版下去。

本丛书编辑过程中，坚持优中选优原则，同时也充分尊重作家意愿和相关版权要求。在编辑"中国现当代名家散文典藏"过程中，由于版权限制等因素，使得一些名家名作还没有如期纳入丛书当中，我们也将努力创造条件，争取将更多的优秀散文佳作奉献给读者，以呈现中国现当代散文创作的整体成就和总体风貌。

感谢广大作家的支持，感谢广大读者的厚爱。

人民文学出版社

"中国现当代名家散文典藏"编辑委员会

目　录

导　读

2021年一个普通的秋日。王安忆老师说晚上有个重要的人要来复旦，顺便会来旁听她的创意写作课。我们后来知道，那位重要的人是萧军先生的孙子萧大忠。当他们回忆起二人第一次见面的情形，我瞬间就想起了王安忆散文《怀念萧军先生》里的记述："记得是一九八六年的最后一日，也就是除夕的晚上，中国作家协会在北京饭店举行新年晚宴，我坐在桌边，忽有一个年轻的男孩走过来同我说话，具体说什么，至今已记不清。大约是问我想不想看萧军，我说想，于是他就带了我走到大厅那一头的小厅……"书写的场景化作现实，令人感觉十分奇异。王老师对我们说："这可是你们离文学史最近的一次。"本来略感拘谨的我们都轻松地笑了。同时感觉到借由文学传递而来的祝福和责任："我们总应当再努力一些，再争气一些，再雷厉风行一些，也再负责一些。"（《怀念萧军先生》）

众所周知王安忆的小说成就斐然，而这有时会掩盖她在其他领域的多年探索，如散文、戏剧等。在2017年出版的随笔集《小说与我》中，王安忆曾仔细地回顾自己的写作生涯开始于散文。她提到在1977年，有一篇没有面世的散文《大理石》，是她写作生涯的起点。虽然没有说那篇散文写的是什么，但王安忆认为，它

“跨越了一个写作社会化的过程”（《写作生涯的开端——一篇没有面世的文章》）。另一篇重要的文章《情感的生命》，发表于1995年第4期的《小说界》，后来收入于上海文艺出版社出版的《王安忆选今人散文》。在文章里，王安忆提到了她关于现代散文写作的重要看法：“散文，真可称得上是情感的试金石”，“我们真实所感和真实所想的质量，便直接决定了散文的质量。这里没有什么回旋的余地”（《情感的生命》）。这实际上为广义的现代散文写作和王安忆自己的散文创作提出了极高的审美要求。她的这些散文文体观念，在这本散文集中都有隐微的展现。正如《黄土的儿子》中所言：“我们特别善于从理论上去了解生活和对待生活，我们把生活也看成是书本那样的再造的自然。这其实使我们损失了许多，这损失主要在于和自然的情感。”王安忆认为，“情感到哪里去汲取力量？大约就是到张炜说的那个‘野地’”（《情感的生命》）。

王安忆写母亲、写路遥、写顾城、写巴金、写陆星儿等，又不只是写对故人的思念。如果我们将王安忆的创作看作一个整体，那么她惊人的“溯源”功力，接近社会考察般确凿的地名、人名的确认，对历史事实来龙去脉的整理，都将在更辽阔的时空中，成为她的“复杂写作”的准备和创造的契机。如《溯母亲足迹向浙西》一篇，追溯了2003年盛夏，王安忆寻1942年春夏至1943年春母亲茹志鹃在浙西生活的足迹。她一点一点，经由不同人的帮助找到了母亲的同学，母亲书信中提及的地景和场景，那些具体的历史记忆被重新绘制并赋予情感的风貌：“当年的浙西行署，已回原山林田地，活跃蒸腾的景象，湮灭在历史的烟云之中。那烟云深处，有我母亲，寂寂的少女的身影。”而《遍地流火》又为她自己在德清、临安、天目山、大明山的浙西行迹做了其他的注脚。这让我想起，王安忆曾经仔细分析过托宾的小说《布鲁克林》，关于小说中人物的来历、家乡的背景，她比照的是《简明不列颠百科全书》。王安忆式的“看”，是反复的怀疑，又是辩证的追索。母亲茹志鹃的笔记中，提到“林窟”这个地方曾经是兴旺的集市，现在向当地人打听，回答都是“没有了”。“什么叫作没有了呢?”王安忆在《括苍山，楠溪江》中发问。于是，一个失踪的教师、一个失踪的地方，被取消的表象意义在此融汇。王安忆看“罗彻福德镇”时比对地图后收获到的“找不到”，和打听“林窟”时得到的回答“没有了”是类似的。她把这种不理解始终记挂在心上，谜之思索日益积累，最终生发出写作的需要。她的散文就是这种创造和梳理的过程。由《溯母亲足迹向浙西》，王安忆再将多篇浙西纪行幻化为短篇小说《林窟》、散文《括苍山，楠溪江》和长篇小说《匿名》。她以复杂的写作实践，践行着自己的散文观念：“为情感找到生命，让它可以从种子长成参天大树。”(《情感的生命》)

王安忆写成长史，又不多写成长的琐屑，而是为自己设定了不少自我教育的契机。王安忆写行旅，又不多写走马观花，她看得见城市忙碌生计里的奢心(《台北的街》)，也能从颓唐和不耐中提炼出自然的力量，说服自己“经过忧郁的历练，才有抵抗力，抵抗春天的诱惑”(《忧郁的春天》)。这是她在散文文体中命名美学生活的努力。1983 年，王安忆写作了第一部长篇小说《69 届初中生》，并随母亲去了美国爱荷华大学参加国际写作计划。“那时候，中国刚刚结束离群索居的历史，世界离我们特别遥远。”对于王安忆作品的研究者来说，那也是一个非常重要的年份，许多精神资源都开启于那时。王安忆回忆道：“经过许多时间，我渐渐知道现实生活跟美学生活是两种生活，既有关系又没关系，当你决定要做一个写作人，那你就是要做一个在美学生活里的人，做一个在文学生活里的人。”(《写作的再发现——美国留学的启蒙》）这是她作为写作者的敏锐省察，也象征着一种精神志向，一直贯穿至今。

王安忆对现代小说文体的认知和小说体积的实践经验、对汉语写作的审美意义和现代散文文体变迁的认知，从一开始就伴随着她的创作。她对于写作经验知识化的提炼开始得极早，可以说，她是一边创作，一边克服创作的困难，一边描述困难，一边描述克服困难的过程。在这些艰苦的沉思中，她十分警惕“过去拥有的经验在贬值”这样的事，她“渴望创造的是我在现实里无法实现的一种生活，无法兑现，仿佛是乌有之存在”(《生活经验——重要的是“内心”》)，这便是经由文学创造抵达“艺术”之门的路径。文学是一种媒介，文学艺术是作为整体的“艺术”的一部分，王安忆的写作实际上是由广义的艺术认知构成的。这些艺术门类，包括了音乐、影视、戏剧、绘画、舞蹈、书法、雕塑等等，甚至还有不断的行旅，借由跨文类的“阅读经验”细细摩挲自然世界的纹理，再借由广阔世界的历史经验创造出新的虚构世界。这些珍贵的记录，在第三辑、第四辑作品集中均有细致的呈现。

王安忆曾说，如果不写作，她可能是一个工科生。对于“格物致知”的殷切追求，也使得她的散文具有别致的整体性，从现实的常理到文学的逻辑，再到艺术的效果，条分缕析地为我们讲述故事从拆解到创造的趣味。阅读这些文章，我们感受到一个善于学习的艺术家，如何从当代的日常生活和阅读生活中汲取养料，批判省思，并一砖一瓦营建起独一无二的美学屋宇。如果我们再有热情更多关注王安忆整体的艺术创作，那么我们更可以看到这些爬梳剔抉之后置于虚构创作之外的学思历程和素材物料，看到她走过的国家、看过的书、见过的不同时代的人。

没有这些文字，我们将错过许多不同的“王安忆”，也是经由这一丝一缕的复述与重构，她的艺术世界日益恢弘，显示出通过“故事”与“讲故事”的禀赋和能量所开凿的精神世界和美学生活，那么坚实、奇异，别有洞天，水落石出。

张怡微

怀念萧军先生

萧军先生在我辈心目中，是一个传奇式人物。尚没见他的时候，脑海里总是印着两帧情景：一是在一个北方的大雨滂沱的天气里，他撑了一柄不知为什么被我想象成非常巨大的雨伞，卷起裤脚管，粗壮的小腿蹚着齐膝的大水，去一个小小的被困的旅店里，将我热爱的女作家萧红拯救了出来。二是在鲁迅先生的灵堂，忽然闯进雄狮般的一条关东大汉，嗵地在先生遗体前跪下，扶灵放声大哭。那情景于我们像是遥远的故事，那是一个令人醉心的时代：上海的石库门内深深的天井和新式里弄房子狭小的亭子间里，常常有一个激情满怀却身无分文的年轻人，写作着意味深长却平白如话的檄文，将一整个中国沉重的命运，负上他们因结核菌而羸弱单薄的肩背。

而我从来没有期待过，要去见一见萧军先生。那一年大约是夏天的时候，有一次去妈妈家，见她从外边回来，问她去了哪里，她说去看萧军先生。萧军先生住在虹口区山阴路他的老朋友家中，住房条件也不顶好，可萧军先生挤在那里，过得很得意的样子，不愿搬出来。当时我感觉到他住在与鲁迅故居大陆新村同一条山阴路的地方，很有历史意义，具有一种“五四”的味道。后来就到了这一年的冬天。记得是一九八六年的最后一日，也就是除夕的晚上，中国作家协会在北京饭店举行新年晚宴，我坐在桌边，忽有一个年轻的男孩走过来同我说话，具体说什么，至今已记不清了。大约是问我想不想看萧军，我说想，于是他就带了我走到大厅那一头的小厅内，里面果然坐了萧军先生，还有骆宾基老师。后来我才知道这男孩是萧军先生的孙子。名叫萧大忠。萧军先生是敦敦实实面色十分红润的一个老人，坐在那里往一大摞首日封上签字，我趁机也将手里的一把首日封递给他，他很认真也很快速地一个一个签，总是在笑，与我说着一些闲话。如同所有的公公和晚辈一样，说着那种很随便很寻常很没要紧，很没有“五四”味道的话。因此说了些什么，日后也都记不得了，只记得我问他现在还写什么的时候，他声如洪钟地说道：“我才不写呢，我为什么要受那个罪，散散步睡睡觉多舒服，我不写。”然后则说：“你们写，你们写。”我觉得特别开心，就笑了又笑，他便又嘿嘿地笑，眯得很小很弯的眼睛狡黠地看了我一眼，又说：“我受那个罪干吗？你们写，你们写。”有些恶作剧的调皮似的，好像将一份很重的负担巧妙地不动声色地推卸给了我们。我们七扯八拉了一会儿，又拍了照。昨日还将照片取出来仔细地看了：他很结实地坐在椅子里，腰板很直，扎在了那里似的，头上戴了一顶凡老公公们都戴的小帽，很开心也很调皮地笑着。那时和以后，我都不曾想到，他会那么快地离开我们。这时候，想起萧军先生，就常常和“我们”联系在一起了，他无疑就是我们中的一员，尽管他确实来自那一个遥远的不同寻常的时代。

那照片是事过一年之后，萧大忠寄来的。过了一些日子我才给萧大忠回信说，照片收到，请向他爷爷致敬并问好，我有些书想请他爷爷指教，过些日子就寄去，然后我又在信中说了我对萧红的崇拜。给萧军先生寄书的事情，我时而想起，时而忘记，忘记时没事人一般，想起时又一拖再拖。这期间，经常听到萧军先生的消息，一会儿说他率领了浩浩荡荡一队人马去了香港、澳门，就想着老公公威风凛凛的样子；一会儿却说他生了癌症，则想起许许多多庸医误诊的传说。其间还收到萧大忠寄来的先生送我的书——《鲁迅给萧军萧红信简注释录》，想到答应先生的书至今没有寄出，便很惭愧，惭愧了一阵子，又拖了下来，总是说："明天寄。"到了明天，又说："明天寄。"直到那一个江南黄梅雨季的晚上，电视新闻播出了萧军先生长辞的消息。

我想着，从去年五月发现病症至今，已是一年的时间，一个八十岁的老人与癌症做了长达一年的斗争，也算是没有白饶了那病，只是不晓得这一年老人是怎么度过的，吃了哪些苦处。再想着，那八十年的一生，几乎从头至尾走过了风云突变的二十世纪，并且总是努力地走到了一个中国知识分子可能走到的前列，为我们做出了榜样。萧军先生是没有什么遗憾了，可是我们呢？我先前答应的书至今没有寄到先生手里，从此也再不能寄到先生手里，这于已故的先生是没有所谓的事情，可是于我，却再无可挽回地不光彩地失信了。我给萧大忠拍了电报表示悼念，心想这于事又有何补，不过求得心情的安宁罢了。很快就收到萧大忠的信，信中说："接你上次来信后，萧老几次提及你，他虽然读你作品不多，但对你印象还是很好的。我告之他，你对萧红感兴趣，今年一月初，他把他自己仅存的一本《萧红书简注释录》签名送给你，并令我寄上。事情拖至今天，很是抱歉，恳请谅解。"书上签名的日期是一九八八年一月一日，将近半年之后，先生辞世之时才到了手边。我不由要想，凡事一弄到我们儿孙辈手里就生生地被耽误了。而我们儿孙辈也不知怎么的，真正都是"不见棺材不掉泪"的。

萧军先生走了，怀了那一个时代的浩气大踏步地撇下我们这些拖拖沓沓的人走了。先生是没有理由不安息的，不得安宁的是我们。为了先生，也为了我们自己，我们总应当再努力一些，再争气一些，再雷厉风行一些，也再负责一些。

1988 年 7 月 5 日

岛上的顾城

五年前的一九八七年夏天，我在德国旅行，听说顾城和他的妻子谢烨也从国内来了。我每到一个城市，就听人们说，顾城要来，或者，顾城走了，永远失之交臂，直到我回国。这年年底，我又去香港，在中文大学见到了顾城，他头戴一顶直统统的布帽，就像一个牧羊人，并且带有游牧的飘无定所的表情。他说这半年来，他这里待待，那里待待，最终也不知会去哪里。后来，听说他去了英国、美国，又听说他去了新西兰，在那里放羊。到一九九二年的初夏，我又去德国，到了柏林。一天晚上，一群中国学生来敲我的门，对我说，你看，谁来了？我伸头一看，走廊拐角处，顾城腼腆地站着，依然戴着那顶灰蓝色的直统统的布帽。我说，顾城，你在放羊吗？他回答我说，是养鸡。

顾城说他从小就想要一块地，然后在上面耕作。他很早就在为垦荒做准备，他甚至收集了关于木耳的知识。他知道所有的木耳都能吃，只除了一种生长在西藏的有毒素。我是很后来才知道，顾城在我从小生活的城市上海找到了他的妻子谢烨。他们生活在这拥挤的寸土为金的城市里一间租赁来的小屋，那里的空气使顾城感到窒息。这城市是我最了解的，天空被楼房与高墙分割为一条条，一块块，路面也是支离破碎的，而且车水马龙，走在路上，简直险象环生。有一天，顾城决计要走了。他径直来到十六铺码头的售票大楼，他不知道要去哪里，他只知道要搭一条船。他向谢烨要二十块钱买一张船票。谢烨靠窗站着，用身体挡住窗口，以防顾城一头栽下去。他们僵持了很长时间，谁也不相让。十六铺是个嘈杂的地方，每天有十几万流动人口在这里经过和滞留，轮船到岸和离岸的汽笛声声传来，时间在一点一点过去。后来，谢烨说：顾城，你看见吗？马路对面有个卖橘子的老头，你去拿个橘子来，无论是要还是偷，只要你拿个橘子来，我就给你买船票。这个橘子其实就是签证一样的东西，代表一种现实的可能性。顾城想来想去，就是没法去拿这个橘子，从小做一个乖孩子的教育这时候涌上心头，乞讨与偷盗全不是他能干的。于是他只得和谢烨回了那个小屋。

我想，后来顾城在欧洲，还有美洲，走来走去，其实就是为了得到一个橘子，然后去搭一条船。他们这里停停，那里停停，然后滞留在了新西兰的城市奥克兰，在那里，谢烨生下了他们的儿子木耳。奥克兰的冬天很冷，他们很穷，买不起木柴，朋友们就送他们许多报纸烧壁炉。晚上木耳睡着了，谢烨烧壁炉，顾城就在壁炉前翻报纸。不识英文但识阿拉伯数字的顾城专门翻看房屋出售栏目，将价格低廉的售出启事一张一张剪下来，第二天，带到奥克兰大学请一位教授朋友帮忙审阅。这朋友一张张地看，说：这是一个厕所，这是一个电话亭，这是一个汽车棚……接着，他的眼睛睁大了：哦，这可真是一座房子，竟有这样便宜的房子，他几乎不敢相信。这座房子在离奥克兰不远的海岛上，他们在星期天乘船去了那里。他们上岛，走下码头，涉过海滩，走进了黑压压的森林。这是南太平洋的岛屿上的原始森林，高大茂密的树叶，遮住了天日，脚下是柔软起伏的落叶，那就是高更离开巴黎所去的那样的岛屿。他们走了很久，几乎绝望的时候，一座红色的房子出现在了眼前，就是这房子。在破了一个大洞的屋顶之下，有一个脸色苍白的男人，正在努力地破坏这房子，他在砍一根木柱。他抬起眼睛，一眼看见了来人中间的顾城。他很奇怪地不理睬任何人，只和顾城说话。他看着顾城，说："世界末日就要到了，你知道吗？"顾城问："什么时候？""五十年以后。""没事，我只要二十年。"于是，问的和答的都释然了，开始进入关于房子的谈判。

我读顾城最近的一首诗，题目叫作：《我们写东西》。诗里说："我们写东西，像虫子/在松果里找路/一粒一粒运棋子/有时/是空的/集中咬一个字/坏的/里面有发霉的菌丝/又咬一个"；诗里还说："不能把车准时赶到/松树里去/种子掉在地上/遍地都是松果"。这是一个什么样的世界呢？语言，就是"集中咬一个字"的那个"字"，对于顾城是什么意义呢？一九八七年底在香港中文大学，听顾城说过这样一句话，他说，语言就像钞票一样，在流通过程中已被使用得又脏又旧。但顾城有时也须向现实妥协，他承认语言的使用功能，并且利用这功能来与人交谈，在大学讲课，于某些场合介绍自己和自己的诗。这使用功能于他还有一种船的作用，可将他渡到大海中间，登上一个语言的岛。这是一幅语言的岛屿景观，它远离大陆，四周是茫茫海天一色。语言的声音和画面浮现出来，这是令顾城喜悦的景象。有时候，他的耳边会忽然响起一个字词，清脆地敲击着他的感官，这就好像来自很久以前的一个启迪，一个消息。比如说，"兰若"这个词的来临。"兰若"是什么呢？顾城心里揣着一股神秘的游动。他就去查找字典，这就像乘船重回大陆进行考古与勘察。他意外地看见了"兰若"这个条目，竟有两种解释。一是指"兰"与"杜若"这两种香草；二是梵语寺庙的意思。顾城想：这是一种幽冥的召唤，又像是一个旧景重现，好比海市蜃楼。而我想，这种召唤与重现的实现，不是又要依凭语言的使用功能了吗？但这被顾城视作语言的天然景象。顾城认为语言也是有它自然生命的，具有外在形状与内在精神；就好比“兰若”这两个字，香草与寺庙是它们的外形，而“兰若”的字音与字形以及它们偶然的并列，则是它们的精神。那天早晨还是梦中来叩醒顾城大脑的，就是这字词的精神。但我以为顾城对于语言的写实性的外形，还是有着相当的迷恋的，比如当他看到字典上对“兰若”的解释，心中升起了欣喜的感动。然而他嫌恶被使用得烂熟、滑腻的语言，那有一种失贞的感觉。而像“兰若”这样已经被时间淘洗洁净，宛若处子，便能在顾城心中唤起喜悦。他有时也承认，语言的精神当借助外形而存在，还表明顾城在某种程度是个唯物主义者，只是对这种承认流露出无奈。比如，他用模糊主谓动宾的方法，来展现“红豆生南国”的另一番场景。他说，想一想，红豆生出了南国，是何等壮观的场面！这证明他至少承认，并且运用了“红豆”、“南国”、“生”以及语法的日常表达方式，这就像乘船去岛屿的航行。

顾城来到那南太平洋上，与当年高更所居住地方同样地理位置的岛屿上，他们可说是一穷二白：他们所有的钱都付了房款，且在银行欠了一笔贷款。在这一个时期里，顾城总是在森林里走来走去，尝着各种植物，看有什么能够做充饥的粮食，各种草汁染黑了他的嘴唇。有人指着一棵树告诉顾城，这可以吃。于是顾城就从这棵树的树根开始尝起。这树是巨大的参天的一棵，南太平洋岛上所有的植物都是那么肥硕巨大，把人类映衬得很小，孩子似的。小小的顾城从根上开始啃一棵树，是什么样的情景呢？他很耐心地，忍着辘辘饥肠，拿出蚂蚁啃骨头的精神，从根啃到梢，最后知道，这棵树可以吃的，是它的花蕊。他们还吃过能够制造幻觉的野草，最后，是牡蛎救了他们。这样，他们就做了这岛上的渔民，他们从海里打捞起牡蛎，一桶一桶提进森林里的红房子。在天黑以后，就着蜡，因为此时他们还没有钱拉进电线，他们在摇曳的烛光下，剥着牡蛎，储备着过冬的口粮。然后，顾城就去种菜了。他每天扛着锄头去开荒，锄头扎进泥土又翻起泥土的一瞬间，他喜不自禁。顾城深翻了土地，播下菜籽，等待菜籽发芽，长出叶子，叶子再被各种无名的虫子吃光。最后，他心满意足地扛着锄头回家。

我还很喜欢顾城追逐母鸡的场面。那时他们只有一只母鸡，每天下一个鸡蛋，补充他们的营养。可是母鸡却出走了，谢烨追了它几天，又派顾城去追它。它跑，却又不跑远，只是在你视线里活动，可你却永远接近不了它。等到太阳下山，天黑了，你悻悻然地回家，那母鸡便在房子前边声声唤着。等到天亮，你走出房子，它便起身走开，一天的追逐又开始了，那母鸡就好像是来诱惑顾城似的。我想顾城追得绝望的时候，就埋头在草丛里寻找它的蛋，可是一无收获。后来，顾城得了一笔稿酬，他们决定发展畜牧业，实行生产自救。这天他们去邻近的农场买了二百只蛋鸡，余下的钱还够买两个月的饲料。然后，他们带着鸡和饲料回家了。垒鸡窝的活儿他们整整干了一夜，从西边升起的硕大的月亮照耀着他们，这是他们永远不解的，月亮和太阳从西方升起，东方落下，一年四季是以冬、秋、夏、春的次序排列而来，五月里的秋天恍若梦中。养鸡业的第一个难题是他们始料未及的，这是世代生长在现代化流水线上的鸡类，它们祖祖辈辈居住在笼子里，它们竟不再会走路，它们还不会从地上啄食。为使它们吃食，顾城谢烨绞尽脑汁，好话说了无数。最后他们终于想出一个办法，把饲料放在一条木板上，然后一人一头地来回晃动，模仿流水线的饲料传送带，它们就这样开始吃食了。顾城谢烨想：回归自然是多么难啊！他们还想，在这个文明世界里要过自然的生活要花多少代价啊！他们望着岛上那些英国、德国的银行家们豪华的空着的别墅，心想：他们从来没来过。想到此，他们便会有一种富足感。后来，鸡们渐渐地学会了从地上啄食，它们开始走动，甚至学着飞翔，将它们的腿肌锻炼得很结实。它们全是那样硕大强壮的体魄，停在那里，就好像停了一群鹰。当两个月过去，饲料吃完的那一天，它们开始下蛋了。每个蛋都有盈盈一握，十来个便装满一篮子。顾城挎着篮子去卖蛋的情景，多么叫人高兴。就此，他们进入了一个衣食无忧，并且少有积余的阶段，他们还了一点银行贷款，修补了屋顶的大洞，扩建了阳台。站在阳台上，望着太阳和月亮落下森林，再唱着一些旧歌。雨后的景色最是惊人，巨大的彩虹一直落到脚底。然后，院子里三棵果树开始结果了，碗大的杏子一个一个砸在地上，等着顾城拾到篮子里。

顾城有时候非常嫌恶他的身体，他说，身体是多么麻烦和累赘的一件事啊！它一会儿饿了，一会儿渴了，要你去弄吃的，弄喝的。他说他有个时期特别恨他的身体，因为它总是饿了还饿。我想，那大概已是一个发育的时期。可是我已经说过，顾城在某种程度上还是个唯物主义者，他承认并且还称得上是尊重现实的需要。他不拒绝运用某些谋生的手段，比如到大学讲课，比如接受某些交流基金的邀请。当我们在柏林见面时，他便是来此参加一项文化交流计划，有一年时间。这一年的收入可供他们归还银行的贷款，再进一步地修缮房子。顾城也不拒绝以使用性语言来进行日常生活的交流，他还很善于运用语言的这一使用功能，将许多只可意会的事情表达得相当完善。据说，他的讲课很受学生的欢迎，听课的人总是济济一堂。他画的图画有两种，一种是写实性的酷似的肖像，他为岛上居民画像，然后收费；另一种是奇异的钢笔画。他，谢烨，木耳，都以特别的线条表现，植物与自然，也以特别的线条表现。那些流畅怪异的线条在纸上布下一个井然有序的世界，又像是一张地图，规划了肉眼看不见的存在状态。但顾城不愿意担负额外的现实的劳动，房子的贷款始终压在他的心头，还清贷款的这一日就像是一个未来的节日。他还不愿意学习英语，一句话也不说。他是岛上唯一一个不说英语的人，这给岛上居民留下神秘的印象。我想，他是觉得，有一种使用性的语言就足够了。不说英语的顾城在岛上走来走去，脸上带着温和的微笑，人们就猜测：看哪，这个人在想什么呢？他和他的儿子木耳无法对话，木耳一口英语，一个汉字不说，他们见面也是互相微笑，一个字不说。我就又想：顾城到这个岛上来，是不是为了省去说话的麻烦？等房子贷款还清，荒地长出庄稼，他便可以再不出岛，安心在岛上，在森林里，过着像“我们写东西”那样的生活：“像虫子，在松果里找路”。他这一只钻果子的虫子，他钻啊钻的；钻进果皮，又钻进厚实的果瓤，再去钻那坚硬的核，最后，他也钻进去了，然后“种子掉在地上，遍地都是松果”。

在柏林去找顾城，我走了很长的路。我们都住著名的库登大街，我是这一端，他是那一端。我沿着库登大街走啊，走，走过许多昂贵的商店和繁华的街区。我没料到的是库登大街的尽头竟会是那样僻静，有着古朴的小铺，那条小小的横街开满了鲜花，好像乡间的小镇。我找到他的门牌，寻找他的门铃。在一排长长的外文姓名中间，他的“顾”字的拼音显得特别简单，好像不是一个名字，而只是一个音节，这音节象征着顾城。然后我按了门铃。他们的房间空空荡荡，行李打开放在床边地上，好像随时都要开拔。进门就问我要不要吃面条，炉子上有一锅汤，随时可下面条。顾城戴着他那顶牧羊人似的布帽，表情怅惘地走来走去，窗外是午后的灿烂的阳光。顾城说他想家了。想回岛上去。交流计划只过去了三个月，剩下的九个月真是漫长得吓人。想家的心情他长久以来从未有过，现在有了多么叫人高兴。他想他在山里击石头，这一块大石头，他要击下来抬回去，垫他们的台阶。他击啊击的，像一个古老的石匠，忽然之间，石头上冒出了火花。他抬起头，发现原来天黑了，黑色的鸟群在落日染成的红色的树林上飞翔，转眼，月亮升起，巨大的一轮。顾城收拾起东西，就回家去了。

1992 年 8 月 17 日　上海

黄土的儿子

去陕北是我难忘的经历。我手里捏着一捆路遥给我的“路条”，然后乘上风尘仆仆的班车，就这么上路了。那是在一九九〇年的初春，陕西电视台正在播放根据路遥长篇小说改编的电视连续剧《平凡的世界》。我们走到哪里都能听见人们在议论《平凡的世界》。每天吃过晚饭，播完新闻，毛阿敏演唱的主题歌响起，这时候，无论是县委书记、大学教师，还是工人、农民，全都放下手里的事情，坐到了电视机前。假如其时我们正在与某人说话，这人便会说：等一等，我要去看《平凡的世界》。去陕北的路线，是路遥为我们策划，他说你们先乘班车到黄陵，找到县委书记，然后他会送你们去延安，再到延安大学找到校长，他将安排你们去安塞、绥德、米脂，再北上榆林。他写好一封一封的信，让我收好，意思是有了这些信就不必发愁了。后来的事情证明果然如此。我们到了任何地方，只要出示路遥的信，便无一例外地受到热情的接待。除去从西安到黄陵这一段路程，我们再没有乘过班车，全是由路遥的朋友们用小车一站送一站，接力赛似的。他们说，我们不管你是谁，只知道是路遥的朋友，以后你们倘若写信来，只要写上路遥的朋友。他们中间大多是一些基层的干部，与文学无关，对于他们来说，全世界的作家只有一个，那就是路遥。他们是以那种骄傲又挚爱的口吻说：我们的路遥。

我去陕北，是和我的好朋友，上海一家杂志社的记者林华同行。像我们这些城市里生、城市里长的人，我们生活在一个再造的世界，我们与自然已经很隔膜，书本是我们的好伙伴。我们特别善于从理论上去了解生活和对待生活，我们把生活也看成是书本那样的再造的自然。这其实使我们损失了许多，这损失主要在于和自然的情感。我们总是通过媒介去和自然发生关系，城市里到处是这一类的媒介，城市本身就是一个大媒介。我们的情感渐渐地变成一种形式，它来源于我们的理性认识，而不是感受。我们的头脑还不错，心却渐渐麻木。当我们闻说陕北的贫困闭塞之时，就对路遥提出这样一个科学大胆的建议，为什么不把人们从黄土高坡迁徙出去？这话其实是刺伤了路遥的心，他呈现短暂的一怔，然后脸上露出温和宽容的微笑，他说：这怎么可以？我们对这土地是很有感情的啊！初春的时候，走在山里，满目黄土，忽然峰回路转，崖上立了一枝粉红色的桃花，这时候，眼泪就流了下来。

后来我们亲眼目睹了崖上的桃花，它总是孤零零的一棵，枝条疏朗，那点点粉红几乎要被汹涌澎湃的黄土颜色淹没。黄土上的天空是格外的蓝，似乎专为了照耀这黄土，使这荒凉更加触目惊心。我不明白在这样荒凉苍茫的土地上，为何能迸发出如此娇嫩的粉红桃花。它好像是抽空了生命中所有纯洁如处子的情感，用尽全力，开放了花朵。如果没有路遥的提示，我们不会注意到它，它从黄土与蓝天的浓郁背景上只是轻描淡写的一笔，而它是路遥眼中永远伤及心肺的景色。

我们去到陕西的日子，还是作协里兴起“算命”热潮的日子。这一种热闹景象之下总有那么一股颓唐之气，这是一个令人深感茫然的年头。新时期文学走过最初的蓬勃的道路，来到前不见去路，后不见来路的叫人困惑的中途。我们以真挚单纯的情感为动力的文学的童年时期已经过去，我们有一种感情抽空、精疲力竭的感觉。这又是一个八方来风的时期，世界文学艺术的各种潮流与思想扑面而来，干扰着我们的判断力，平添一股怀疑的空气。陕西作协的“算命”热潮，其实是这个时期整个文学的一个心灵景象。如陕西这样历史悠久、文明古老的地方，算命的方式形形种种，连《易经》这种高深的玄学，都为一般人所普遍掌握，令我们目不暇接。不得已我们也只得亮出一招两招，来与他们抵挡一阵。我们的算命方式带有洋务派的面目，据称来自弗洛伊德，其实是一种心理测验。我们让被测算的对方迅速报出一只动物，然后报出由此动物所想起的形容词，报完一只动物，再报一只，一直报到三只为止。我们说，第一只动物的形容词是你对自己的描绘；第二只动物的则是别人对你的描绘；第三只却是实际上的你自己。我看出路遥接受这测试是出于不使我们扫兴，带有捧场的意思。他脸上带着温和宽容的微笑，像一个听话的好学生，一一回答我们的提问，然后耐心地等待我们破译。当我们说到第三个动物的形容词其实意味着实际上的自己的时候，路遥不由“哦”了一声，脸上的笑容消失，眼神变得严肃了。我记得路遥第三个想到的动物是牛，他形容牛用了沉重、辛劳一类的字眼。这游戏中还有一个问题，涉及到对死亡的态度，我已经忘了路遥的回答。这时候，我们谁也不曾想到，这个问题会真的降临到我们面前。

有一日，我们在当时的《延河》主编白描家，做着另一种算命的玩意儿。推门进来一个人，瘦长的个子，背着手，背微驼，他说：哟，来客人了？就走到我们跟前。他就是邹志安。他是作协院里众多“神算”中的“神算”。白描见他来，便谦恭地让出位置，让他来解释我们的命。我们的命是像拆字又像破译密码一样从一本书上抄写下来。邹志安是一副当然权威的样子，一字一句地描绘着我们的前程。算罢，他对我说：你的额头长得好，你的好运全在这额角上了。他又详细分析了一下这额角的位置，意思是如果失之分毫便差之千里。邹志安给我一个乡间知士的印象，他是那种含而不露的智慧，他心里一切明白如镜，面上却一派憨拙。第二天早晨，邹志安到招待所来敲我的门，说要请我们去吃羊肉泡馍。坐在小吃铺里，我们瞎聊天，问他："您几岁了?"我们上海人问人岁数，无论对方长幼都问"几岁"，显得很不严格，也不规矩。听了我们的问题，邹志安并不作纠正，很恳切地说："我三岁。"紧接着，我们又一次出语惊人，我们说："您五十了吧?"他谦和地微笑道："快了。"后来我们才知道，他其实是六六届高中生，这年四十三岁。他说他当年去上海串连的情景，一下火车就生病送进医院，他至今还记得护士为他量体温时的那句上海话，模仿得惟妙惟肖：三十九度三！对上海的又一个深刻印象是面包。串连站发面包时，他用裤子扎了裤口去装，装了整整一裤子。他以调侃的口吻说这些，这场面有一种叫人难过的地方，即便是轻浮如我们也笑不出来了。他的超过实际年龄的苍老也叫我们沉重，可那时候我们并没想到死亡会来临。吃完羊肉泡馍，他和我一同慢慢走回作协院子。他背着手，就像一个老农。这时太阳升起了，照进院子，照在他脸上，他微微眯缝起双眼。这一个场景一直在我眼前，有一种无声无息的哀伤在冉冉升起。他走在被院墙隔成的阳光的格子里，有一点茫然似的。他与我道了别，又原地站了一会儿，才向他住的那幢楼走去。后来，当他去世的消息传来，我就老想起他站在院子的阳光方格里的情景，这给我一种竭尽全力的印象。是的，竭尽全力。

我们临走的那天晚上，路遥发火了。那是在西影厂食堂里，莫伸请客，也算为我们辞行的意思。饭桌上，不知怎么说起某些前辈经历一生沉浮，到末了却还放不下名与利这两件东西，为他们深表遗憾。说到此时，桌上有一位朋友，指着路遥、莫伸和我这些所谓青年作家说道，你们先别说这些话，到时候，你们也会变成这样，这是自然规律，谁也过不去。我和莫伸听了这话，虽有异议却还能保持沉着应对的态度，不料路遥却陡地站了起来，说道：不，你说得不对，人和人不一样！那位朋友却坚执不移，连声说：就是这样的！路遥再一次对他说：人和人不一样。可他不听路遥说，路遥便去扯他的袖子，一定要他听，他说：人和人不一样，我小时候没穿过裤子，这怎么一样？那朋友就是不听路遥的，只是说：走着瞧吧！这一回，路遥是真的动怒了，他恨不能立刻就证明自己，可是语言显得那么乏力。这是我唯一一次听路遥大声说话，我不能理解的是，这一句类似戏言的假设为什么会伤了路遥的心，他竟会如此激动，而他那句“我小时候没穿过裤子”的似乎有些词不达意的辩白却叫我一直心痛着。在后来的日子，我情不自禁地想到：路遥无法向人们证明这一点了。路遥无法从容走完人生，向人们证明这一点了。他还来不及老，便走了。

据说路遥和邹志安在病重时节都流过泪，表示出不甘心的意思，这真是叫人痛断肠了。他们都是在四十不惑的日子里辞世，远没抵达知天命的年岁。不惑其实是最叫人痛惜的，一切都已明澈如水，什么都骗不了他们。是他们智慧最清明的时候，是他们生命力最富理性的时候，他们正走向通达最深哲理的路途中，走过去，便是真谛。而他们却中途夭折，这带有一种强夺的意味，一种生剥活扯的意味。

我永远忘不了我们行走在黄土沟壑，就像行走在地的裂缝，崖上的桃花在遥远的天空映衬下疏淡的花枝，路遥的心是如何地被激荡了。我想他其实从来不是在稿纸的格子里写字，而是在黄土上，用他的心血。我想用文学这两个字去命名他的劳动是太过轻佻了，那其实是如同“人生”一样艰辛的跋涉。据说，邹志安在临终的日子里，曾经说过，文学这东西对于我，已经是个怪物了。我想他这话实在说得对极了，也伤心极了，这句话其实道出了文学的虚假的真谛。人生是这样沉重压顶，白纸黑字算得上什么？路遥和邹志安相继去世，给文学染上一层哀绝之色。生命就像是一场阻击战，先是祖一辈的倒下，然后是父一辈倒下，现在，兄长一辈的也开始倒下了。我们越来越失去掩护，面对着自然残酷的真相。有人已经呕尽心血，我们还有什么理由做游戏？其实这世界原是由荒瘠的黄土凝成，绿地只是表面的装饰。这个世界上装饰是越来越多，将真相深深掩盖。其实，破开绿地，底下是黄土；风刮起黄土，底下还是黄土。路遥，我们都是黄土的孩子。

1993 年 3 月 27 日　上海

我的大舅舅

我的大舅舅，原名茹茄，后改名为沈之瑜，生于一九一六年，浙江绍兴人。在他的履历表上，家庭成分这一栏为工商业主，而在出生于一九二五年的我母亲茹志鹃的履历表上则为城市贫民，由此可看出，他们这个家庭败落的速度。我曾外祖父手中创下的家业，不过一代，在我外祖父手里便败得精光。我母亲去世以后，我在她的遗物中找见一个小记事本，现今通讯录的大小和式样，咖啡色轧花皮革面，内中用竖写的格式写着一篇家训不像家训、遗嘱不像遗嘱的文章，大意是自述一生的不幸遭际，人世的不公，以至破产，长叹“出师未捷身先死，常使英雄泪满襟”，让“努力前程”保证“手瑰有知，自当护汝于左右也”，接下来是很长一列账单，均是所欠债务，嘱咐后人成业之后，切切连本带息全数归还。这是出自我外祖父之手，写给我的大舅舅，那年他大约是十三岁，以这年龄之幼，及债务之巨，归还几乎是没了希望的。而外祖父洒过英雄泪，便撒下一窝儿女走开了。这是他留在世上唯一的痕迹，这本子，在上世纪二十年代可算是新鲜时髦的东西，还有端正的字迹，流利的行文，可见出虽仅是半代子泽，却已养成纨绔的腔调，而厚颜无耻则跃然纸上。我大舅舅便是承继着这样的“家业”长大。

我外祖母去世，外祖父弃家出走，遗下一群子女。其中大舅舅与三舅舅为我姨祖母家收养，二舅舅是我姑祖母家的寄子，两个小的，四舅舅和我母亲，则由我曾外祖母拖着，其中的凄苦，我母亲在许多小说中写到过。我的姨祖父是沪上著名工商业者，其父名朱葆三，有一句沪谚：上海道台一颗印，不及朱葆三一封信，说的就是他。其实，我的姨祖父先是娶我外祖母的姐姐，后来外祖母的姐姐去世，又续娶了外祖母的妹妹。他家的房子，后来做了卢湾区少年宫。小时候，去那里活动，楼上楼下地跑，想到与自己有这样的身世关系，觉着十分奇怪和不解。我的大舅舅和三舅舅，由朱家教养，本应按了他们的安排走人生之路，受完中等教育，进某个商行做练习生，然后以自己的能力与机遇，在职员的位置上晋升，就像我性格温顺平和的三舅舅后来的那样。而我大舅舅却不能，他立志要上美术专科学校。听我母亲说，最后他是写血书明志，表示为自己负责，并且，不再依靠朱家。

我大舅舅自幼喜爱美术。听我四舅舅说，小时候，大舅舅与二舅舅吵架，撕了二舅舅的扑克牌，二舅舅的反击是，撕了大舅舅的速写本。不过，我还有另外的猜测。当我外祖父卖房典地，从杭州城携一家老小来到上海，住进永年路上的天香里，正与丁聪家相邻。丁聪先生至今记得我外祖父家住三号，他家则是九号。还记得大舅舅的小名，记得最清楚的一个细节是，我大舅舅向他们问道：画什么最难？然后拎起一件衣服往地上一扔，自答说：画这个最难！一九二七年，丁聪先生的父辈丁悚，创办了漫画社，就在天香里挂牌，这或多或少会对我大舅舅的爱好有所影响吧！这也是“五四”以后，知识分子普遍接受先进民主思想，向西方学习，上海这地方，又因商业更开放一步接近世界，所形成的新文化氛围。我大舅舅在此呼吸到了自由的空气。

我大舅舅就读的美专，在我那小脚的曾外祖母口中，显得相当混乱。她对年幼的我母亲说：在那里，男女是睡在一起的。这听来不大可能，但那里男女同校，风气开放，总是真的。从资料看，那时候，美专已有人体模特儿的写生课程。在母亲印象中，大舅舅的求学生活还相当贫寒。有一冬夜里，他突然闯到我曾外祖母与幼弟幼妹借宿的灶披间，向我曾外祖母求援。曾外祖母只得当场从我母亲身上扒下棉袄，交予他去典当，然后将煤炉拎进屋，让我母亲取暖，结果我母亲煤气中毒。

由于家庭离散，我母亲兄妹五个，大多时候互不知道去向，我大舅舅下一次在我母亲的生活里出场，大约已是到了一九四〇年前后的西天目山。此时，我的曾外祖母已经去世，抛下我的四舅舅和母亲，轮流寄住亲戚家，就差没有去乞讨。我大舅舅托人找到他们俩，让去西天目山投奔他。听我母亲说，西天目山的我大舅舅，蓄了胡须，人都称他“大师”。

一九九八年，我去台湾。在一次讲演会上，前排自始至终坐了一位瘦削白皙、着深藏青西服的老人，每到提问时间，他必举手要求发言。而主持人每每忽略他而指别人，大约以为是那种泡会场的闲人，不管知不知道，逮了机会就说话，内容则风马牛不相及，连我亦是这样觉得。而会后，他却跑来，特地找我说话，也被拉我去照相的主人排开了。他竟不走，还站着，直到最后，曲终人散，又回到我跟前自报家门，说他名叫张昊，作曲家。我听过这名字，曾被上海音乐学院邀来过两次，后一次，提出要见我大舅舅和母亲，畅谈一番，次日晨，我大舅舅在睡梦中离世，所以特别记得这名字。我送他至礼堂门口，看他离去，他忽然又回转头，绽开满脸笑容，说道：你知道吗？我差点儿与你妈妈结婚呢！只当他是老昏，并不在意。回到上海，就接到张昊老人的信，信中记叙了一九四一年底，太平洋战争爆发，日军入租界，搜捕作抗战歌的陈歌辛和他。他逃出上海，经杭州、余杭，上西天目山的民族文化馆，认识了“画家茹茄”，信中他也称我大舅舅为“大师”，他还写当时天目山的形势为“国共不和，内斗暗生”，这亦可看见，我大舅舅在西天目山民族文化馆的处境，而他携带有神秘的使命。在我母亲留给我的一九四三年的日记中，有一处提到在某电影院门口，意外遇到了张昊，第二日，张昊便到我母亲其时供职的民办小学校来叙谈别后情形。以此看来，他对我所说的那句话，也许有根有据。

这时节，我母亲和四舅舅寄居一位任姓朋友家中。从日记中所记来看，他家的生活亦是普通职员，又多子女，相当拮据，无故收留两位素昧平生的陌路青年，实是恩重。任家长子，便是美术设计家，前上海大学美术学院院长任意先生，其女任余红，上海人民出版社编辑，后来也成我朋友。所以，我们可说是通家之好。不久，我二舅舅，一个四海为家的漂泊者，从西南大后方来到上海，于是，任家等于又平添一个人口。这段日子，实是艰难万分，前途茫茫。我母亲抑郁得厉害，终日饮泣。而我那位外祖父则又出现了。穷困潦倒的他，赌和抽未戒，又养了一房妻儿。我母亲曾告诉我，有一日他等在我母亲去小学校上课的路上，拦住母亲，取出一柄金钗，说要去喝一位朋友的喜酒，向我母亲典些现钱。我母亲没要他的金钗，打开手中的课本，送至他的眼前，其中夹有唯一一张纸币，前日所发工资，让他拿走了。而在我母亲日记中，所记则更加恶劣，他向某狐朋狗友借了一大笔钱，告知任姓朋友家的地址，让找儿子要还，然后离开上海，一去不回。

就是在这无限窘迫的时候，忽有一来自苏北的客人，寻到这里，交出我大舅舅的信和一笔盘缠，让弟妹去苏北他那里。向来分多聚少，我大舅舅在弟妹眼中，好比神龙见首不见尾，他们完全不了解他们的大哥是在做什么。而苏北，在上海市民心目里，无疑是

在杭州寻根

1983年秋在美国爱荷华（前排左起：保罗·安格尔、陈丽娜、聂华苓、作者；后排左起：陈映真、茹志娟、许世旭及夫人）

个危险的地方。他们商量去和不去，没有做出决断，反而将那盘缠用去了一些。最后向任姓朋友父亲，他们称“伯伯”的人讨主意，“伯伯”沉吟良久，然后说，我将这笔钱缺去的角补上，存入银行，暂不要向任何人提及此事，等等再说。这事暂且搁下，可是生活依然没有希望。失业，贫穷，冬天又来临，寒衣都无着。我母亲每日穿了单薄的秋衣去学校上课，中午在学校就了青菜汤吃白饭，一月工资仅够买一担煤球。到了年底，他们兄妹三人终于下决心去往苏北。就这样，我母亲参加了新四军，命运从此改变方向，我大舅舅是她的引路人。

在他们这个自小失怙的家庭中，大舅舅显然是担起了家长的角色。我从小的印象就是如此，我母亲与其他几个舅舅对大舅舅十分敬畏。这时，他们兄妹五人，除我二舅舅留在南京外，四人都在上海。这个七零八落的家，又聚在一处，我们相互走动频繁，好像是要弥补多年的离散。每年十月一日的晚上，我们必要聚在大舅舅的家中，看焰火。大舅舅住在培文公寓，我们都叫作“妇女用品商店楼上”，正好对着燃放烟花的人民广场，那时，可说是这城市的制高点了。烟花在黑黝黝的屋顶上方绽放，我们小孩子绕了阳台疯跑，嚼着一种叫作“麻叶儿”的北方面食。那是我大舅妈的姐姐，我们叫大姨的，一个来自淮北农村的妇女的作品。将揉好的面团擀平，洒上芝麻，煎炸而成。我们一年只吃一回，所以便贪婪得很，而大姨总是管够，一箩完了，又上一箩。在烟花一轮与下一轮的间隙里，大人们便坐进房间，听大舅舅讲话。大舅舅其时在上海博物馆任馆长，他讲的兴许是考古方面的事情，在我们小孩子听来，则都是些奇闻轶事。那些夜晚，可真是开心，完全不能想象母亲和舅舅们有着如此凄惨的过去。他们虽然祖籍绍兴，可都有着北方人的相，高大，魁伟，天庭开阔，红光满面，有家有室，有儿有女。

这段好时光就像有无尽的长久，一年一年又一年，可事实上，它很快就结束了。“文化革命”开始，生活又变得动荡不安。大舅舅曾到我们家住过两夜，躲避红卫兵的冲击。至今还记得那一日傍晚，我在弄口迎面遇见大舅舅，他穿了一件黑呢长大衣，没有拎皮包，双手插在大衣口袋里，匆匆走来，风把衣摆吹起来，那身姿有一种恓惶。大舅舅住了两夜便走了，再没回来，我母亲则一直懊恼，以为是她说话不妥逐走了大舅舅。她问我大舅舅倘若别人问起，我应当怎么说？后来，局势明朗，所有所谓当权者都被“揪”出来，倒也定下一颗心，抄家，游街，批斗。我大舅舅自然在所难免。等到局势略微平定，该靠边的，靠边；该下干校的，下干校，亦算是有了着落。又遇到儿女的问题了，那就是知识青年插队落户。这一回，母亲他们又都投向我大舅舅。我大舅妈的家乡在安徽宿县的陈营子，当年曾有过八个妇女办合作社的故事，大姨她就是其中一个，据此事例拍摄了电影《三八河边》，由张瑞芳主演。这时，我那些表哥表姐，还有我姐姐，便纠结一处，往那里插队落户去了。

一年以后，轮到我插队落户，又送走我。女儿连连地离家，让我母亲伤心得有些昏头，她变得狭隘起来。其时我的南京表妹正借住我家，我母亲简直不能容忍这样一个事实，那就是自己的女儿不能由她呵护，而要去照顾人家的女儿。怎么办呢？还是去找我大舅舅，就好像我大舅舅能有什么办法似的。其实呢，我大舅舅的处境最不利，不知什么时候，会有新的倒霉。而大舅舅依然接下了母亲的难题，几乎就在当晚，他让我表妹住到了他家。

无论怎么说，总归是在和平年代，生活不是流离失所的艰难，都是一些琐细的烦恼，居家的难处。妈妈与舅舅们，就是找他们的大哥。这个早已失了伦常，松散的家庭，有了大舅舅，就又重新建立了秩序，这些弟妹则有了依靠。那一年，夏天里的下午，我三舅舅家的小女儿忽来到我家，说三舅舅病了。我母亲刚从干校回来，疲惫地坐着，说：那就去医院呀！小表妹嗫嚅道：爸爸不肯。妈妈亦无法，坐了一时，表妹走了，她没有回家，而是去了我大舅舅家。我大舅舅没有多问，站起来就与我小表妹去了她家。到家才知，我三舅舅是脑溢血，不肯看病是因为动不了。他家房子的楼梯极其逼仄，只能前后过人，我大舅舅找了人，一起将三舅舅抬下楼，送往医院。七年后，我三舅舅终因旧病复发去世，大殓时，我三舅妈与几个刚成年及未成年的女儿围在大舅舅身边哀哭，这一位舅舅，是兄妹中最乖的一个，年仅五十几岁，便最早离开人世。我大舅舅那痛心又无奈的表情，至今令我不忘。最奇异的一件事，是我四舅舅家，有一回，住进一位有同性恋倾向的青年客人，我四舅舅大惧，他竟也去找我大舅舅，后来也不知大舅舅如何为他解决的。

在我们众多的表兄弟姐妹里，我不是最大，亦不是最幼，不是最优，亦不是最顽劣。而我大舅舅又不是一个善与孩子交道的人，不像我的四舅舅，很会和我们疯，我们与他的主打游戏，是爬到他身上，替他梳小辫。印象中大舅舅总是严肃着，所以我从来不奢望能得到大舅舅的注意。有一回，他将从国外带来的笔送给我一位聪明漂亮的表姐，我亦不感到有什么妒忌，只是更加崇拜这位表姐。但他又是一个好性情的人，对小孩子是慈善的。我们拥在他房间里，他绝不会嫌烦而有任何不欢迎的表情。他兀自背着我们在书桌写或读着什么，偶尔回过头问一句：妈妈怎么样？爸爸怎么样？然后再回过去读和写。他们家本来子女多，我大舅妈家乡来人常住家中，加上与人合住一套公寓，共阳台、厕所，邻人便在房间穿行。家中始终是喧闹的，而我大舅舅是这闹声中的一个静。

在我开始发表小说的时候，有一回，我看见大舅舅写给妈妈的信中，末尾提到了我一句，大意是说这孩子挺不错，好好培养她。然后，妈妈就让我将新出的小说集送给大舅舅。星期天的上午，我去博物馆看展览，顺便就将书带去了，本想是留给传达室，不料他们告之大舅舅在办公室里。我上楼去，果然，大舅舅一人坐在里边读书，我没有打扰，放下书就走了。这间设在殖民时期旧式建筑里的办公室，高大，宽敞，但陈设简单，是工农政权的素朴又略微乏味的风格。大舅舅安详的读书样子，很宁静，亦有一点冷清，我还注意到在办公桌一侧，靠墙放着一木盒，顶上有投币孔，盒上写着电话费的字样，意即打私人电话须付钱。

我无从知道大舅舅有没有看我的书，有过几次，大舅舅有些与我谈话的意思，但他终于也没有谈起来。他大体是个缄言的人，与我们侄甥儿女又向无交道的习惯，何况我们又从小孩子突然长成了大人，大约就更令他手足无措。他几次说的都是同一句话，那就是要读历史。或者是以设问句的方式：读没读历史？开始我以为大舅舅是从他的考古专业出发，但逐渐地，我明白了一些，历史的文学的含义。我准备写作长篇小说《纪实与虚构》时，其中有一条线索是以母亲本家的渊源为发展情节，我为“茹”这个姓专去请教了大舅舅。那时候，大舅舅正在写作他的甲骨文专著，甲骨文就像一帧一帧神秘的图案，其中藏着什么天机似的。听我说了来意，大舅舅便从桌前立起，翻找出一本小小的笔记本，其中有一些字样，是他闲暇时查找的几行材料，让我抄了去。关于我书中那些追根溯源的线索全来自于此：茹姓起源于柔然族，绍兴茹氏中曾有一名茹棻，为乾隆四十九年状元，官至兵部尚书。待我抄毕，我大舅舅最后嘱我一句：写完后要给我看。我不经意地答应一声，心中并不以为然，想他是为了要考证我写的据不据实，是历史学家的思路。然而，还未等我写完，大舅舅却已溘然离世，此时想让他看，也看不了了。缺了一位历史学者的明鉴目光，其实是莫大的遗憾。

就是在与那位张昊先生久别重逢的次日凌晨，我大舅舅长眠不醒。我应当承认，大舅舅的去世，并不是那样地令我震动。毕竟不是至亲，还是那句话，大舅舅与我们小孩子，不是特别亲热的那种，甚至不如我三舅舅去世那样令人伤感。三舅舅大殓过后，我母亲说了一句话：就好像一排牙齿缺了一颗，然后便松动了。这话使我异常愤怒，我觉得母亲轻率地向我预示了一个危险的前景，似乎随时有灾难降临。但亦有另一番感触，我母亲兄妹几个，其实是要比从小一同长大的同胞手足更要关系紧密，飘零的家庭就像有着一种反弹力，将他们几个强烈地吸引在一起，拯救性地将家族承继下去。

我大舅舅走后，我从作家叶永烈先生所写的书中读到，建国初期，当时在文管会工作的大舅舅，曾与狱中假释出来的周佛海太太，同往兴业路，寻觅一大会址。便发现，我们对我们的父辈了解得实在不多，只是一鳞半爪。我们甚至还不怎么知道，他们做过一些什么工作，至于他们的心情感受，更不为我们所关心，他们就只是长者，一个抽象的概念。我大舅舅在我印象中，且多是威严的表情。不过，有一回，我听我一位搞美术的朋友说，她在长江轮上遇到一位和善的老人，研究甲骨文，他们一路谈笑，溯江而上，后才知，他是我的大舅舅。据朋友说，大舅舅很开心，说了许多，也笑了许多。大舅舅在她的描述中，忽生动起来，也快乐起来，乘水直上，飘兮摇兮。我愿将此一幕，当作我大舅舅最后的图画，留在眼前。现在，我妈妈也去了，还有三舅舅，最早走的，他一定等着他们。他们在那里聚会，短暂的相守将无尽地延长下去。

2002 年 9 月 13 日　台北

溯母亲足迹向浙西

从我母亲茹志鹃留下的文字里，可了解一九四二年春夏至一九四三年春，她的行踪。太平洋战争爆发后，母亲正就读圣经女子学校的美国校长回国去了，这所提供膳宿，学生多为孤儿的学校停办，于是，我母亲又无处可归。这一年，应我大舅舅，即母亲大哥茹茄之召，与她四哥茹志雄去往西天目山，进入浙西后方。

二〇〇三年盛夏，我寻母亲足迹往浙江，却是溯当年路线而行，第一到母亲的最末站，武康，现今的德清县。我母亲先是抵西天目山，国民党浙西行署下的“浙西民族文化馆”，找到她的大哥，由她大哥安排进山脚下的杭余临联中插班读书。不久，又转去武康，落脚武康县“民众文化馆”，再到武康中学插班就读。武康中学今天还在，改名为德清二中，校舍全新，当然不会是旧址。校前有一条河，名“余英溪”，因上游有桃花，溪水载了落英流于此，意境很美。这一回寻访，我是依《德清日报》社长张林华帮助，事前，张林华便找到当年与我母亲同过学的两位老人，至于“民众文化馆”，却无任何踪迹。

这天一早，从莫干山下来，直接往德清二中，见母亲的两位同学。两位老人，一为汪祖镕老师，一为余维英老师，直接间接地与德清二中有联系，这也是能找见他们的原因。汪老师就是本校的教员，是学校唯有的享离休待遇的职工，年轻的校长便敬让着他，不时要受几句排揎，再要谦恭地做些解释。汪老师的胸怀很大，从全国到德清，都有关心和批评的题目。对往事的回忆，汪老师是宏观地展开。他以为武康中学的历史并非如公认始于一九三八年，而是应该从一九三七年，苏州东吴大学附中搬至莫干山脚下的庾村算起。其时，日军已烧毁武康县城，但被京杭国道，即今日的一〇四国道阻住，不敢再进。于是，一个武康辟为两半，东边沦陷，尚余西边山区。上海、杭州、嘉兴等地，沦陷区的失业师生纷纷流亡到此地，与地方上开明人士，一同向国民政府要求办学。因大半县境被日军占领，没了税收，政府囊中空虚，便联合邻近几县，办起一所补习小学，是武康中学的前身。学校给予沦陷区的学生学费膳宿全免，本地的仍需付费，依余老师回忆，大约每月五元“白洋钿”，价值二百斤大米。所以，能够供起的，多是较为富裕的家庭，且也是一桩艰巨的负担。比如余老师，先是自己家供她读，读到付不出，停下，然后，定了亲的未婚夫家再又继续供她。余老师显然不像汪老师的生活顺遂，而是命运乖蹇。老伴原先是乡村学校的校长，只为一句话：“初级社还能收出学费，高级社倒收不出了。”戴上右派帽子，罚去农场改造，全家则遣返老家，从此，便过着土里刨吃的农人的生活。文化革命结束后，老伴平反复职，就在德清二中教书，可惜好景不长，仅过几年便得病去世。学校很仁义，将他们一个女儿调进学校做厨工，聊尽补偿之心。余老师看上去体弱多病，实际却比我母亲年长，而母亲已是故人了。大约是女生的缘故，余老师对当时的记忆，多是在日常起居方面，犹记得吃住的苦。一盆水在太阳下晒热了洗脸；顿顿腌笋，一百多人一顿仅吃油一斤，一周吃两回豆腐，算作打牙祭；学生要去安吉背米，还需上山砍柴。她对母亲的印象集中在两点，一是母亲来自上海，个子很高，体魄也很大，她用手比试着母亲的身量。二是母亲每礼拜日都往县里去，她就感到奇怪，母亲在县里有什么人呢？母亲去县里，是到我四舅舅处去。大舅舅安排母亲就读武康中学的同时，将四舅舅安排在《武康报》刻钢板。这两个细节被余老师反复讲道，虽然不多，可我以为十分靠实。汪老师的回忆是比较辽阔的，在细节上我却不免生疑，似乎带有想象的色彩。比如，他说：你母亲写一手漂亮的毛笔字，而我从未见母亲写过毛笔字。于是冷不防地测他一下：您看我与我母亲像不像？他迅疾回答：不像，你母亲脸架子与你两样，是见方的。他说得不错。还有一点，则是两位老师共同的印象，那就是母亲的姓，“茹”，十分少见，引起大家的注意。母亲留给他们的印象很淡薄，我想，一是因为同学时间短，二也是因为，显然母亲不太与人打拢。母亲在他们描绘下，显得很寂寥。

当回忆起学校生活，不由都变得奋然，他们一起夸赞老师的好。依余老师的话：生活是苦的，老师是好的。老师多是逃难过来的大学生，他们来到此地，逗留几时，走了，然后又有新人来到。老师们从汪老师眼前历历走过：一位国文老师，教冰心先生的《寄小读者》，还有一首诗，吟的是一个小姑娘采苜蓿的苦楚：“苜蓿头，腹中饥；苜蓿头，夕阳低。”又有一位老学究，教的是全套《古文观止》，讲一节，长衫下摸出酒瓶，喝一口，有一回，讲到“秋水共长天一色”，忽拍案而起，疾呼：好啊！还有一名陈姓外语老师，学生们在他课上作弊，从校工处买出试卷，彻夜抄卷，第二日考堂上试卷发下，竟是白纸一张，陈老师反身在黑板上写——作一篇日记；某一学期开设了美术课，因从宜兴来一美术老师，最擅长画兰花，方一开春，便以宜兴口音拉长道：上山画兰花——在这浪漫的怀想中，汪老师忽就忆起民众文化馆，曾经组织过一次歌咏会，演唱《黄河大合唱》。

在母亲就读时期，武康中学究竟在哪里这一点上，汪老师和余老师产生了分歧。余老师认为是在莫干山脚下的后坞，汪老师则坚持在晓村。而我宁可相信余老师，因汪老师是那么一个富于激情的人，于事实就难免会有想象。不过，他们共同承认，其时校舍居无定所，经常搬迁，而无论搬到何处，莫干山上大礼拜堂里面，由传教士带来的一架钢琴，始终由十几个学生抬了跟着学校走。这就和母亲的记录合上了。在一九四三年春，母亲给上海女友的信中写到过这架琴，十七岁的她这么写："在春假中别的同学都回家去了，孤寂的我，在无家可归的情形下只单独地和一架钢琴做着伴……"

在西天目山的寻踪，必要从一个人说起，有时候，一段历史得以存在，就取决于某一个人。这人名叫王国林，杭州大学古典文献专业硕士，先在临安市地方志办公室工作，近日调入临安浙江林学院。在我出发临安之前，《德清日报》张林华已和《临安报》社联络帮忙，一到临安市宣传部，部里同志立即递过一本书，中央文献出版社出版，书名为《浙西战时施政》，作者王国林。我要了解的天目山民族文化馆和杭余临联中都辟有章节专门描述，包括我大舅舅茹茄在民族文化馆的活动，可见出资料做得详实。于是，找到王国林，就成首要之务，可是，王国林却不知在了何处。林学院已经放假，家人说他去了杭州，却不知住哪里，又几时才回，他也不用手机。看起来，家人对于他这样一无音讯的外出已经很习惯。一边商量如何找他，一边议论王国林其人其事，忽为他的年龄起了争执。一派人说他一九四六年生人，一派人说是一九五六年，并且翻开书中作者简介一栏证明，"一九四六"派的则推开书，表示不足为信。一九四六与一九五六差距十年，如何错得？等认识王国林以后，这个疑惑渐渐释解了。

非常意外地，当晚九时许光景，王国林出现了。他着一条现如今不太有人穿的西装短裤，足登塑料凉鞋，手臂与小腿晒得黝黑，暴出山民般很有力道的筋络，鼻上架一副浅色塑胶架眼镜，顶一头白发。就是这头白发，使他猛看上去有了岁数，其实呢，白发下是一张年轻的清瘦的脸，目光澄澈，气色匀和。千真万确，他是一九五六年生人，今年不过四十七岁。他原是在浙江省图书馆查阅资料，方才到家。听我要求陪往西天目山，他略表为难说，明日还要回去杭州，因为丢了手表在那边。人们问是不是块名表，他羞涩道，表是一般的表，可却是一直用着的，所以要去找回。部里同志答应打电话帮他找表，他又详述了遗表的方位路线，方才放心留下。

我特别要去的地方有两处，一是母亲寻大哥落脚处，浙西民族文化馆；二是杭余临联中。王国林对这些早已谙熟于心。前一处没了踪迹，当年行署旧址，如今只余下一处“天目旅馆”，现在也并不作旅馆用。王国林的另一本书，《轰炸东京》，叙写一九四二年初，美国轰炸东京，飞机失事，飞行员降落浙西山区史实。其中录用一张由美国方面提供的照片，飞行员在民族文化馆纪念合影。从照片看，民族文化馆是一座简易的建筑，茅草顶，竹木结构，二层楼高。后一处，杭余临联中，原校舍却还在，地址旧称青云桥樟村，现名太湖源黄岗村。王国林特别嘱宣传部与那边联系开门事项，那座大屋的归属挺复杂的，有一段做了庙，就要从宗教局索讨钥匙。次日清晨，《临安报》便派车载我们前往。

将近西天目山，车下了高速公路，开进竹林掩映的窄道。青绿的竹，依了山势起伏，偶尔破开一角，可见房屋人家。拐个弯，就进了樟村。汽车驶进村中空地停下，空地前就是一座高墙大屋，粉白的壁在炎日下亮得刺目。墙上一扇黑铁门，果然挂了锁，门栅上镶两个“佛”字，隔门望去，看得见屋宇底下，垂了几条香幡。这时，空地上走来一个妇女，以阔大嘹亮的嗓音告诉我们，市里电话打来过了，因有户村民修房，借大屋置放家什，方才遣人去他家取钥匙，让我们先到她家屋里坐等。于是，我们一行人便尾随而行，走过村道，走进一处院落。院里大半地方摆了盆花，挤挤挨挨，至少五六十盆。当门一张八仙桌，待我们坐定，主人便进客堂后边搬出一个硕大的长圆西瓜，操一把宽刃大刀，几下子劈开，顿时满桌绿皮红瓤，汁水淋漓。主人一边让我们吃瓜，一边述说大屋历史。这本是村中一富户家宅，四房妻妾均聚居此屋，据说相处和谐。抗战时候，举家避难离去，屋舍就做了杭余临联中。后到了土改，当然没收，只是房屋太大，分给谁也不恰当，就做了乡办布厂的厂房。布厂倒闭后，闲置一些年，就有人来买，不知要做何用，只见他筹作着要拆房，临危关头，村民们集资以多一倍的价格买回。接着，有一和尚——她称为“菩萨”的买了去，开了庙，却又曲曲折折落入东天目山区宗教机构，再一次赎回。总之是，村里人即想以此房产生财，又不愿改变房屋现状，花了不少冤枉钱。村民们都很喜欢这座大屋，因有许多特别之处，其一是宅院的墙全为泥砌，却高而坚固，一百年来，风吹雨淋，挺拔不颓。屋檐窗棂刻有木雕，内容有十二生肖、八仙等等，雕工很精细。现在，大屋租给一名当年的杭州知青。上山下乡时节，大屋内底层一隅，曾住过一伙知识青年，这名是其中最倒运的一个，人家陆续回杭州，余他自己，却与樟村结下感情。回城后逢年过节必回村看看，结婚时还携新娘前来发放喜糖。他决定退休后归隐此间，便租下大屋，不仅按时交纳租金，并且已经投入几万开始装修。

这妇女姓李，敦实的个子，面上皮肤黝黑紧绷，欢欢喜喜的眉和眼，看得出生活的满足。她家与大多数村民一样，靠山吃山，种菜竹为生计。菜竹自己会繁衍生长，只需收采，再卖给商贩，从本地到临安，临安到杭州，再到上海十六铺，批发到零售，吃到你们嘴里——她说，已经过好几道手，价钱上去几番。问她杭余临联中的事，她说村里人多是抗战之后才出生，有少数老人，也老得“拎不清”了。但村里人都知道杭余临联中，那时候，她的母亲就替学校老师洗衣服，干零活，挣一些小钱。听老人说，因樟村紧傍了山壁，日本飞机刚瞄准扔炸弹，炸弹就落到山那边去了。所以，樟村从来没挨过轰炸。村里人还都传说，她忽开心地笑起来——杭余临联中的学生日后都有出息，但全是习文，没一个做官。

村长，一个也是黝黑结实，但相貌精明的汉子，送来了钥匙，一同走去开院门。院内种有一棵桂花树，并不高大，却有一百年的岁数，是原房主造房时栽下。房舍很结实，楼板全是宽而厚的木材，现在，板与板之间，裂出疏阔的缝，可从楼上窥见楼下。当年，二楼是学生宿舍，教工宿舍是在院两翼延出披厦。现在，披厦没了，二楼的隔间也全拆除，连成辽阔的一统间，说话都有回音。楼下一侧房屋上了锁，从窗外可看见修补过的地板，还有家具箱笼。门外储着风车，稻箱等旧农具。是那杭州知青收藏的，是为纪念在耕耘中度过的青春？大屋有这样的归宿，令人觉着可靠而且可喜。

后来，王国林带我拜访几位杭余临联中的老校友，他们虽然知道母亲曾在联中就读，自编的校友名册上也写进了母亲的名字，却记不起关于母亲的任何细节。但谈起联中的生活，表情都变得活跃兴奋。与武康中学校友一样，深记得生活的苦与老师的好。也是要到安吉挑米，糙米饭尽管饱，下饭菜却只是南瓜、冬瓜和笋。八人一桌两块霉豆腐，只够筷子头蘸一蘸过粥。而老师呢？真是形形色色。有一个杨姓英语老师，教书极好，学校散后，以何为生计？阉猪！终日提一具小炉子走街穿巷。还有一位章老师，据说是章太炎后人，逃难到天目山，却挨了便衣队的打，到浙西行署告状，安抚于联中教语文历史。又有一时髦的上海小姐，足登高跟鞋行走山里。他们至今记得樟村校舍前的树林子，晨曦中这里，那里，都是读书的学生。

这天，我们从西天目山下来，在山脚下车。天目旅馆还在，再向前，向上，是潘庄。上海潘姓实业家在此建造别墅，抗战时作浙西行署主任贺扬灵公馆，其时，许多重要的历史场面在此上演。天已向晚，且阴得厉害，台阶很高，每一级都须极力登攀。竹林高入天，顶端几乎合拢，天地变得封闭幽深。空气里水汽颇重，好像走在云雾中的迷蒙湿滞，便觉得潘庄是在无限的高处。不知道登了多长时间，夜都仿佛深了，方才到了山顶，走入山门，便是潘庄。现辟为别墅式旅馆，住了一二位客人。推进门去，竟热气腾腾，灯光融融，灶间里正开炒，有脚步在楼梯上下。好像回到人间。下得潘庄，又驱车一小段，来到“民族文化馆”址上，当年的浙西行署，已回原山林田地，活跃蒸腾的景象，湮灭在历史的烟云之中。那烟云深处，有我母亲，寂寂的少女的身影。

2003 年 10 月 31 日　上海

今夜星光灿烂

星儿走了一年多，我们继续生活着。因不是至亲的人，所以造不成什么改变。但是，有时候，忽然之间，一阵难过袭来，也不是肝胆俱裂，而是，惘然。天地之大，之空，之茫然，全不是人力可以企及。一个人，正兴兴头地向前走，多少的不顺遂，真可谓一寸相思一寸灰，可总有希望在引着，尘埃尚未落定，突然间，一切皆休乎。多年前，我生病，感觉自己快要死了，星儿一边使劲搓着我的手，一边恼火地骂：人哪里那么容易死的！现在，孱弱如我们，都还活着，星儿却走了！如此热烈的一个生命——每一次，医生与我们说到生存率，百分之二十、百分之十、百分之五——我都相信，即便是百分之一、千分之一、万分之一、万万分之一，那个"一"，也一定是星儿。在星儿最后的日子里，从她的病房出来，淮海路华灯初上，人车熙攘，我常是先到路口的"大食代"落脚，然后再回家。餐厅里人不多，餐桌也分得很开，每一张桌上亮一束射灯，桌与桌之间则暗着，一个人坐在灯下，看出去，周围是无限的空洞。

我相信缘分的说法，我和星儿就是有缘分的。第一次见面，是她突然来到我家，走上楼梯，在走廊上叫我名字。我跑出去，她自报家门说：我是陆星儿。我就牵住她的手，将她拉进房间，不顾坐在一边的母亲，兀自唧唧哝哝说起话来。在我，从来算不上是个亲和的人，后来听别人谈与星儿的初次会面，也不尽是如我这样，一见如故。似乎惟有我与她，才是见面熟。以后我知道，星儿从小生活的弄堂与我们家所在的愚谷村紧邻。因我们是后搬来的，对那条弄堂不熟，有时从其间穿行，只觉得十分庞杂，伸出无数条支弄，被一些低矮的水泥或板壁房屋挟持着。这一条棚户式的杂弄，却有着一个娴丽的名字："梅家桥"，我曾在我的小说《富萍》中用了这个弄名。望着这些鸽笼似的门窗，常常觉得不可思议，哪一个格子盛得下星儿啊！不止是她的健硕，也不止是她的明亮，还是她，没有一点屈抑之色。她是梅家桥里的凤凰。

第一次见面，就唧唧哝哝说个不停，说的是什么？是写作。从初次的"以文会友"出发，随着交往渐深、渐久，我们的话题也辐射开去，覆盖彼此之后二十多年的生活，然而，写作，却始终贯穿其中，是一个基本的线索。当我们说到现实的时候，是在写作的立场观照；说到写作，则反过来，要到现实中找依据。我们的生活其实分成两半，一半真实，一半虚拟，处理这两半的关系，自知或不自知，几乎已是日常人生。我觉得，星儿的这两半，是处在极不平衡的状态，她活力特别充盈，生气勃勃，感性的触角自由自在地蔓生蔓长，甚至是蛮横地占领空间。我们在许多事情上会发生严重的分歧，可我依然十分惊讶她的感受是如此不同。当我说起，文化大革命的十年，我是郁闷地度过，她却说这是令人兴奋的日子，尤其是北大荒。我从来没去过黑龙江，想象中，那是一片色彩强烈的土地，辽阔，肥沃，漫山遍野映山红，星儿呢，驾着康拜因直向前去，身后是浪涛般一波一波伏下的麦子。还有，桦树林，身穿棉军服，头戴栽绒棉帽的星儿，穿行其间，忽然一个转身，对了她心爱的同志，抬手按在帽檐：给你敬个礼！多么庄严啊。那土地有着大开大阖的感情，特别适合陆星儿。然而，一旦拿起笔，在纸上描写上山下乡，还是依着批判的潮流，持检讨态度。不知是她的文学观念出问题了，还是文学观念本身出问题，相比较她的感情，观念总是变得狭小和轻薄，承载不起来的样子。而她的真实感受，亦会从那观念底下支棱出来。这支棱出来，毛毛糙糙的边缘，就是她作品中的最优。

我有时候止不住地想，这世界如果没有知识，没有文明，没有文字，星儿会不会生活得更好。就让她在北大荒好了，冬天白雪皑皑，夏天大红大紫；星儿生一大群儿女，个个肥硕，挤在马槽一般的木头餐桌边争食，她一个挨一个地分吃的，再一个挨一个劈头给一掌；身旁是疼她也被她疼的男人，足够强壮，顶得住她剽悍的爱。可是，星儿也爱写作呢！你可以解释为这是一种被限制住的生育力的转移；也可以视作一个受过教化的现代人对文字的迷信；但这更可能是对一人只有一生而感到不足，于是，企图再创造一生，甚至几生。我们都是对人生有大胃口的人，对幸福感的期望程度极高，现实对我们真是不够用的。我们在实际中将它消耗，再在虚构中消耗它。

评论家程德培曾经这样评价我和星儿，他说我是现实地生活，审美地写作；星儿恰好反过来，审美地生活，现实主义写作。我和星儿都承认他的说法。能够在现实和虚构两个世界划清界限，然后进出自如，应是一种理性，但其实也是一种懦怯，不敢以身相试，只能在生活里生活，艺术里艺术。而星儿，却是将两个世界打混，你中有我，我中有你，在生活里追求幻象，写作里试图解决现实问题。从某种方面说，星儿是艺术者，而我是匠人。

话说回去，我们总是谈写作。有一次，星儿正开始长篇《精神科医生》，与我讨论。我不断向她质疑，为什么事情是这样，不是那样。等她回答了我，她的答案且又成为我下一个问题，格式依然是为什么是这，而不是那。她的材料和组织在我逻辑推理的追迫下，露出一个一个破绽，几乎散了架。她儿子那时还小，在一旁看我们争得激烈，惊恐地过来，企图阻止，被我们一同喝住，让他不要吵，继续问与答。我问这个“精神科医生”干点别的不好，为什么非要干这个，而他显然不擅此行，是以解决社会矛盾的方式对付精神疾患。她回答，他是被命运无奈安排在这个职业，于是只能在此施展他拯救世人的宏图大志。我说这简直是英雄末路，星儿眼睛一亮，说，对，就是这个意思，英雄末路！后来，《精神科医生》写出来了，星儿在一些创作谈中就用“英雄末路”四个字来解释她的小说，事实上，这个说法无补于全局。本是指望以病例指出社会症结，可具体的病症反而限制了所指；“精神科医生”呢，则在科学和社会学之间徘徊，开不出恰当的药方。那“英雄末路”的说法其实是空悬着，内中并无切实的支持。我是帮了倒忙，我的质疑是将她往道理的路上逼，逼急了，就逼出一个干枯的概念。而许多事实，都是脱离了道理的逻辑链，兀自活跃着，繁茂灵动，就看你怎么收揽，重新布局，形成纸上的存在。星儿本来就迷阵重重的局面，让我搅得更乱。到后来，星儿都有些怕我，怕我去质疑她。我也逐渐失望，觉得彼此谈不拢了。可就像是一种惯性，我们止不住地还是要谈。似乎双方都感觉到这种讨论的勉强，所以我们有意无意地在外部制造仪式感。那一天，我们在希尔顿酒店的咖啡座，各人要了茶和饮料，然后，星儿开始讲述她的新构思，关于上海的新移民。这样子实在很造作，不是我与星儿之间的方式，一上来就已经气馁了。我们勉力谈了很久，你来我去的，所有的话都是擦肩过去，楔不起来，自然也不会发生争执。隔阂其实已经产生。有时候，眼看要涉及写作了，星儿却说：我的写作不算写作！就好像预先缴械投降。还有时候，我说起自己在做什么，星儿听罢则说：你那才叫写作。表情是颓然的。星儿避免与我交锋，决不是放弃写作的思考，她只是不愿意我影响她，我使她感觉压力。我的长篇《桃之夭夭》出来后，她与王周生谈过她的不以为意，却不和我谈。她动笔写她的新长篇，也是她最后一部长篇《痛》，她没有与我讨论，而是和王周生谈——那天我们一起吃饭，饭后，一起到路边打车，我先上了车，她们就站在行道树下。那是冬天，行道树掉秃了叶子，枝条疏阔地划在天空，太阳很好，风则是料峭的。她们就这样谈她的小说，谈了很久。以前，星儿都是和我谈的。

星儿最后的日子里，我与她的第二个隔阂，是关于她的化疗。星儿的诊断方案一下来，她的母亲第一个打电话嘱托的人，是我。老人家并不多话，但我知道分量，当即保证：我一定管，管到底。话说出口了，做起来却不那么简单。医生决定化疗，可星儿做完第二次化疗，去了俄罗斯访问，回来之后便坚决不做了。显然这两次化疗是为了顺利成行俄罗斯。像她这样的老三届，对那地方总有着特殊的向往，她钟情北大荒，是不是也是俄罗斯情结的蔓延。为了去俄罗斯，她暂时服从科学的普遍规律，现在夙愿已了，她就要按她自己的方法来办了，就像决心冒险。她中止化疗的时候，我正在新加坡授课，王小鹰与我通电话，说形势紧急，星儿根本否认她需要化疗的事实，人们又不忍把话说透，就等我回来劝她。我如何劝她？就是与她吵。她说她不是那种病，我说你就是；她说只是组织增生，我说增生不过是换一个说法；她还说不是，我就说你必须置死地而后生。她的声音软弱下来，可就是不依。这情形即便在急昏头的当时，我也感到了荒唐。我这人就是这样，无能。母亲生前胆囊手术，医生要我签字，我签不下去，最终去问母亲要不要签。我担不起责任，就推给别人，这别人又不是旁人，正是需要我负责的那个当事人。这样和星儿吵，倒有些像回到过去，无所顾忌的我与她之间，可那时是为写作，这时是，事关生死，真是有些惨了。吵过了，星儿该怎么，还怎么，而我们却疏远了。有朋友告诉我，星儿常常问：安忆还生气吗？他们说星儿怕我不管她了。我几乎是要失声，我怎么会不管她？我只是，无能为力。就算她答应化疗，前途依然是黯淡的。

最后，我也不知道星儿做对还是做错。她第二次开刀，主刀医生对我们说，像她这样的病人，能够延长生命如此，无疑是两次化疗的作用，应该继续化疗才好。而第一次手术的华山医院，得知星儿愈后的状况，则说，不可思议。事情不可能再从头来一遍，所以无从判断怎么做才是最优。但无论如何，星儿的生命超过了医学的预期。后来，我有幸认识一位科学院院士，研究生命基因的洪国藩老师，我请他到一位患病的朋友的哲学课上讲课。老师问我：你这位朋友的世界观是唯物还是唯心？我奇怪老师为什么问这个，老师就说：唯心的世界观对病患会比较好。就在这时，我明白了星儿，她其实是为自己选择世界观作药方，或者说为生存而重塑世界观。一个清醒的唯物主义论者以理性选择的唯心观，其间的挣扎是多么艰巨啊！而我们这些人，站在岸边，就是不帮忙。星儿怎么会蒙蔽如我们所以为？她有几本关于她病症的医学书籍，与她情形最针对的那一页一翻即是，可见她读了多少遍。她后来迟迟不愿进医院，因知道那是最后一道防线，去了就回不来。她在房间里走来走去，看来看去，收收这，摆摆那。她打开衣橱，许多新衣服她一次还没有上身，她洗洗，熨熨，叠叠，送给我们。最后，她翻出一段花布，说特别适合我，让带给她尺寸样子，她送去裁缝铺，要替我做一条背带裙。为这，我又与她吵，不让她忙碌。这回她听我了，放下没再提起。现在，拉开衣橱，这里那里，都是星儿给的衣服，叫人怎能不肝肠寸断！星儿终于同意去医院，离家那一刻，我很怕发生伤感的一幕，可是星儿她，连头都没回一下，她不回头地走了出去。这就是星儿，当断立断。

这是非常灰暗的日子。有一位陈医生，看我们愁苦相向的样子，对我说：你多说点外面的事情给她听，别老想着病。我很感谢曙光医院，感谢这位陈医生，他走进病房，总是笑盈盈的，使我们的心情微亮起来。还有一个美丽温柔的护士，她像拉拉队一样喊着"深呼吸，深呼吸"，鼓励星儿吞咽药片。可是"外面的事情"和星儿有什么关系呢？"外面的事情"只会将眼前的处境映照得更凄凉。事情一日一日地坏下去，希望如此渺茫，似乎是，星儿只能够从我们的脸上寻找吉凶兆头了。最后一周的一日，星儿情形不好，我和她姐姐一人一边拉着她的手，她闭着眼睛，忽然说：你们不要哭。我辩解：我没有哭。她哭了。她很少哭，我总是说她：你应该多哭哭。现在她哭了，真就是，绝望。下一日，我与小鹰去，她略好了些，大约想起前日的软弱，解释道：这几天来人，都像是遗体告别。她学了个严肃的表情，举起手招一下。我们问她是谁，回去骂他。她说：毛时安。想起毛时安好心且无厘头的样子，我们就笑。我和小鹰"糗"在她的床上，就好像又回到过去的时光。但这是最后一次了，是她最后一次奋力地开玩笑，最后一次呈现她风趣的性格。星儿弥留之际，小鹰一直守候在她身边，哀哀地哭。我躲在病房外，我就是怕，怕什么？怕伤心。俗话说：长痛不如短熬。而我就是不能一刀子斩断，挺不过短熬，于是只能长痛，长痛，长痛。

在与星儿越来越有限的相处中，我似乎是在飞跃性地了解星儿。距离她入院仅几天时间，陈思和带学生来与她做了一个访谈。我怕她见不熟的人紧张，也去了，她笑道：你来了我才紧张呢！一旦谈起来，她却忘了我。我非常惊讶于她的表述，我从来没听过她这样肯定地谈到她和写作的关系。当然，她也说了自己不是写作的料，诸如此类的话，但她流淌出那样的热情，覆盖了所有她对写作的自谦，畏难，力所难及的遗憾。她说，文学改变了我的人生；她说，没有文学，我的生活不堪设想！在星儿去世一周年的日子，作家协会举办了陆星儿作品研讨会。王周生在会上发言，她详细地描绘了陆星儿小说中的女性人物——女性人物可说是星儿一以贯之的写作题目，我们的研讨会，题目也为“女性的虚构与虚构的女性”——王周生说，陆星儿试图要回答如许多女性生活里的困扰，结果并没有给出满意的答案，然后，她接着说，幸亏，幸亏我们有一种不需要答案的生活，那就是写作。她帮助我理解了星儿，还有写作。事情就是这样，倘若不是写作，她不会是她，我不会是我，我们也不会是我们。

有一次，我与星儿走过一条旧街，大半个街区在拆迁中，立着一片片拆去一半的房屋。那一方方的空格子骤然间敞开怀，裸露出内情。布了水渍的墙壁，旧或新的壁纸就像补丁，地板上留有家具的印迹。我们仰头看了一会儿，星儿说：原先，这里都有着生龙活虎的生活！我说：“生龙活虎”这几个字你用得真好。星儿惊异地转过脸看着我，似乎没回味过来这几个字有什么好，却又因为受我夸奖而高兴。现在，我凡走过星儿曾经住过的地方——星儿自上世纪八十年代末回到这城市，她住过多少地方：南码头，高安路，小木桥路，浦东，几乎是漂泊在这城市，可每一处安居的地方，都有

1985 年在金山国际研讨会上(中为鲁彦周，右为谢永旺)

1986 年与前辈作家萧军

着她生龙活虎的生活，我走过它们，会想这句话有些像谶语啊！这生活现在到哪里去了呢？

如果星儿还在，我还会是严苛的，以己代人地想她，不会像今天理解她这么多，可还是在好啊！她在，一切就继续轰轰烈烈地向前去，我和她之间不知再会发生什么，也许越来越疏远，甚至会生龃龉，生怨生艾。可也是在好啊！无论生活有多少裂隙，总体性的总是完整的一块，如今却严重地缺损了。我用文字去补，何尝补得起来，然而，要没有文字，就连这脆弱的补疤也没了。这大概也是我们这种文字的生涯，所拥有的一点点有当无的特权。好，现在，星儿你安息吧，我们呢，收拾收拾再上路。

2006 年 4 月 11 日　上海

执绋者哀

这是一个人，这是一个时代。

这时代里，有着许多许诺，总是由一个年轻人告诉另一个年轻人。比如周冲告诉四凤；或者“过水”的女学生透露给潇潇；再抑或是涓生和子君一同憧憬；还有觉慧和鸣凤……结果都是不成，非但没有拯救，反而使其更陷于无望。但是我们决不能将这看作轻许，它无疑是严肃和郑重的，并且许诺者寄予了自己一生的命运。巴老，您，就是其中的一个。虽然您不说，可是有您在，那时代就横陈在我们中间，携着它的声息，它就是可以追溯梭行，可用来教育我们，不许忘记责任。有您在，还不止是这些，更是——您标识出由那时代出发，路经种种关隘。

那时代里，有一些人，就好像得了忘乡病，纷纷从生于斯、长于斯的故乡走出来。沈从文从湘西走出来；萧红从呼兰河走出来；丁玲去往延安；郁达夫游走南洋；您，走出巴山蜀水。这大约是出于一种朦胧的本能，要挣扎出灰暗的宿命，像您说的：“我祖父在我十五岁时神经失常地患病死去，我大哥在我二十七岁时破产自杀，那么我怎样活下去呢?”这苦闷的生活经验，却没有让您变成《寒夜》里那个委琐的小知识分子，而是养成一种激昂的性格：“我有感情必须倾吐，有爱憎必须倾吐，否则我这颗年轻的心就会枯死。”我想，除去天赋于个人的气质之外，还是出于那时代的一种情性，这“必须倾吐”几乎是“五四”鲜明的表情。多少压抑着的痛楚被清亮的歌喉叫嚷出来，然后期许着幸福。就像是一个从未享受过幸福的人所期许的一样，我觉得“五四”描绘的幸福景象多少带有空想成分。鲁迅先生的小说《幸福的家庭》里面，那个写作的青年所勾勒的安乐，很快就被“白菜”的现实击破，是不是就指的这个？而即便洞察如鲁迅先生，大约也不能料及，“五四”的理想在后来几十年里的遭际。

后来，您说：“我错就错在我想写我自己不熟悉的生活，”这种“错”源于“我要歌颂新人新事”，于是，自一九四九年后，您没有写作出更多的小说。这检讨何止是在艺术规律！您在《随想录》中写到无数次的批斗会上，您喊着打倒自己的口号，记录造反派的批判词，然后再交上“思想汇报”，您是这样说：“六七、六八年两年中间我多么愿意能够把自己那一点点‘知识’挖空，挖得干干净净，就像扫除尘土那样。”这心情很奇异地保持有“五四”的纯真，那就是您写于上世纪三十年代的《旅途随笔》中的一句话：“就让我做一块木柴吧。我愿意把自己烧得粉身碎骨给人间添一点点温暖。”您，你们，一整个“五四”，就是如此急迫地要将自己献出去，献给你们期许过的、乌托邦式的幸福，不惜屈抑和压缩自己，但等发现这种收缩已经伤及你们信奉的理想，猛醒过来，你们便不留情地指向了自己。您用了一个词，“奴在心者”，说的人和听的人都是极痛的。再后来，您说到了丹麦安徒生的童话《皇帝的新衣》——“大家都说：‘皇帝陛下的新衣真漂亮。’只有一个小孩子讲出真话来：‘他什么衣服也没有穿。’”巴老，您是不是想做回小孩子，直率地说出一个简单的真理？然而，事情就是这么不顺遂，我们走过这么长的路，吃这么多的苦，才又贴近理想的初衷。可是在您，这理想依然保持着鲜活，您说：“一个中国人什么时候都要想到自己是一个人。”相比较，我们却好像是倦怠了，不知是急于成熟导致的早衰，还是——我以为多少还是另有一种时代病症，冷漠在侵蚀我们的性格，我们好像羞于那么热情了，觉得所有的希望都不免是幼稚的。而，只要您在，就可以像一面镜子，照出我们的颓唐。

其实您已经说了很多，可我们都是不警醒的懵懂的人，又被今天的时代惯坏了性子——今天，时代渐渐地有些接近你们的期许，人们自由地恋爱，思想，和写作，对幸福的憧憬也渐渐合乎现实。可是，我们难免忘了来历，忘了先行者的牺牲；我们摘取前人思想的果实，将内瓤耗尽，空壳弃下；我们自大地以为进步是从我们开始的，因为局限在自己的视野里，便觉着自己的生活最合理。那也是因为您在，我们才可能放心地任性地去背叛，去割绝，不必忧虑传承中断，无往可继。现在，我们要孤寂了，那一个时代逐渐成了追忆，没有依傍，要由我们独自担纲起自己的日子。我们能担纲得起吗？我们能像您那样自省，以告诫来者？我们孱弱的精神能承起您的热情，以传给来者？

我看见过鲁迅先生出殡的照片，您为先生抬棺，您是那么年轻，而且幸运。今天我，早已过了您为先生执绋的年龄，我不知道我能不能有这样的幸运，就是为您执绋，送您！

我们和“叔叔”之间

我曾经写过一个中篇小说，叫作《叔叔的故事》，鲁彦周老师，大约可算作“叔叔”这一代人。他是“叔叔”一代里没有打成右派的那一类作家，但这并不意味他就可以幸运到豁免于那时代里所有的严厉性。在我们，思想解放背景下成长起来的写作者，难免会苛刻地看待他们，认为他们扛着旧时代的枷锁，觉醒和批判的力度不够。于是，他们又面临着我们的逼迫。这就是“叔叔”他们的处境。急骤变化的政治生活，不断地挑战着他们有关正义的观念，他们付出的思想劳动，我们其实所知甚少，不止是缺乏历史的经验，还是骄矜和懒惰。而事实上，我们却是踩在他们蹚平的路径上。总之是，我们还来不及继承他们，就来不及地背叛他们了。在变化的当口，时间总是紧迫的，事物的运动不得不缩短了周期，表面看起来是飞速地进步，内里却付出了不成熟的代价。

有一次，我陪一位美国来的客人路经苏州，陆文夫老师请我们午饭。饭桌上，老师他喝了些酒，发表了一通酒经，这通酒经后来全被我搬进《酒徒》这篇小说。在如此陶醉地论过喝酒之道后，老师黯然说：我有许多朋友喝酒喝死。随即正色道：你信不信，我要不喝，立马就不喝！这一笔就有些心惊，像是立誓，向着某一种不可抗力。所以，非但是《酒徒》里的酒经，那“酒徒”的形象直接就是来自老师。就是这一日，酒酣饭饱之际，老师忽以商量的神情对了我，他说：这样好不好？你们写你们的，我们写我们的，各人写各人的。这句话大有意思，很像鏖战时的停火协议，可见我们的张牙舞爪，“叔叔”们于无声处尽收眼底。这就好比武侠之间的过招，高手总是以静待动，以不变应万变，以玉帛对干戈。“叔叔”们是不可小视的。

鲁彦周老师在我的印象中，性格的光芒度不是那么强烈。众人里，你很少能特别地听见他的声音，但却也不是沉默。“沉默”这两个字于他是太尖锐了，而他是温婉的。你虽然听不见他的声音，可你却觉得他在场。现在，我回想起了许多场合，总是有一个老师他。所以，鲁彦周老师是有一种洇染力，他淡定地润泽着他的周围。我曾经有两次与他近距离接触，一次是一九八五年初，开完作代会——那一次作代会是跨年度的，自一九八四年底到一九八五年初。我没有跟大部队回上海，而是去合肥看我的姐姐。事先我并不知道与安徽代表团同一列火车，最终是他们找到我，还是我找到他们的，现在已经想不起来，总之是我坐进了鲁彦周老师的软席车厢，在那里一直消磨到就寝的时间，才回到自己的硬卧上。我也记不起鲁彦周老师与我说什么了，但是记得老师的神情，至今这神情还十分生动地印在脑海里。他的姿态很放松，袖着的手搁在车窗下的茶几边，于是，身子就微微倾向我。他向我问这问那，态度里有一种很可寻味的兴味，似乎是觉着眼前坐着的这个青年挺有趣，挺让人喜爱，可是在某些事情上，怎么说呢？姑且不说了吧。这很有一点威慑力呢！于是，这青年情不自禁就有些瑟缩起来。次日清晨，火车到达合肥站，来接我的姐夫与我两下里走岔了，是老师的车将我送去姐姐家所在的安徽省体育学校。在皖南略微漉湿的晨曦中，我跳下了老师的车，完成了这趟同车旅行。这是第一次，第二次就到了一九八八年秋天，我和老师同在一个中国作家代表团，前往德国，参加汉堡中国文化节。

汉堡的风光美得几乎不真实。我们住在湖畔的家庭旅馆，临湖一面，张眼是波光熠熠的湖面，走着点点白帆；背湖的一面也不错，绿树森森。家庭旅馆多是在自家公寓内开辟，卧房就是客房，老板娘是一家之主。早晨天不亮，门铃就连连响起。第一遍是上班的女工来了；第二遍是送牛奶；第三遍是刚出炉的面包。早早起来的老板娘便轻着脚步速速地一次次去开门。我们这些中国客人占满了这家小旅馆里所有的房间，一处起居，早晚，聚在客厅里，特别像一家人。我还是记不起和鲁彦周老师之间有过什么特别的交谈了，可是印象中，无论是旅馆的居家式客厅，回荡着《阿根廷，我为你哭泣》歌声的歌剧院，汉堡古老市政厅的开幕酒会，文学演讲会，还是中国礼花绽放异国天空的夜晚里，总是有老师他在，从容的，温和的，却决不丧失主见的神情，渐渐弥漫开，笼罩了我们的相处的日子。从德国回到北京，我们与老师自然是稔熟了，行动就随便许多，我和程乃珊敲老师竹杠，让老师请我们打牙祭。这天晚上，就在我们所住的中国作协招待所的街对面——这个叫作“十里堡”的地方，顾名思义，不久前就还是个大村庄，几乎没有什么商业，唯有的一家饭店，很奇怪地是在地下室里。老师给我们点了菜，菜一一上了桌，老师自己并不吃，只是抽烟，看我们吃。这个显然是人防工事改作民用的地下室里，空气难免是不洁的，水泥地面上印了油渍和水渍，日光灯再将这些照得惨白，我们呢，聒噪地说着话。老师似有些走神，在想什么呢？是一些什么样的往事从心里走过？那是我们不可企及的往事。又有一日的早晨，我们去敲老师的门，老师让我们进去。他还没起床，就这么拥被而坐，表情惘然地告诉我们一个梦境，说他方才诞生的小孙子竟然开口说话了。这有着什么样的意味呢？是唤回了什么，还是预兆了什么？在老师平静和煦的表面之下，究竟是什么样激荡的内心？我们太少注意“叔叔”们的内心了。

在我母亲去世的时候，高晓声老师给我写了一封信，短短数行，吩咐我在母亲灵前替他点三炷香，有一股哀绝从字里行间冉冉升起。他们这些人，我指的就是“叔叔”们，在欢颜之后总是藏着一层哀婉之色。在这个清明的年代里，生活宽裕许多，医学进步，人均寿命大大延长，他们本可以更加健康，然而他们的寿都不顶长。高晓声老师走了，陆文夫老师走了，现在，鲁彦周老师也走了。

在这缅怀鲁彦周老师的时候，我又一次打开他的小说《天云山传奇》，我特别注意到“周瑜贞”这个人物。我看见，鲁彦周老师称她是“受了洗礼的一代人”，她思想自由，性格热情，对既定观念持怀疑精神，这怀疑却不妨碍她坚定地信任另一些事物，他让她担任起承接上一个时代，又开启下一个时代的历史使命，她正是我们这一代人。将近三十年之后，当我们已经到老师写作这部小说的年龄，看到老师对我们的认识和评介，那是多么慷慨的良善！那是根据什么来的呢？我们有那么好吗？那只能解释为一种期望，期望我们能具备着身处的时代里最优质的禀赋，因这时代是从他们的争斗和教训中脱胎。很可能，他们是过于地看好了它。事实上，这时代又呈现出另外一种复杂性，这种复杂性也是从他们时代的复杂性里衍生和演变出来。我们和“叔叔”们的讨论还没完，永远没个完！这就是我们和“叔叔”之间的最亲密关系。

2007 年 3 月 29 日　上海

儿童玩具

从小，我就是个动作笨拙的孩子。儿童乐园里的各项器械，我都难以胜任。秋千荡不起来，水车也踩不起来，跷跷板，一定要对方是个老手，借他的力才可一起一落，滑梯呢，对我又总是危险的，弄不好就会来个倒栽葱。而且，我很快就超过了儿童乐园所规定的身高，不再允许在器械上玩耍。所以，我记忆中，乐园里的游戏总是没我的份。但是，不要紧，我有我的乐子，那就是儿童乐园里的沙坑。

那时候，每个儿童乐园里，除了必备的器械以外，都设有几个大沙坑，围满玩沙子的孩子们。去公园的孩子，大都备有一副玩沙子的工具：一个小铅桶和一把小铁铲。沙坑里的沙子都是经过筛洗的，黄黄的，细细的，并且一粒一粒很均匀。它在我们的小手里，可变成我们想要的任何东西。它可以是小姑娘过家家的碗盏里的美餐，它可以是男孩子们的战壕和城堡。最无想象力的孩子，至少也可以堆积一座小山包，山头上插一根扫帚苗做旗帜，或者反过来，挖一个大坑，中间蓄上水做一个湖泊。或者，它什么也不做，只是从手心和手指缝里淌过去，手像鱼一样游动在其中的，细腻，松软，流畅的摩擦。

不知道是从什么时候开始，儿童乐园里的沙坑渐渐荒凉，它们积起了尘土，原先的金黄色变成了灰白。然后，它们又被踩平踏实，成了一个干涸的土坑。最后，干脆连同儿童乐园一同消失了，取而代之的是大型或者小型的游乐场。过山车，大转盘，宇宙飞船，名目各异，玩法一律是坐上去，固定好，然后飞转，疾驶，发出阵阵尖声锐叫，便完了。

那时候，南京路与黄河路交接的路口上，有一幢三层高的玩具大楼，是星期天里，父母经常带我们光顾的地方。印象中，整个三楼都是娃娃柜台，各式衣裙的娃娃排列在玻璃橱里，看上去真是五彩缤纷。这时候的娃娃样式基本一致，陶土制的脸和四肢，涂着鲜艳的肉色，轮廓和眉眼都很俊俏，身体是塞了木屑的布袋制成。头戴荷叶边的花帽子，身着连衣裙。彼此间的区别主要是形状的大小，衣裙的样式颜色以及华丽的程度。其时，还没有塑料，娃娃的形象多少有些呆板，衣裙是缝制在身上的，不能脱卸，可这却一点不妨碍我们对它们的信赖，信赖它们的真实性。每个女孩子似乎都至少要有一个娃娃，它是我们的忠实的朋友和玩伴。

当时有一种赛璐珞的娃娃，造形很写实，形状几乎和一个真实的婴儿一般大，裸着身体，可给它穿自制的衣服、鞋袜。可是我的父亲一直记得，他小时候在南洋时，看见过一个女孩子将赛璐珞娃娃系在背上，学习那些劳作的闽南妇女的模样，一个调皮的男孩恶作剧地，用火柴点着了娃娃，结果是女孩和娃娃同归于尽，葬身火海。因而，我们对赛璐珞娃娃始终怀着恐惧的心情。再加它通体都是一种透明的肉色，眉眼只有轮廓，却不着色，就好像是一个胚胎，这也叫人心生恐惧，所以，我们从来也没有向往过这种娃娃。

后来，我和姐姐得到过一对丽人娃娃，一男一女。它们的形象非常逼真，女孩梳了发辫，不是画在头颅上的，而是真正的毛发编织而成，打着蝴蝶结。在它们比例合适的身体上，穿着绸缎的中式衣裤，衣襟上打着纤巧的盘纽，还有精致的滚边。尤其是足上的一双鞋，是正经纳了底，上了帮，鞋口也滚了边，里面是一双细白纱袜。它们虽是娃娃，看上去却似乎比我们更年长，它们更像是舞台上的一对供观赏的演员，不怎么适合做玩伴的。在最初的惊喜过去之后，它们便被我们打入了冷宫。我们玩得最持久的是一个漆皮娃娃，是我姐姐生日时得到的。许多娃娃都不记得了，惟独这个，记忆深刻。它穿着大红的连衣裤和帽子，衣裤帽子全都是画上去的。它的头很大，肚子也很大，额头和脸颊鼓鼓的。它要比一般娃娃都要肥硕一些，也不像一般娃娃那么脂粉气重，它有些憨，还有些愣，总之，它颇像一个真正的小孩。抱在怀里，满满的一抱。我姐姐整天抱着它，像个小妈妈似的，给它裹着各种衣被。后来，我姐姐生了个男孩，我总觉得这个男孩与那个漆皮娃娃非常相似，也是大脑袋，额头脸颊鼓鼓的。

这时节，电动玩具出场了。我以为，电动玩具是儿童玩具走上末路的开始，它将玩耍的一应过程都替代，或者说剥夺了。我最先得到的电动玩具是一辆小汽车，装上两节电池，便可行驶，并且鸣响喇叭。它和真的汽车一样有着车灯，向前行驶亮前灯，一旦遇障碍物倒退，则亮尾灯。它还会自动转弯，左边遇障碍物朝右转，右边遇则朝左转。它当然是稀罕的，是我向小伙伴炫耀的宝贝。但内心里，我对它并没有兴趣，我宁可玩我原先的一辆木头卡车。它的样子笨笨的，可是非常结实。它有着四个大木轮子，车斗也很宽大。我和姐姐各有一辆，她是红的，我是绿的。我以为，父母实际上在心里准备我是一个男孩，所以总是分配给姐姐红的，而我是绿的。在装束上，姐姐留长发，我则是短发。这辆卡车没有任何机械装置，我就在车头上拴一根绳子，拖着走。车斗里坐了我的娃娃，以及它的被子、碗盏，还有一些供我自己享用的糖果饼干，然后，就可上外婆家了。

那种机械装置的玩具，其实也是单调的。有一次，爸爸带我去方才说的那家玩具大楼买玩具。他为我买了一个莲花里的芭蕾舞女，就是说，一朵合拢的莲花苞，一推手柄，莲花便旋转着盛开了，里面是一个立着足尖跳舞的女演员。还买了一个翻跟头的猴子。我爸爸给我们买玩具，不如说是给他自己买玩具，是出于他的喜好。曾有一次，他给我买了一只会喝水的小鸭子。这鸭子身上有一个循环的装置，可不停地低头喝水，水呢，从嘴里进去，再流入杯中，永远喝个没完。他大感惊讶，赞叹不已，立即又去买了一只，让它们面对面立着，一个起一个落地从一个冰淇淋杯中汲水喝。而我看不多久便觉索然，它们喝得再棒我也插不进手去，终是个旁观者。这一天的情形也大致相同。买了玩具，我们又去对面的著名粤菜馆新亚饭店吃饭。一边等着上菜，一边我就迫不及待打开纸盒，坐在火车座旁的地板上玩了起来。那猴子劈里啪啦地翻着跟头，从这头翻到那头，抡着圆场。没等一圈发条走完，我已经腻了，走了开去，剩下爸爸和饭店里跑堂的，背着手饶有兴趣地欣赏着。

这时节，玩具做得越发精致了，记得有一套小家具。全是木制的，大橱就像火柴盒大小，橱门可关阖，五斗橱的抽屉均可推拉，每一关节，都细致地打着榫头，严丝密缝。还有一副小餐具，其中的一把筷子竟是真正的漆筷，头和梢是橘红色的，中间则是黑底盘丝花。但这些说是玩具，更像是工艺品。看起来很好，却没有什么玩头，你能拿它做什么？

许多好玩的玩具都是简单的，比如积木，是我永远玩不腻的。还有游戏棒，它也有着奇异的吸引力。从错综交叠的游戏棒中，单独抽出一根，不能触动其他，无疑是个挑战。要求你镇静、稳定、灵巧，并且要有准确的判断力，判断哪一根游戏棒虽然处境复杂，可其实却是互不干扰的一根，或者正反过来，某一根看上去与周遭不怎么相干，其实却是唇齿相依，一枝动百枝摇。还有万花筒，它随着手的轻轻转动变幻出无穷无尽、永不重复的图案，这一刻无法预测下一刻。从一个小眼里望进去的，竟是那样一个绚丽的世界。后来，万花筒里的碎玻璃被塑料片取代了，这世界便大大逊色，不再有那么金碧辉煌的亮色。塑料片不仅没有碎玻璃的晶莹，也没有碎玻璃的多棱面，那种交相辉映的灿烂便消失殆尽。塑料工业的诞生其实是极大地损伤了儿童玩具，它似乎有着摹仿一切的性能，事实上，却是以歪曲本质为代价的。万花筒就是一个明证。

上小学的时候，我们曾经在一家街道工厂进行课外劳动。这家厂就是生产塑料娃娃，从模子里压出的各色娃娃盛在纸箱里，一大箱一大箱的，工厂又是在一个通风不良的阁楼上，于是，便壅塞着塑料的古怪的甜腥气。一个有腿疾的男工，迈着不能合拢的八字状的双腿，吃力地搬动着这些纸箱。整个情景都是令人沮丧，并且心生抑郁。

就像方才说的，父母无意中分配我和姐姐担任不同的角色，姐姐一定是女孩无疑，他们特别纵容她的女孩子的特性，他们给她买珠子。这些珠子实在美丽极了，形状颜色各异，分门别类地安放在一大个玻璃盒里。当然，除了这样昂贵的珠子外，还有许多散装的珠子，廉价一些的，但也同样多姿多色。时常也带她去挑选一些，扩充她的珠子的库存。她拿根针，引根线，将珠子穿成各种饰物。而爸爸妈妈似乎从来不以为我也是需要珠子的，我只能蹭着玩一点，暗中满足一下自己被忽略的需要。父母分配给我的爱好是一套建筑积木，是一整座中苏友好大厦，也就是现在的上海展览馆的模型，全由白木做成。记得定价是十五元，这在当时称得上是天价。事实上，这套建筑积木从来没有属于过我，它一直陈列在淮海路，我家附近的一间文具店里。实在说，它已不仅仅是一副玩具了，而是近似于船模航模一类的，训练性质的模具。母亲许诺我，倘若我能考上市重点中学，上海中学，便送给我。可是，没等到考中学，文化大革命就开始了，学校停课。这套模具不知什么时候收起了，反正我再也没有看见它了。

至于南京路黄河路口的那座玩具大楼，文化革命中我和妈妈还去过一回，它已经成了一家百货性质的商店，但还保留有相当面积的玩具柜台，柜台里其实也萧条得很了。还记得有三尊娃娃，分别是样板戏《红灯记》里的李奶奶、李玉和、李铁梅。妈妈被李玉和逗乐了，说了声“这个小干部”！现在，这已经变成了一家工艺品商店。所谓的工艺品就是一些机绣的桌布手绢，粗制的玻璃器皿，以及民族服饰等等。

我们还曾经有过一样特别有趣的玩具，那是一架投影幻灯机，是我们的三舅舅送给我们的。我三舅舅是个对生活很有兴致的人，他经常别出心裁地制作一些小玩意儿。那时候，一般家庭都没有冰箱，到了盛夏，剩菜很不容易保存。他就用几个饼干箱的铁皮圆盖，钻三个眼，一节一节地串起来，每一层可放一碗菜，然后挂在风口。他还喜欢拍照，拍过之后，再将照相机镜头取下来，临时制作一架扩大机，冲洗扩印照片。这一回，他送我们的投影幻灯机也是自己制作的，幻灯片是从什么地方淘来的，电影厂的废胶片。他很耐心地将这些废胶片挑选出来，按着电影的名目分别组合，并且尽可能根据电影情节的顺序，制成一条条的幻灯卡。其中有越剧《红楼梦》《追鱼》，张瑞芳主演的《万紫千红》等等。此时，将临文化大革命，市面上已经没多少电影可看，所以，这台幻灯机使我们不仅在孩子里，也在大人中间，大出风头。我们常常在家中开映，电灯一关，人们立刻噤声，电影就开场了。这台幻灯机伴随了我们很多时间，在“文化大革命”中的那些寂寞的日子，没有娱乐可言，我们就看幻灯片。那时候，我们的玩伴中有三姐妹，是上海电影厂的一位著名编剧的孩子，她们家历经数次抄家，竟还遗留下一些《大众电影》画报。那些天，我们就是这样，拉上窗帘，躲在幽暗的房间里，看着电影画报和墙上映出的幻灯投影，讨论着旧电影中的细节和男女明星，渐渐地结束了我们的儿童时代。

1998 年 7 月 21 日　上海

办公室的回忆

常熟路，靠近淮海中路，再严格说，是长乐路口，有一幢外形像一艘客轮的四层楼房，就是《儿童时代》杂志社，我在那里上过九年班。

说它像客轮，除了形状、高度，圆角的外阳台就像船舷上的过道，还因为它有着舷窗一样的圆形窗。从里面看，圆形窗正是在楼梯拐角处。这是一幢公寓楼房。那时候，许多办公室都是在老式的，殖民气息的楼房里。这里共有四层，每层两套公寓，门，相对而开，在楼梯的两侧。《儿童时代》社占了整个二层，一侧是编辑部，一侧是出版、财务、后勤，再加一个小资料室。三层是《儿童时代》所直属的中国福利会机关，四层则是中国福利会的国际顾问耿丽素女士的办公室。这是一位美国老太，长年生活在中国，为中国福利会处理一些国际关系。她还有一位翻译，从我们那时候的年纪看，也可算是一位老太了。看上去十分的家常，并不像一位职业女性，而是像一名操劳的主妇。就这样，她们一中一美两位老太，静静地在四楼办公。偶尔地，我们会和耿丽素女士在楼梯上相遇。以她的年岁和发福的身量，走上四楼显然有些吃力了，所以就在每一层上歇脚。我们客气地向她笑笑，然后就害怕似的匆匆走过去。其实，我感觉，她是挺希望我们能在她身边多停留一时的。无论是多么长年的中国好友，总归是身在客边。原先，我们有两位顾问，但此时，那一位已经回美国了，他的中国名字叫谭宁邦。听人们描述，他似乎是个性格开放的人，中午休息时，他会下到底层，与年轻人打一场乒乓。他还出任一部电影的男主角，就是《白求恩大夫》，著名演员英若诚演他的配角，一名译员。

底层是食堂、会客室，还有乒乓室。紧挨着我们的隔壁，有一爿米店，店名是我们杂志社的社长题写的。这是一名老出版人，至精于出版行业的每一个环节。他决不允许我们出一个字的错误，以及排版上的不讲究。我们一来，他就与我们上一堂版面课，教给我们一些行话：版面的上端为“天”，下端则是“地”，超出“天地”了，也叫作“出血”。出于职业的习惯，他走在街上，也检查着商店的招牌，还有路牌，不时指出，“这是一个白字”，“那个字出血了”。他早年从事共产党地下工作，坐过日本人和国民党的监狱。因为有这样的经历，到了一九四九年后的屡次运动，很自然地，又进监狱。他好像有着一份专在监狱中使用的生活用品，其中有一个布袋，盛炒黄豆。他的胃已经叫监狱生活折磨坏了，他就用吃炒黄豆来实行“少吃多餐”的医嘱。我觉得他不像是那种有着远大信仰的布尔什维克，他的气质更接近一个报馆或书局的职员：勤勉，谨慎，克己，务实，有一些世故，世故底下是通达的人性。其实就是凭这，他度过了那些艰难的起落的岁月，保持着健全的精神。

相比起我们这边的，较为严肃的编辑来，那边的总务人员似乎更有趣些。有一个老财务，特别的节俭。他的裤腰上挂着叮叮当当一大串钥匙，向他领一沓信封，或一个钢笔尖，他就从中挑出一把，打开某一扇橱门，将东西取出，郑重交到你手上。他买来胶水，就忙着往胶水里掺自来水。设计信封呢，要裁小一些，比通常的尺寸小去一壳。搞出版的，人称“太龙哥哥”，无论老小都这么叫。出典是他来到我们社不久，他的扬州乡下的妻子来找他，问门房说：太龙哥哥在哪里？“太龙哥哥”这几个字，用扬州话说来大不一样，有一股乡气的妩媚。所以，大家也都是用扬州话来称他的。

这些人和事，是在我进《儿童时代》的时候，文化革命过去，刚刚复刊的一九七八年。我们的房子是乳白色的，后来新刷了一遍浅蓝色，在这过于柔嫩的颜色下，墙面反露出了一些败迹，显得旧了。现在，《儿童时代》社已经移出了这幢楼，里面也大都是新人了。

1999 年 12 月 20 日　吉隆坡

回忆文学讲习所

我们那时候，鲁迅文学院是叫“文学讲习所”，没有自己的校舍，临时设在朝阳区委党校里面。党校周围空落得很，出了院门，走一段，才可抵到一个勉强可称为“街”的地方。那里有一个烟杂食品店，小是不小，可里面也是空落落的。因是早春乍暖还寒的天气，商店门口，挂着一幅厚重的棉帘子，粗蓝布，绗着线，就像一床农家用的被子。路对面，还有一个小小的邮局。边上呢，是十八路公共汽车终点站。就这些，也够了。生活起居就是这样简单。大约过了一个月的光景，党校周围的草木绿了起来。不是像江南地方的葱茏的绿，因为地方大，气候又干燥。但树身是高大的，枝叶错乱着伸展得很开，草呢？七高八低地冒了出来，就有了一种庞大和杂芜的春意。吃过晚饭，我们成群结伙，在党校后边散步。记忆中，那里有一二幢住宅楼，兀立于空地上的大树，一道丘陵般起伏的土岗子，岗上有杂树林。但要我进一步地描述出位置、方向和具体的环境特征，就做不到了。它的面积似乎相当大，并且，漫无秩序。并且，终究有些单调，没有特别的景物做参照。我们散步过了，回到党校，各自用功去了。

宿舍是四个人一间，我们仅有的五个女生，住走廊尽头的一大间。原先班上只有三个女生，这样不是要浪费一个名额了？校方又从地域出发，觉得上海这个城市仅只有竹林一个学员似乎委屈了，便委托上海少儿出版社，再推荐一名女生。恰巧，我正开始写作儿童文学，又不像其他几名候选人，比如王小鹰那样，在大学本科就读。于是，就这样，我乘虚而入，进了讲习所。在我来了之后，北京却又将一名男学员换成了女学员刘淑华。所以，老师们有时会和我开玩笑：要是刘淑华先来，你就来不了了。这真是万分幸运的事，想起来都有些后怕。我将进讲习所看得很重大，我也知道并不是所有人都这么看的，不是有人不来吗？先是贾平凹，后是母国政，最后才换上刘淑华。可这也影响不了。讲习所是我生活的转折点。

我们才来不久，就搬了一次家，从走廊那端的四人间搬到这端的五人间。后窗正对着后院，院里有一个浴室，每周六烧锅炉供热水。先是女生洗，再是男生洗。浴室很小，不晓得出于什么样的原理，它就像一个共鸣箱，将声音放得很大，然后从顶上的小气窗送了出来。所以，坐在我们的房间里，哪怕关着窗，浴室里的声音也清晰入耳。并且，很奇怪地，他们男生进了浴室，都喜欢唱歌。像贾大山这样，平时缄默的人，也放开嗓子唱起来，唱的是他们那地方的戏曲吧？很高亢的声腔。等洗澡的喧哗过去，后院便静了下来。

课堂是兼作饭厅的。前面是讲台和黑板，后边的角落里，有一扇玻璃窗，到开饭时，便拉开来，卖饭卖菜。里面就是厨房。所以上课时，饭和馒头的蒸汽，炒菜的油烟，还有鱼香肉香，便飘忽出来，弥漫在课堂上，刺激着我们的食欲。一九八〇年的北京，吃，还是一个问题。饭票是分作面票和米票的，十斤全国粮票，只能换四斤米票，其余六斤是面票。到现在还记得米票的样子，是一分钱纸币的大小，牛皮纸的颜色，用黑色的墨印着“米票”的字样，四两为一张。这样比例的米票，对于吃惯面食的北方人来说，正够调剂口味；而南方人，可就苦了。那时候，油粮都是定量供给，一个人一个月的地方粮票，要搭上一人一月的油票，才可换三十斤全国粮票。我要是多向家中要全国粮票，就等于克扣家中的吃油了。所以，我无论如何，也不能花费超出定量的饭票。越是这样米票紧张，越是能吃米。四两一满碗的米饭，一眨眼就吃下去了。与此同时，是对面食不恰当的厌恶，以至到了后期，闻到蒸馒头的酵粉的微酸的蒸汽，就要作呕了。可是，没有办法，还是要吃。别人似乎多少有些办法，在北京有一些关系，可多得几张米票。他们也会匀给我几张，虽然有限，但聊胜于无。有一回，我在卖饭的窗口，与里面商量，能不能用面票当米票用，只此一次。那食堂工作人员很和气，却很坚决地，不肯通融。排在我后面的，吉林作家王世美，目睹了这一情景，二话不说，从兜里拔出一捆米票，刷，刷，刷，抽出一堆米票在我面前。

不开课，也不开饭的时候，我们会到这里来写东西。东一个，西一个，散得很开，各自埋头苦作。遇到不会写的字了，就转过身去问："陈世旭，'兔崽子'的'崽'怎么写？"越过几排桌椅，远处的莫伸则插嘴道："安忆也要用这样粗鲁的字吗？"有一些小说就是这样写出来的。环境是杂一些，可心都是静的。我更喜欢在院子一侧的，另一座平房里的，小会议室写东西。小会议室很小，中间一张拼起的长桌，周围一圈椅子。我们就围着桌子，各写各的。这里空间小一些，也隐蔽一些，就比敞开的大饭厅里更有一种静谧的空气。中间进来一个人，将手中的茶杯往桌上一放，发出咯的一声。于是，都从草稿本上抬起头来，去看新进的人。日光灯下，低头低得久了，猛抬起来，看出去的人脸都有些发黄，而且恍惚。复再低下头去，纸面上就有了一圈圈的光影，过一会儿，才散去。小会议室外的甬道边，有一棵，还是一行大树，是不是槐树？

我不认树，记忆也模糊了，只知道枝条很粗，叶片很大，一层层的。月光将影子铺在地上。晚上，收拾了纸笔，从树底下，深深浅浅的影子上面，走回宿舍去。北方的月亮也是很大的。

写作总是在晚上，因为白天课排得很紧。老师对我们说：不要错过听课，写作的日子长呢！还许诺给我们，在学习期末一定安排写作的时间。一周六天，上午下午都排了课时。古典，西方，现当代，基础类的，思潮性的，理论的，实践的——这是请著名的作家来作创作的经验谈，我们听了多少课啊！有一位北大的老师，来讲俄国文学，讲《安娜·卡列尼娜》，说贵族的社交场，主要是举办舞会。他走到讲台前边，离我们很近地，用手罩着嘴加了一句：就像我们的开会！他讲得很好，上午讲完了，我们要求他下午再接着讲。老师真的将他留了下来，吃了一份客饭，睡了一个午觉，又讲了一个半天。吴组缃先生讲《红楼梦》，也是这样。讲了一次，不够，再让老师去请来讲第二次。因此，在规定好的课程外，又有些即兴的，多加出来的课。

吴组缃先生讲《红楼梦》，至今还在眼前。他微侧了身子，坐在讲桌后面，摆开长谈的架势，谈兴很浓。说到激动的地方，就隔了讲桌欠过身子，眼睛很亮地盯着前排的学员，好像要问他：你说是不是？他讲他的一个瑞典还是哪里的外国留学生，跟他学了三年的《红楼梦》，临毕业时，向他提了一个问题。大意是从地形上看，怡红院和潇湘馆实是不远，他们为何不能同居，抑或是出走？吴先生说，听了他的问题，便感到这三年是白教了，因他不懂得中国的社会，所以就不懂得宝黛的悲剧。你们知道吗？黛玉为什么老是和宝玉吵？吴先生问大家。黛玉为什么这么别扭？老要试探宝玉，而宝玉一旦表露心迹，她又要说宝玉欺负她？然后，吴先生便说到男

1987 年冬在香港与西西(左)、吴亮

我母亲和我大舅舅(见《我的大舅舅》)

女大防。在婚前，不能有一点点有涉的，否则，即便像宝玉与她这样的两情相知，都难免会小视她。他们就必须借别的一些事，来谈情。在他们感情史上决定性的一次交流，是宝玉挨贾政的棒子。黛玉去探望，说道："你从此可就改了吧！"宝玉回答说："你放心，别说这样话，就便为这些人死了，也是情愿的。"吴先生认为这是大有深意的，其实是宝玉向黛玉的彻心交待，而黛玉也听懂了。所以，在此之后，黛玉再没同宝玉闹过小性子。可是，吴先生不禁愤怒起来，越剧《红楼梦》竟然将情节顺序颠倒了，将黛玉在怡红院吃闭门羹，与宝玉生隙这一场，放到了宝玉挨打之后。宝玉已经向她说了：就便为这些人死了，也是情愿的。这里的"这些人"，就是黛玉啊！黛玉怎么会再对他生疑？这是个大大的错误！吴先生感情十分投入地认为，"金玉良缘"是个阴谋，书中有许多迹象，证明薛宝钗对贾宝玉窥觑已久。比如，薛家进京，说是送宝钗宫选，可是为什么后来就不提了，再没有下文了呢？吴先生从讲桌后面欠过身子问我们大家。还有，不是说宝钗"不爱花儿粉儿"，装束简朴，可为什么偏要时时戴个项圈？吴先生讲《红楼梦》，真是好听，就像在与你辨析一段世事，其中深谙着许多缘故端底。

听课以外，还举办过几次课堂讨论。记得有一次，好像是假期过后的一次，讨论小说形式的创新。贾大山很认真地准备了一份书面发言，逐字逐句地念了下来。方才说过，他是一个缄默的人，但也可能是在公众场合，私底下，他或者是相当善言的。那时候，我们班上的学员也是一拨一拨的，由于年龄、经历，还有地域的差别，他不是我们这一拨的。所以，我们看到的矜持的贾大山，就只是表面。即便是从表面上，也还是可以看出他的活泼与俏皮。在他无限恳切的表情之下，隐忍着一丝明察秋毫的笑意，就是这，使他虽然沉默寡言，却决不是乏味的了。这一天，他在讨论会上宣读了他的这份假期作业，专门谈意识流。这时节，意识流是个新概念，它给我们保守了多年的小说带来了一个新的契机，已经有意识超前的作家在使用它了。尽管还并不完全了解它内部的，心理学和语法学背景下的含义，但仅止是表面上，它的那种将叙述切碎了，又将某种细节夸张了的方式，就足够我们见识的了。这时节，刚刚走出封闭，世界一百年的思潮向我们扑面而来，都来不及地听、看、汲取。贾大山发言中说，他在假期里，也写了一篇意识流的习作，现在，他就将这篇习作念给大家听。他的小说是写收割的，记得最清楚的，是关于田野里草帽的描述，大致是：草帽，草帽，草帽，大的草帽，小的草帽，起伏的草帽，旋转的草帽，阳光烁烁的草帽，草帽，草帽，草帽……大家早已笑得前仰后合，而他始终不笑，坚持将小说读到底。他以农民式的狡黠表达了对这些半生不熟的现代小说观念的怀疑，其中是有一些保守，可是也包含着坚守的态度，坚守他一贯遵守的经典叙述原则。那种以创造人物与故事为最终审美的叙述原则，其实是困难的，对作者的想象力，生活经验以及语言能力都是永不歇止的挑战。不是吗？贾大山的“草帽，草帽，草帽”不是很简单，很方便？他一针见血地指出，现代小说技法掩盖在另辟蹊径之下的是叙述的软弱。直到他终年，他都没有向叙述的严格性妥协过，他不多的那些小说，无一不是遵循着经典的原则。

我忘不了，有一次在水池边洗衣服，遇到贾大山，他对我说：你发在《河北文艺》上的《平原上》，写得不错，我和张庆田——就是《河北文艺》主编——说，这孩子会有出息。《平原上》是我的第一篇小说，还是由我妈妈送到《河北文艺》去发表的，多少带有些

"后门"的性质。一篇三千来字，排在很后面的小稿，谁能看见呢？可贾大山看见了，还断定我会有出息，真是莫大的鼓舞啊！而我相信贾大山的眼光，也相信他的诚实天性，他不会是因为我妈妈的缘故恭维我。

当时，在讲习所，我可实在是没本钱，倘若不是前面说的那个偶然因素，我是进不来讲习所的。周围的同学们，我只在杂志上读到他们的名字，都是我羡慕和崇拜的人。然而，大家都对我很好，并且，我也能看出，这里边并不全是因为我妈妈的缘故，我得到了许多真诚的关爱。同学中，有不少在当地主持刊物的工作，他们竟也来向我约稿，这其实是很冒险的。由于讲习所集中了这么一大批新时期文学的中坚分子，编辑就络绎不绝地前来约稿，可是没有人向我约稿。再是自谦，也是不自在的。逢到这时候，我便知趣地走开去。我也忘不了东北作家王宗汉，他约我为他主编的《江城》写一篇小说，我如期写完，交给他。他看了之后却说：这篇给《江城》可惜了，我替你给了中青社的《小说季刊》。这篇小说就是《小院琐记》。还有蒋子龙，约我给《新港》写的《命运》，当他在饭厅里和我谈修改意见时，我激动得气都急了。我觉得他们都很像我的兄长，一点不嫌弃我，在我最需要帮助的时候，提携了我。

大约是在讲习所学习的后半期，不知如何开的头，我们兴起了舞会。周末晚上，吃过晚饭，将桌椅推到墙边，再拎来一架录音机，音乐就放响了。先是一对两对比较会跳和勇敢的，渐渐地，大家都下了海。那时候，大多数人都不大会跳，而且，跳舞这事情也显得有些不寻常。所以，跳起来，表情都很肃穆。要罗曼蒂克地，一边闲聊一边走舞步，那是想也别想。在刚开放的年头里，每一件新起的事物，无论是比较重大的，比如"意识流"的写作方法，还是比较不那么重大，跳舞这样的娱乐消遣，都有着启蒙的意思，人们都是带着股韧劲去做的。记得那年的“五一”节，讲习所放假，张抗抗挑头，我，陈世旭，艾克拜尔，还有叶辛，一行五人去八大处玩。在一处空着的偏殿里，传出节奏激烈的音乐，大家争相拥去，将偏殿围得水泄不通。偏殿里有七八个男女在跳摇摆舞，地上放着架录音机，音乐就是从那里面发出的。他们穿着喇叭裤，女孩子穿着男式领角的衬衫，衬衫下摆束在裤腰里，十分摩登。看上去，他们也算不得多么会跳，胯和腰的扭动有些生硬，也并不都能踩在点子上。可他们顽强地扭动着腰胯，一曲结束，便有人立即过去，将磁带翻个面，再续上一曲，接着往下跳。

讲习所舞会开张，党校食堂里的那几个年轻人也来参加，他们带来了录音机、磁带，还有舞伴。他们都比我们会跳，可做我们的老师。再后来，有些杂志社的编辑也来赴我们的舞会。后来，我们安排到北戴河度假，也带着录音机和舞曲的磁带。晚上，我们走到海滩去跳舞。夜晚的北戴河，与白天很不一样，它显得相当荒凉。海和天都很黑，而且空阔。海水一层层地拍着岸，听起来没什么声响，可录音机里的乐曲却变得虚弱了，原来，它们是有着巨大的轰鸣。说实在的，舞兴也不怎么样。柔软的沙地裹着脚，走不开步子。可我们还是坚持跳着。不一会儿，四周就围上了一些当地的小孩子，站，或者蹲在暗夜里，默默地望着我们动来动去的身影。

那时候，生活是简朴的。讲习所里有一台彩色电视机，可彩色还不如黑白的清楚。永远调不准频道似的，所有的图像都在不停地抖动和变形。偶尔碰巧了，出来一个盛装的女人，报幕还是歌唱，大家便惊异地问：这是谁？其中一个就回答：谁？妖精！又有人逗蒋子龙的小男孩，问：你家有吗？有！几个色？两个色！什么色？

黑的和白的！小男孩反应特别敏捷，应对如流，一口的天津话，将“色”说成“塞”，发第三声。

常来讲习所玩的孩子，还有王宗汉的一儿一女。儿子王家男正处在少年的飞跃性发育阶段，身量很高，特别瘦削，脸呢，还是幼稚的孩子脸，异常的沉默。但即便在这种身心不平衡的成长时期，他依然是温顺与安静的，可见得他柔和的天性。后来看到他写的小说《乡恋》，一下子与他的少年形象联系起来了。女儿的名字起得很好，叫作“可心”，人也长得“可心”，那时才齐桌高。两年前，忽然接到一个女孩子的电话，声音特别清亮，代表东北某家报纸来约稿，自称是“王可心”。不由吃了一惊，有多少时间过去了呀！

校舍后面是一个操场，有篮球架，讲习所与党校举行过篮球友谊比赛。还有一张乒乓桌，但拍子和球似乎不太好找，偶尔凑齐一副，就打上一阵子，然后又没了。

还有就是散步。一边散步，一边聊天。聊的呢，大多是文学。那时候，真的很热衷谈文学，一点不是矫情。而是很认真，也很自然，谈自己的思想和构思。古华的《爬满青藤的木屋》，还有《芙蓉镇》，就是在那时候讲给我们听的。听着就觉得好，不料，写出来，更好。也谈苦恼。河北作家申跃中，二十世纪六十年代就写作了。那时，拘泥着写，还能写出来，现在，放开了，反而写不出了。他说，他就好像是一张网眼特别稀的网，打下去，东西都从网眼里漏了。

读书也占了许多时间。讲习所有一个小小的，只一间屋的图书馆，管理员叫小井。书不多，有一本新来的好书，便永远地在人们手里周转，回不到书架上。那时候，有一本很抢手的苏联小说，叫作《白比姆·黑耳朵》，陈世旭看着，看着，就独自在房间里踱着步，大声朗读起来。人们走过他的房间，都朝里望一眼。

晚上，党校的学员走了，工作人员也走了，就剩讲习所的这些人，在各自的房间里，做着自己的事情。偶尔从开阖的房门里，传出一两句说话声。等大多数宿舍关了灯，走廊里会响起一阵脚步声，是最后一班十八路汽车将哪个人送回来了。也有来串门看朋友的人，也得赶十八路的末班车回去。

然后，讲习所就组织去北戴河了。很隆重地，出发之前，我和抗抗，还有叶辛，特地去了趟王府井，买旅行用品。买了太阳镜、遮阳帽，我没有买到合适的游泳衣，后来是小井将他妹妹的游泳衣借了给我。男式的游泳裤倒有，但叶辛又不想买了，他的思路是这样的：假如买了游泳裤，他就要去游泳，假如去游泳，就可能淹死。最后，在抗抗的连笑带骂之下，他不得不买了游泳裤。到了北戴河，他就穿了新买的游泳裤，站在齐膝的海水里，用手蘸了水往身上拍。脸上的表情多少有些愁苦，好像不是出自情愿，多少是由于某种压力。去海滨游玩的东西准备齐了，上路了。

到了北戴河，住下，所领导古鉴之立即召集开会，作一番讲话。大意不外是让大家好好休息，好好玩，注意安全，通过这机会，更进一步地互相了解——所以，不妨可以打破圈子，广泛地接触、交往，比如——古鉴之老师举了一个例子，乔典运也可以和王安忆一起散散步，聊聊天嘛！大家便哄然大笑，大约是觉得乔典运与我太不相似了。乔典运来自河南农村，是学员中最年长的一位，当年已是四十九岁。开学初，天还寒冷，他就穿一件对襟的黑布棉袄，理着一个发茬很低的平头，完全是一个田里的把式。但他有着相当沉着的气质，这是内心生活在起作用，这使他变得睿智。大家拿这话取笑了很久，老乔则很厚道又不失大方地说："其实我和安忆经常聊天。”

北戴河，蓝天绿海。都是刚走出黯淡的生活不久，不相信好日子就这么轻易地来了。往后的日子其实越来越好，可是再好哪有刚开始的时候新鲜？有希望？

住的招待所面向大海，走过去只几百米。我们成日价泡在水里，也不管是会游泳，不会游泳。然后在沙滩上晒太阳，沙粒很细，滑润，均匀。早上，潮退去了，留下了贝壳，海星，花石子。拾一捧，看看，有更好的，就丢了，再拾一捧。太阳一点一点升高，绿海就变成金海。

北戴河有一家德国西餐厅，“起士林”。在当时看来，极其的豪华，价格也贵得惊人。那时候，花钱还很节制。人们大多是走过看看，真正进去吃的很少。所以，店堂里相当冷清。抗抗请我吃了一次色拉，艾克拜尔庆贺得子，又请我和陈世旭吃了一回圣诞。陈世旭将他杯中的掼奶油都分给了我们俩，他说他是吃野菜的命，欣赏不来这洋玩意儿。

讲习所还向渔船上买过一回海螃蟹，请招待所的食堂煮了给大家尝鲜。可惜大部分北方同学吃不来，也不赏识，草草地嚼一遍，丢下一桌子蟹钳蟹脚，走了。

北戴河是讲习所生活的高潮，从北戴河回来，多少有些人意阑珊。

回来不几天便放假，一个月。等一个月以后，大家从各地家中纷纷返校。离别了一段，重聚一起，就又有了些重新开头的喜悦和振作。彼此看看，都有点变样，新理了头发，换了装束，身上脸上染了些家庭生活温暖又私密的气息。本来已经稔熟了的，这时候又生分了似的，不大好意思。散了一半的心这会儿又聚拢起来，但总归是向收尾上靠了。各人忙着写毕业作品，交上去，所方则四处联络刊物审阅与批用这些作品。学员们又提出，讲习所能否出面，向各人所在单位请一段时间的创作假，作为讲习所课程的延续。再有，举行一次答谢导师的宴会。

讲习所的前期是上大课，后期则效仿研究院的导师制。每三至五人，认一位导师，导师是由著名的作家担任。我，瞿小伟，郭玉道，因是写儿童文学，所以，就跟了金近老师。

瞿小伟是北京的青年，当时在《北京文学》上发表了一篇小说，《小薇薇》，写一对小儿女跟了父母在干校里的遭遇。和描写那个时代的故事一样，结局是凄楚的，但是却流露出特别纯真和温暖的感情。里面还有一条忠实的大狗，就像所有天性善良的男孩，梦想中的伙伴，最后也伤心地死了。这篇小说后来和我的《谁是未来的中队长》，一同获得了全国第二届少年文艺创作二等奖。颁奖正是在讲习所的学习期间举行，这使得默默无闻的我们俩，多少挣得了一点荣誉。他和我同是讲习所里惟有的共青团员，所以，开学的第一天，就由我们俩，再加上打字员小林，组成了一个团小组，由共产党员、军人作家李占恒来领导我们。郭玉道来自青海，其实在那时候，他已经呈现出疾病的征兆，可谁也没有注意。他消瘦，面色萎黄，精神多少有些不济。他似乎不顶合群，也许只不过是性格羞怯，不惯于在人前说话。在他的宿舍里，还有我们共同去赴老师家上课的路上，他还是活跃的。

我们三个一同去金近老师家，路上需转两路或是三路汽车，再要走一段。我们到的时候，老师已经候在那里了。准备好了茶水，还有盛在菜碗里的半碗杏子。金近老师是江浙人，乡音很重的普通话。但决不会听不懂，于我来说，还很亲切。因在上海，多是听到这样的普通话，它比字正腔圆的北方话，要家常得多，也温婉得多。因是夏季，他多是穿着汗背心，手上持一把蒲扇，和我们说话。他看上去，就像是个乡下小老头，可这“乡下小老头”，却有着骨子里的优雅：安静，温和，从容不迫。他显然不善言谈，甚至于还有些不安，不知该对我们说什么。他很努力地想着，想一句，就说一句。而他又没有一丝一毫应付我们的意思。他特别愿意同我们多说一些，把写作的秘诀教给我们。可是，写作有什么秘诀呢?像老师这样一个诚实的人，是连一句虚浮的话也说不出来的。所以，我们在他家，就坐不长，大约一小时左右，便告辞了。可是，我们每一次都定好下周的上课时间。到时间，一准去，老师也已在等着我们了。

谢师宴会是在朝阳区委党校的饭厅里举行。党校的伙房很有些军队应变作战的素质。平常日子里，玉米面饼，大楂子粥，米饭一碗碗蒸着，菜是大锅炖煮，大勺子当当地舀到一溜排开的搪瓷盆里，然后，打铃开饭。可到了要紧时刻，它八冷盆，八热炒，大菜甜食，说上就上。办事情的杯盘碗盏也都拿出来了，虽不是细瓷描花的，可却齐齐整整。饭厅里一下子布满了餐桌，一圈冷盆中间，立着酒水瓶子。五时许，导师们陆续到了，由各自的学生陪着，参观讲习所驻地，又到院子里树底下照相。金近老师也来了，穿一件白衬衫，手里提一个人造革的黑拎包。导师自然是和学生坐一桌，桌边放的都是长凳和方凳。我们中的谁就到宿舍里搬来一张靠背椅，要老师移坐到椅上去。金近老师一定不肯，说这样就蛮好，觉得我们实在多此一举。我们则一定要他坐椅子，瞿小伟还站起来，从金近老师的身后，双手扶住他的肋下，要将他强持到椅上。瘦小的老师在高大的学生身下，滑稽地挣着手，就是不从，都快要生气了。我们到底强不过老师，只得作罢。晚宴开始时，还矜持着，等喝了酒，气氛就轻弛了。那时候，吃喝的事情还不太经常，大家都兴奋得很。说话的声音也大了，酒呢，敬来敬去的，都有三分醉了。金近老师看来是不惯于这种喧哗的，但他不扫人兴，等到有人陆续离了席，他才说要走了。然后，我们三个人送他去搭乘十八路车。走在通往汽车站的，黑漆漆的土路上，师生四人都放松下来，说着闲话。走一截，有了路灯，将我们几长几短的身影，投在地上。车暗着灯，敞着门等在终点站，老师同我们一个个告别，就转身上车。瞿小伟又伸出手，扶住老师的肋下，托他上了车。车门关上，车灯亮起，驶离了站。我们三个，再荡啊荡地，荡回讲习所。已是秋初，风很凉爽，月亮升起来了。

离开讲习所以后，是多少日子？三年，还是五年？传来了郭玉道患癌疾逝世的消息，他是我们中间第一个早逝的同学。接下去，就有乔典运、贾大山，相继而去。他们都是贫瘠地区的农人，艰苦的生活，在一定程度上损害了他们的身体，繁重的思想劳动又雪上加霜。

金近老师也离开了我们。讲习所过后，老师寄给我一本童话书，名叫《爱听故事的仙鹤》。这一篇中，写了一个作家，六十多岁，灰白头发，瘦瘦的，人们都管他叫“乡下爷爷”。这其实就是老师自己吧。现在，他也像文中的“乡下爷爷”，在对我们说：“我要讲的童话，还没有讲完哩。”

讲习所结束之前，我们还举行了一场舞会。大家期待着，再热闹一次，可已是曲终人散的气氛了。有人在打行李，宿舍里散乱着书籍、纸张。有人忙于和北京的亲友告别，在房间里待客，或者出门去了。来跳舞的就也心不定，过来坐一时，再走开一时。倒是一些外来的编辑，或是党校工作人员，和他们的熟人，在场子里舞着。

然后，一个一个走了，房间一个一个空了下来。卸下蚊帐，一下子露出了前后的窗户。窗外是北方的杨树，叶子茂密，在秋日的阳光下，翻着亮片，闪闪烁烁。真是满窗绿色。

2000 年 7 月 20 日　上海

窗外与窗里

从窗户望出去，奥斯陆的街道很精致。石子街面，嵌拼出均匀流利的图案，细细地蜿蜒，弯过小小的转角。偶尔，有一二个人，或者一两部车驶来。奥斯陆的街道好像是柔软的绒一样的质地，会得吸音，人和车悄无声息地过去了。

楼多是四层，坡顶，但高矮不一，墙面也不是一种颜色。从我的角度望过去，对面是红色的砖墙，带着些玫瑰紫的红，圆拱形的门和窗。红砖墙后面，估计有一个院落，所以就隔开些距离，竖了一面白粉墙。白粉墙的后面，则露出一角水泥颜色的山墙。再收回视线，移过一些，斜对面，是带些老黄色的砖面墙。合在一起，是明快的节奏。所以，虽然人少，但也不是寂寥。

这里，我说的窗户，是丽嘉维多利亚酒店的客房，在市中心。国家剧院，奥斯陆大学，步行街，市政厅，还有海边，都可以徒步走到。

有一日早晨，天阴得很重，街道上暗暗的。对面的楼里，有一格窗亮了灯。因周围都是暗的，就显得更亮。这是一间厨房，但不像是家庭，因为看上去，比较简单，过于干净，并且没有女人和孩子。里边有三个男人活动着，从橱柜里取东西，坐下，打开报纸。其中一个，穿着劳动防护那样的橘红色背心。他们是准备出发工作之前，在这里享用早餐。在这个阴天的早晨，他们显得格外的早起和勤劳。

下一日，还是阴天，这格窗的灯又亮着，还没有人来，空着。

在它底下的一格窗也亮了，是一间办公室，有电脑、电传机、文件柜，桌上摊着些纸张。没有人，但是，已经有了工作的气息。

换一个地方，在奥斯陆的“作家之家”，一座二层的木结构的小院落里，二楼的会议室。一排窗户，面街。拐过弯来，一长排窗户，也是面街。据称，一百年前，从这排窗向外望过去，是海。那时候，会议室是市场，演过戏，地下室曾经是监狱。海已经让楼房挡住了，也是四层高，公寓楼，窗和门上都有着雕饰。墙面的涂料多是掺着些乳色，所以就吸光，柔和均匀的明亮。下午三四时光景，对面楼房的拐角阳台上，走出一个女人，速度很快地走到阳台最外处，对着手机说话。大约是信号不好，她不停地换着角度、方向。为加强语气，还做一些手势。于是，静寂的午后，就有些紧张的空气。

会议室的第三面窗，和长排窗相对，也是一长排，却是对着院落。可看见木阳台的栏杆，在阳光下发亮。有人从阳台上走过，从阳台的那一端下去了。有木板松动发出的沓沓声，听得出，脚步是活泼的。

在两长排窗之间，那较短的一排窗户外，这一日有一个年轻人，援着梯子上来，停在一扇窗前，开始工作。看起来，他像是要给窗户玻璃上腻子，是为过冬做准备吧？木头的窗户总是容易闪缝。他用家伙铲着窗玻璃的边缘，又用布仔细地擦拭干净。他耐心地工作着，太阳照着他，是一幅宁静的图画。

在易卜生纪念馆，他最后十一年居住的二层公寓，讲解员说，晚年，易卜生得了中风，从此行动不便，极少出门，他就坐在起居室临街的窗前——在他的很多戏剧里，都有着与此相像的起居室，他坐在这里，看着窗外。现在，窗户正对着一片草地，异常的绿，有一个红衣孩子在边上走。草地的外缘，靠近易卜生的窗下，是街。较为宽阔的马路，行走着电车、行人，不是匆忙，却也是有目的，专注地走着。易卜生看的，是不是也是这些？不外乎这些吧！人，还有生活。他一生都在了解和表现的。这时候，老和病将他与它们隔开了，隔成窗里和窗外。

卑尔根的景色要阴沉一些，从我住的酒店七楼的窗口望出去，是屋顶，屋顶后面是灰色的山峦。离得很近。房屋，一座座小房子，援着山坡向上漫开、散落着，略有些零乱。伏在窗台往下看，也是石子的街面，叫雨打湿了，颜色变沉了。右边，街角上有一个不大的电影院，在阴霾中亮着灯。濛濛的雨中，有乌鸦叫，后来雨声大了，盖住了乌鸦的叫声。

但在卑尔根的阴霾里，却有一股活跃的气氛。骤去骤来的风雨，颜色和样式有些杂的房屋，商店的铺面挤挨着，人也多了。在鱼饭馆那老木板房子里，倒真看得见海了。海边的鱼市场，不单卖鱼，还卖皮毛。贩子们穿着雨靴，高大粗壮，大约是古代海盗的后裔。

卑尔根艺术博物馆里，有一幅小画，一个绅士，上世纪的装束，紧腿裤，高礼帽，在街角一爿小店前，弯着腰看橱窗。橱窗里摆了些什物，形状虚掉了，但看得出是脂粉气的，妇人家的格调。大约是下午，四五时许，因为光线已经斜了。收扁了的光里，是闲适的，有些闷的，午后的空气。这样的街角，奥斯陆和卑尔根有许多，连空气也没大变似的，不免是有些寂寞，却还是有人气，布着日常生活的手迹：琐细，温煦，还有些庸俗。这大约也是易卜生从窗户往外看见的。

汽车驶过挪威的乡间，路边，坡上，都是那种童话里，白雪公主和七个小矮人住的小木房子。不高的顶，因为冬天很漫长，需要保暖。小的，褊狭的窗户，垂着白色扣纱窗帘，一边一幅挽起，挽成舞台帐幕的华丽的弧度。底下，窗台上，放着一排小花盆，在室内的温暖里开着鲜艳的花朵。是一种朴素的小趣味。路边田野里，种的大约是草子，常常看见有白色的布包，整齐地排列着。问是什么，答是收割的牧草，一种新型的包装方式，可以保鲜一个冬季。想来，播种，收割，再又打成草包的，就是住在小木房子里的主人。现在，田野里的工作已基本料理完，准备过冬了。挪威的冬天，开始得很早。

我们来到西格里德·温塞特夫人的故居，她是一九二八年诺贝尔文学奖获得人。对妇女的生活，她持有着居家的守旧的态度，觉得妇女的幸福是忠实地履行家庭的义务。走上山坡，穿过树丛和草地，再踩几级石条台阶，就进了她的家，一座木头房子，比通常的略微大上那么一点。房子里空着，刚刚迁走里面的居民，将其中一间储存着的，温塞特家的东西，暂时搬到另一个地方，正着手布置一个纪念馆。空房子散发着锯屑的树脂的苦涩味，脚下盘缠着一些电线，陡地，响起了电钻的锐声。房子是低矮的，窗户又不大，再加上甚密的灌木丛和天阴，所以比较暗，而且阴冷。炉灶背后的小间里，在木地板上，放了一具澡盆。在那样寒冷的冬天里，洗澡显然是一件难事。像温塞特夫人这样守职的主妇，一定很重视这桩事。

我向故居的管理员妇人，打听厕所。她说现在还没有，因为装修工作还未完成，但她又决定带我上她家的厕所去。我们转出树丛，下了温塞特家的小坡，走上公路。沿公路走大约二百米，路的那侧，一座小木房子，就是她家了。那是要比温塞特家新和鲜亮的木房子，漆成原木的颜色。她从口袋里摸出钥匙开了门，门内是一个狭长的门厅，板壁上挂着衣服，衣服底下是鞋。看起来，她家的人口挺多。再推开一扇门，就是客厅了，右手是一间小小的厕所。用过出来，匆匆地打量了客厅一瞥。一眼望过去，只觉得东西很满，多是原木的颜色。门的左手，依墙放一架钢琴，也是本木的浅黄，尺寸比较小，大约是八十键，高度为一米二的那种。琴盖打开着，乐谱也打开着，小孩子弹到一半，上学去了。推门出来，那位管理员妇人正抓紧这点时间，动作很快地整理门厅里的衣服和鞋子，将它们归置整齐。这位温塞特的邻居，也是一位勤勉的主妇，操持着一大家子。

另一名诺贝尔文学奖获得人，比昂逊的家，早已经收拾停当。也是在乡间，绿树丛中的木头房子，却要大得多。而且，一反常规，开着大窗户，就很亮堂。但也给供暖带来了问题。所以，巨大的锅炉，在楼上楼下都占去了空间。卧室门口，炉灶边上，有个凹处，拉上布帘，掩了一具洗澡盆，很小，好像是婴儿用的，可事实上，却是成人的。那时候，洗澡真是一件奢侈的事情了。比昂逊的家，是满满当当的，什么东西都是量多。客厅里，是各色沙发、沙发椅，包布是花样繁复的织锦。沙发脚下是整张整张的羊羔皮，羊羔皮底下是小的和大的地毯。琴室里钢琴、琴凳、小桌、烛台，铺着、盖着、披挂着，白色扣纱的织物，也是重重叠叠。墙上是祖先与家人的照片，二寸，三寸，装着螺丝纹、卷叶纹边饰的镜框，挤挨着，密匝匝的一片。使人感到，比昂逊是个庞大的、源远流长的家族。餐室里，沿了天花板顶角线，钉了一周细木栏，栏里排着各色杯碟。还有各种木架，放置碗盏、锅盆、烛台。墙角是一口坚固的铁皮箱子，上了锁，里边装过节吃的糕点。这是瑞典统治时期，物质相当匮乏，比昂逊的家便显得过奢了。但却不是奢华，而是一种仓积囤满的富足和心定。有些穷怕了的贪心，一劲地多攒点，多攒点，以防不测。听讲解员说，比昂逊的家具多是从巴黎跳蚤市场买了带回来的，餐室里有一些是人们赠送的礼物，多是实用的东西，手缝的桌布、烛台。总之，东西多虽多，倒都是日常用的。所以呢，在这些满坑满谷的什物上，看到了过日子的耐心、勤恳与远见。想想看，守着这一大屋子的吃喝用度，冬天即便再漫长，又怕什么？

大约真是过冬的缘故，这里的房间，都喜欢满，这给人温饱有余的心情。在乡间一爿小旅馆午饭，已过了旅游的旺季，客房都空着，只我们这群用餐的客人。老板也不在，只有这家的二儿子，一个二十来岁的高个儿青年，为我们张罗午饭茶水。忙完，就到餐室隔壁的客厅弹钢琴。客厅里也是东西多，沙发、扶手椅、椅背上披挂的扣纱织物、椅脚下铺的小羊羔皮、羊羔皮下的大小地毯、墙上的风景画片、架上的烛台，还有鲜花。都是小盆小盆的，立灯灶台上，周围五个；窗台上，一列三个；茶几上，几个；镜台前几个；圆桌上，是一大个，百球千球，盛丽地垂下来。钢琴上，是家人的照片，我们认出了这个青年小时的样子。他家共有四个孩子，于是便联想起二楼走廊尽头，有一只竹木摇篮，里面脚对脚睡了四个大娃娃，身上盖了一床花被子。连人口也是多的。在寒冷的蜗居的日子里，家人其实特别重要。

还有，格里格的家，不是常住的，所以，并没有考究地装修，将生活全部挪过来，却也显出繁复的风格。多多的烛台、鲜花、地毯、织物、羊羔皮、家人照片。都是小东西，但因为量实在大，反不显得琐碎，只是满。沙发靠背和扶手的弯曲度，镜框的雕饰，地毯的花色，烛台的银或铜的光亮，窗帘的扣纱网眼，千针万线地拼出一种罗可可风的华丽。但在装饰的效果底下，还是质朴的生活的需求。

去过哈姆生的老家，就知道这种满的后面，是什么样贫瘠的历史。

哈姆生出生于一八五九年，因他在二战中与纳粹合作，战后被政府监控，没收财产。到底还是顾念他的文学成就，曾经获得诺贝尔文学奖金，于是将他出生时的房子保留下来，再立一条石块，写下他的生卒年月，以示不忘。这间一八五九年的木房，就像一座马房。木头是好的，结实的原木，日晒雨淋，已变了颜色，变成深褐的铜色。从狭小的窗户望进去，黑洞洞的，依稀可见一张木床，还有些没有名目的破烂。木屋立在一面缓坡上，后面是茂密的树林。这就是上一世纪中期，挪威农人的家，只有木柴是尽够烧的。漫山遍坡的树木，高高耸立着，树冠连起来，遮阴了天。

看过哈姆生的《拓荒记》吗？那个拓荒者，艾萨克，越过沼地、森林，终于走到一片平缓的山坡，临了小河，茂盛的烟草下面是黑肥的土壤，于是居住下来。他到森林里采来白桦树皮，压平，晒干，捆起，走好多路到有人的地方，换来面粉、猪肉、饭锅、铁锨，然后是山羊。接着盖起了房子，在房子里开了窗户，安上玻璃。再接着，母羊下崽了，都是双胎，三只羊变成了七只羊。后来，女人慕名而来，带来了两只母羊、小镜子、一串漂亮的玻璃珠子、一个手摇纺车、一个精梳机、一头母牛……

然后，东西就变得满坑满谷。

那日下午，在卑尔根，淋得精湿，躲进港口酒吧，喝热茶和啤酒。邻桌围坐了一群老人，有男有女，忽然同声唱起歌来，节奏很强劲的。大约是回想起年轻的时候，干着力气活、唱着歌的快乐往事。

也是在卑尔根艺术博物馆，讲解员是个高大、壮实，有着孩子般饱满红润脸颊的青年。他指给我们看一幅画，一个母亲在孩子摇篮边睡着了。他说：你们看，这个女人多么幸福，手里做着活计入睡了，身边还有个婴儿。这个不怎么著名的博物馆里，除去几幅蒙克的作品，大多不是名画。但它们恳切、认真地描绘着生活，看来十分可亲。

在奥斯陆的雕刻公园，英国风格的平坦绿地上，立着，坐着，跑着，跳着无数青铜男女。他们全是劳动者的身躯，壮硕、敦实，多少有些粗拙。看起来，他们像是来自同一个家庭，祖辈、父辈、子辈、孙辈，老少同堂。漫长的冬季终于过去了，木头房子突然间从他们头顶飞走了，于是，裸露出隐秘的室内情景，那是平凡和安宁的天伦之乐。

2000 年 10 月 11 日　上海

市　民

从九月里凉爽的挪威到都柏林，一出机场，温湿的空气扑面而来。门厅的潮地上，站着一片人，面色严肃地等候他们要接的人。他们身量均比较高大，骨骼粗粝，穿着素朴，多是暗色。对比明净的北欧风景，这里，多少是沉郁的。

天阴，又不是真正的阴霾。不时，现出一片模糊的阳光，投下一些淡淡的影。然后，又隐去了。沿途的房屋多是小、矮、陈旧，而且，格调平庸。街上走的，高大、粗粝的人，表情多是严肃的，专注地走着自己的路。有一对老夫妇，走路累了，歇在街边。妻子坐在房屋前的石栏上，身后站着丈夫。他们穿着老派的套装，毕恭毕敬地一站一立，表情亦是严肃的，好像在老照相馆里拍结婚纪念照片。这情景有些沉闷，沉闷里包含着漫长的相濡以沫的岁月。这就是詹姆斯·乔伊斯的同乡，都柏林人。

我是在去往都柏林的路上，开始阅读乔伊斯的《都柏林人》。下飞机前，正好看完最后一篇《死者》。一对做疲了的夫妻，从老友相聚的晚会回来，忽诉出了衷肠。妻子坦陈她年轻时节的一个早逝的恋人，使丈夫感到暮年的枯乏和畏惧。他想："顶好是正当某种热情的全盛时刻勇敢地走到那个世界去，而不要随着年华凋残，凄凉地枯萎消亡。"年轻时节总是抑郁的，怀着激烈的否定情绪，非此即彼。可是，或许是不知觉地流露，抑或只是我的缘故，已经度过悸动不安的青年时期，渐渐平静下来，从中却读到了令人感动的暖意。那就是，在冗长的平庸的夫妻生活里，偶然间，爆发出的激情。

从高塔上俯瞰城市，感觉到这城市的忧伤。天空灰暗而且湿重，压得很低。底下的房屋多是单调乏味的公寓房，火柴盒子式的。檐顶，窗框，楼脚，略有些欧洲古典式的雕饰，也是简单与粗糙的。一眼望去，是早期工业社会的气息，集聚着大量无产的平民劳动者。偶有几幢高出的略为华丽的石头建筑，就是天主教堂。样式单一的窗格格里面，住着都柏林的市民们。早晨的街头，他们匆匆地赶着路，在街边皆是的咖啡店的自动售货机里接一杯热饮，再买一份当天的日报，接着赶他们的路。穿着校服的男校与女校的学生，背了书包，往各自的学校走去。这架城市的机器，运作起来了。

爱尔兰文学博物馆，建立在都柏林著名的黑啤酒商约翰·詹姆森捐赠的房屋里。这座俗丽的二层小楼，在一八九一年到一八九五年间完成，附会着文艺复兴的情调。天花板顶角线，装饰了蔓萝草叶的浮雕，二楼正厅的三扇门，每一扇上分四格，依次绘着代表十二个月份的女神，有些像金粉工笔的中国画，精致艳丽的笔触。楼梯拐角处的长窗上，用彩色玻璃嵌拼着四个女神，分别代表着音乐、文学、艺术、科学。这个啤酒商人显然是竭尽想象与奢华，造出这样一座宫殿。后来，我们到爱尔兰外交部参加文化司举办的招待会，主人特地引我们参观了房子里一间豪华的大厅。这也是那名黑啤酒商约翰·詹姆森的房产。看起来，他似乎聚揽了都柏林的大量财富，大约算得上都柏林顶级的资产者了。以此也可见得，都柏林并没有庞大的资产阶级。难免的，它的精神格调便流于平民化。

从乔伊斯纪念馆的后院，好像看见了这城市逼仄的内心。后院陷在公寓楼中间，与邻居家隔窗相望，之间是裂缝般的狭窄巷道。纪念馆由乔伊斯的外甥管理着，但这并不是乔伊斯的故居。在他生活的最后十七年里，一共换过十四处住房，却都是在这周围。对于一个因为操守的问题被家庭逐出，后来又成了大名的成员，这位亲属很谨慎地说道："我母亲经常与我和我的姐妹们说，我们不要拒绝乔伊斯，但也不要宣扬与他的关系。"这话里有着小市民的精明与自尊心，目下作为他的家人，这是恰如其分的态度。乔伊斯的外甥，也已是个老人了，发胖的体态，脸膛红红的，穿着保守的西装，带着温和的谦恭的微笑。完全不像照片上的乔伊斯——那样的尖锐、紧张、冲动，那都是由于激烈的内心生活造成的。

在步行街上，却笼罩着全球性的消费气氛，这多少冲淡了些都柏林的阴沉气质。大多是年轻人，穿着，做派，神情，已融入国际化的流行趋向。还有，观光客的异域面孔，也使气象变得开放和活跃了。各种名牌的专卖店，列在街两边，摇滚乐队在街头唱歌。大商场的布局也是国际化的，底楼化妆品的国际香型的气味弥漫到了街上。在二楼女装部的衣架间，看见一架轮椅，毛毯下蜷着畸形的萎缩的身体，显得巨大的头颅，受了弯曲的身体的压迫，不得不将脸压在毛毯上。陪她的是一名老年男子，从衣架上挑选了衣服，递到她的眼前征求意见。当我转了一个身，竟又看见一架轮椅，也是盖着毛毯，毛毯下蜷着身子，显得头颅特别巨大。只是陪护换作了一名年轻女人。我先以为是福利机构结伴出行，可翻译张红告诉我，并不是。爱尔兰的残疾人比例很高，一是因为酗酒，二是因为天主教规禁止堕胎。这一幕是有些惨然了，都柏林——乔伊斯说的，"这城市乃是麻痹的中心"，这就是"麻痹"结出的恶果？然而，作为"麻痹"的补偿，那陪伴他们的亲人，却又显示着另外

在绍兴茹家溇采访王阿大

1990 年与陆星儿一起为读者签名

一种精神：忠于自己的使命。这是生活能够坚韧地进行的，潜藏的力量。

由于是至亲的人和事，乔伊斯才会是苛刻的，又是在那样反叛的时期。令人心痛的，却是这样一些无辜的人，老老实实地度着日月，从宗教里找寻简单的信念，防止生出不切实的奢望。你可以说他们没有理想，可他们另有些美德：守职，忍耐，诚实。因此，乔伊斯其实也是刀子嘴豆腐心，尽管发着“这城市是麻痹的中心”的判词，笔下却流露着温情。像《土》里面，那个洗衣房的厨娘，在万圣节前夕，忙完一日，得了应许，去她老东家的孩子那里串门。这一趟不怎么顺利，郑重买来的礼品，被车上一个献殷勤的老绅士偷走了，玩游戏时，又摸到了不吉祥的象征死亡的黏土。可是这一个晚上，依然很快乐，大家对她很亲切，总是照顾她，因此，她满怀感激地唱起了歌。不过，也许只是没到时候呢，到了时候，这位驯顺的老妇人，说不定会有惊人之举。

我们在马什图书馆参观，管理员是一位老妇人，她骄傲地说，这位三百年前的马什大主教是个规矩严格的主教，他的图书馆不允许女性进入，而她是第一个女性管理员，已经在这里供职二十五年了。她告诉我们，《格列佛游记》的作者斯威夫特，对马什大主教有过许多不敬之词，还有后来的詹姆斯·乔伊斯，也对这位已故大主教极尽讽刺。可是，她说，这很不公平，斯威夫特在这里阅读了大量的游记小说，乔伊斯呢，也常来这里看书。在结实的，却也已经压弯了的橡木书架尽头，拐过去，有一排阅读室，就像监狱里关犯人的号子。过去，为了防止偷书，读书人就被反锁在里面。走出图书馆，是一个花木葱茏的小院，四面是住宅楼，其中有一幢，是马什大主教的住宅，现在是这一街区的警署。这后院的情景是居家的安稳与温情，与森严的图书馆形成对比。妇人又领我们从原路回去，给我们看一些古老的地图什么的。忽然，她快步走到一排靠墙的书架前，准确地从中抽出一本书，打开，一道深深的裂痕横贯了两面书页——这是爱尔兰独立战争时期，一名英国士兵走进图书馆，用冲锋枪扫射的结果。老妇人的脸色变得严峻，她的眼睛从我们脸上一一扫过，好像期待我们作出强烈的反应。然后，她合上书，插回书架，带我们从古老的高耸的书架底下走了出去。

有一些因素，是潜在很深的底部，在静止的表面下积累和变化。《都柏林人》里，那一篇《纪念日，在委员会办公室》，竞选代理人，拉选票的，杂役，神父，聚在火炉边，扯着闲篇。党派之争，阴谋，腐败，革命，前途，成了家长里短的碎嘴儿。然后，酒也来助兴了，就是那种都柏林特产，黑啤酒。在暖和的微醺之中，一切尖锐的事物都含混起来了。可是，在此“麻痹”之下，他们竟还保持了基本的良知，那就是对爱尔兰“无冕之王”帕奈尔的敬仰。他领导了爱尔兰民族独立运动，却由于私生活的污点，被英国和天主教会抓住不放，攻击下台，最后，身心交瘁而去世。他们一同聆听了一篇悼念帕奈尔的诗歌，在这个昏庸的阴雨夜晚，此时并发出了一线清醒的亮光。文中的这首诗歌，是乔伊斯九岁那年，听到帕奈尔死讯时写作的。在这里，他慷慨地将它送给了他所厌憎的都柏林市侩。

在都柏林街头，看见了一张集会的海报，纪念“战斗者”“思想者”“革命领袖”托洛斯基。这张海报是一块简陋的硬纸板做成，钉在电线杆子上，也像早期工业社会，非法集会的招贴。而今天，都柏林已不再是乔伊斯时代那么贫穷了，它以世界第二位的软件生产出口，赢来了大量的税收。政治生活就像一条涓涓细流，贯穿至今，提出着对社会的另外一种设想。

回来以后，我在《外国文学评论》杂志上看见一篇写乔伊斯的文章，其中提到，乔伊斯对自己的检讨，他说：“有时想到爱尔兰，发现我过去似乎苛刻了。（至少在《都柏林人》中），我没有反映出这个城市具有的魅力，自从离开爱尔兰后，除了巴黎，我在其他任何城市都没感受到在都柏林时的那种自在。我没能反映出它的纯朴的狭隘和热情。后一种‘美德’，我至今没在欧洲其他地方发现过。我从没公正地对待过它的美，在我的心目中，它比我在英国、瑞士、法国、澳大利亚，或意大利所看到的，都更具有自然的美。”

走出了成长初期的黑暗隧道，心理渐渐豁朗，景物从阴影中走出来，呈现了多面的性质。认识便有了包容力，变得温和了。然而，在认识尚未成熟的早期，感性是矛盾的，它有时候，并不完全像自己指望的那样顺从。在乔伊斯描绘的都柏林的戚容底下，其实藏着活泼的生机。书中第二篇，《偶遇》，两个孩子逃学去郊游。他们从运河大桥出发，沿着码头路走去。阳光从林荫道蔽天的树叶间射下来，花岗石大桥变得暖洋洋，一匹驯良的马儿拉着一车上班的人，硫酸厂前的贫民窟，孩子们好斗地呐喊着，码头是繁忙的，“远处驳船上冒出一缕缕白蒙蒙的烟雾，还有林生村那边密密麻麻的棕色渔船，对岸码头上的白色的大货轮正在卸货。”后来他们走累了，只得歇下来，停留在一面河边斜坡上，于是，遇到了那个古怪老头子。他似乎积累着一生的黯淡经验，因而变得叫人害怕。

在爱尔兰民族歌舞中心，看了一部短片，介绍乡村音乐。家人，还有邻人，聚在屋里，弹琴，歌唱。有几对老迈的男女，稳重地跳着舞，舞步多少有些蹒跚，但自有内在的韵律，脸上是沉在青春回忆中的陶醉与惆怅的表情。又有一个镜头，炉灶前，坐了一个农妇，隔远一些，房屋另一边，男人奏着一件什么乐器。女人闭眼听着，身后的炉灶冒着轻烟，大约在煮着他们的午饭。然后，那女人唱了起来。面无表情，声音从胸腔底部发出，歌声渐渐激昂。再是一个草料棚，一个老农从草场走进来，穿了工装裤，倚着柴门，合着他朋友的琴声，唱起来。

他们都是那样高大魁伟的体魄，骨骼突出，身体和面部的轮廓，带着劳动者的不够匀称的粗粝，表情略有些呆板，呆板里是安静的心境。其实，这就是都柏林人的脸，集居和社会分工劳动的工业化生活，在他们脸上罩上了焦虑的阴影，这使得他们变成了另一类人群。

在我们来到都柏林的当天，下午，阴沉潮闷的天忽然开朗了，阳光无遮无挡地洒在漫漫的草坪上。人脸上的云翳驱散了，变得鲜亮。这大约就是《偶遇》中，那两个孩子出发去郊游那日的天气。他们的脚劲要再好些，走下河坡，往更远的田野去。去到乡村，认识都柏林市民的先人，他们的出游就将得到一个较为明朗的结局。

2000 年 10 月 12 日　上海

茜纱窗下

小学生时，在上海近郊农村劳动，女生集体宿在农家的一间空房内。这家有一个新娶的媳妇，男人却似乎在哪里做工，不在家。新房设在隔壁的新屋里，只占了侧边的一间。我们常常跑过去探头张望，新媳妇并不驱赶，任由我们将她身后的门缝越挤越大，最终完全敞开。她则在我们的目光下，从容地梳洗，叠被扫床。看起来，她不仅不厌烦，甚至是欢迎我们这些上海孩子参观她的新房。

她的新房在我印象中，亦是一个“满”字。新房实质中占了这间侧屋的一半，就从这一半地方，地上铺设了木板。大约两三步之后，是床。没有注意具体的家具，只觉着满满当当，并且放射着一种油亮的红光。似乎是床的左右两侧，延至地板的边缘，还有床的上方，顶到顶棚，全是油红色的木器，只留下两幅左右挽起的帐子底下的一片空。有一晚上，我们去看新房的时候，新媳妇正坐在帐下床沿上，一只脚搁起来，下巴抵着膝盖，很仔细地剪着脚趾甲。看过去，很有一种“洞房”的意思。

至今，那洞房里的新娘还在眼前。她在油亮的木器间，逼仄的空当里活动。表情是木讷的，但身形里依然流露出对这堂新房家具的欢喜和享受。

后来，在浙江乌镇的一个新修的旧宅里，看了一个床博物馆。其中最为壮观的一张床，共有三进。第一进有大半步，为门厅；第二进也是大半步，是梳洗扮妆之处；第三进，才是床榻。床棚、帐柱、隔扇、遮屏、雕花螺钿，繁华至极。远看过去，小时所见，那家农户的新娘，就是坐在这床里面剪脚趾甲。听人介绍，木匠是不予人做床的，做床折寿，做棺材则添寿。所以，但凡做床，都是以馈赠的名义。做好之后，再刻一张名牌挂在床上，上有工匠的名姓籍贯。然后，受赠者再回送一个大红包。究其原因，床是衍子衍孙的用物，会不会是要借了木匠的寿去添人家，所以木匠忌讳？

这床，及小学生时所见那洞房，都给我私密的印象。除了“满”，还有“幽深”和“暗”，里面藏了些隔宿气似的，不够清洁。其实是有情欲的气息。

有一回，在江南乡下，走过河边埠头，见一个年轻女子在刷洗几幅木屏。走近一看，便看出这几幅屏就是床栏上的围屏，镂空的花格子做底，镶有人物、器皿、山水、花卉的浮雕。漆色已旧，褪成淡红色，想来原先也当是油红油亮。不知传了多少代，才传到这女子手里。看她洗刷得十分仔细又泼辣，将几扇屏横躺进浅水里浸着，用牙刷剔缝和镂空里的垢，然后，用板刷顺木纹哗哗地刷洗，最后，是大抹布在屏面上大把大把地拖水。正面洗了再洗反面，这几面屏被水洗得近乎透亮。于是，那床洞房的晦昧气息，也一扫而净，变得明亮起来。

与自己无关的物件，是不大留心细节的。但因是经过使用，沾了人气，便有了魂灵，活了。走过去，是可感受到气氛。中学里，曾去过一个同学家，这家中只一母一女，相依度日。沿了木扶梯上楼，忽就进去了，只一间房间，极小，却干净整齐地安置了一堂红木家具。那堂红木家具一点不显得奢华，甚至不是殷实，而是有依靠。寡净里，有了些热乎气。丰子恺画里的小板凳，简直就是个小动物，因被小孩子坐过、抱过，俏皮极了。还有农人家的小竹靠椅，贴过劳力人的肌肤油汗，黄亮亮的。那竹靠背斜伸出去，横头一根竹管，关节处，缠着藤皮，一圈圈紧挨着，扎实又忠诚的样子。老保姆曾经带我去访她的老东家，是一户资产者。内外客厅这间放有两具西式红木玻璃橱，高、宽、大，分三层还是四层。每一层，都密密匝匝放着手指甲大小的玉兔、玉狗、玉猫、玉鸟，白玉或者翡翠。就总觉着身后与保姆闲话的老东家，是个描眉的女人，还生着气。这橱子散发出一股糜废的气息，叫人想到金屋藏娇的那个“金屋”。

与自己关系密切的什物，其实常常不以为是什物，就好像是贴身的一部分，有些水乳交融的意思。所以，细节是有了，但又不是总体的印象气氛。这样的用物总共有三件，一件是一张小圆桌。桌面并不很小，但比较矮，配有四把小椅子，是一种偏黄的褐色。桌沿刻一道浅槽，包圆的边。桌面底下，进去些，有一圈立边，边底一圈棱，很藏灰，需时常揩拭。再底下，是四条桌腿，每条桌腿上方有一个扁圆形球。年幼时，还上不了桌面，我就是在这张桌上吃饭。后来大了些，家中来了客人，大人上桌，小孩子另开一桌，就在这桌上。夏日里，晚饭开在小院里，也是用的这张桌子。它，以及椅子的高度，正适合小孩子，对于成年人呢，也挺合适。而且，它相当结实，很经得住小孩子摧残，虽然并不是什么好木料。几十年来，无甚大碍，只是漆色褪了，还有，桌腿上方的扁圆球，半瓣半瓣地碎下来。原本是胶水粘合的，因车工和漆水好，所以浑然一体。那四把小椅子，到底用得狠，先后散了架，没了。那桌子，却跟了我分门立户十来年，后来送了一个朋友，至今还在用它。上面铺了花桌布，看上去还很华丽。它是我童年的伙伴，许多游戏是在上面做的：图画，剪贴，积木，过娃娃家。有一日下午，家中来了一位客人，和我妈妈说话，我就坐在这张桌子旁一边玩，一边大声唱歌。后来玩累了，也唱累了，想离开去，好结束这一套。可不知怎么，却站不起身，我就只得继续玩和唱歌，几乎唱哑了嗓子。等到客人告辞，才被妈妈从椅子上解放出来。原来椅背套进了我的大棉袄和毛衣之间，便将我夹住了。由于处境尴尬，所以记忆格外清楚。记得客人是一名亲戚，上门大约是带些求告的意思，妈妈则是拒辞的态度。但求与拒全是在暗中，就听他们互叹苦经。妈妈指着我说：她比大的会吃。那亲戚则说：某某比她会吃。某某是他家的小孩子，比我小得多。那是在一九六〇年的饥馑日子里。

第二件是一个五斗橱。这橱的格式已经相当模糊了，但大概记得是分为两半，左半是抽屉，右半是一扇橱门，打开后，上方有一格小抽屉，上着锁，里面放钱，票证，户口簿，总之，一个家庭的主要文件。每当妈妈开这个抽屉的时候，我都求得允许，然后兴冲冲地搬来前边说过的小椅子，登上去，观赏抽屉里的东西。这具五斗橱于我最亲密的接触，是橱上立着一面镜子。白日里，父母上班，姐姐上学，保姆在厨房洗衣烧饭，房间里只剩我自己，我就拖过椅子，登上去。只见前边镜子里面，伸出一张额发很厚的脸。这张脸总使我感到陌生，不满意，想到它竟是自己的脸，便感失望。在很长的一个时期里，我都是对自己的形象不满意，这使我变得抑郁。多年以后，在亲戚家，重又看见这具橱，我惊异极了，它那么矮和小，何至于要登上椅子才可及到橱面？我甚至需要弯下身子，才能够从镜子里照见自己的脸。脸是模糊不清的，镜面上已布上一层云翳。

第三件是由一张白木桌子和一具樟木箱组合而成。如我父母这样，一九四九年以后南下进城的新市民，全是两手空空，没有一点家底。家中所用什物，多是向公家租借来的白木家具，上面钉着铁牌，注明单位名称，家具序号。这样的桌子，我们家有两张，一张留在厨房用，一张就放在进门的地方，上面放热水瓶、冷水壶、茶杯、饭锅等等杂物。桌肚里放一具樟木箱，这是进入上海后添置的东西，似乎也是一个标志，标志着我们开始安居上海。上海的中等市民家中，都有樟木箱。不过人家家中是一摞，通常是在床侧、屋角，比较隐蔽的地方。而我们只有一个，放的也不是地方。但却可供我们小孩子自如爬上桌子，舀水喝，擅自拿取篮里的粽子什么的。有一晚，我和姐姐去儿童剧院看话剧《白雪公主》，天热口渴，回到家中，来不及地爬上樟木箱，从冷水缸里舀水喝。冷水缸里的水是用烧饭锅烧的，所以水里有一股米饭味儿，到现在还记得。真想不出幼年的人小，干什么都爬上爬下。就是这个爬，使我们与这些器物有了痛痒相关的肌肤之亲。这些器物的表面都那么光滑、油亮，全是叫我们的手、脚、膝头磨出来的。

年长以后与这些器物的关系不再是亲昵的，东西厮守得久了，也会稔熟到自然而然。但家里总有些特别的器物，留下了特殊的感情。我们家有一具红木装饰柜，两头沉，左右各一个空柜，一格小抽屉，中间是一具玻璃橱，底下两格大抽屉。这是文化大革命中，母亲从抄家物资的商场里买来的。那时候，抄家物资堆积成山，囤放收藏皆成困难，于是，削价出售。价格低到，如上海人俗话说：三钿不值两钿。母亲只花了四十块钱，便买得了。这笔钱对于我们当时的家庭财政，还有，这具玻璃橱对于我们极其逼仄的住房，都显得奢侈了。后来，有过几次，父亲提出不要它，母亲都不同意。记得有一次，她说了一句，意思是，这是我们家仅有的一点情趣。于是，在我们大小两间拥挤着的床、橱柜、桌椅，还有老少三代的人中间，便跻身而存这么一个“情趣”。在这具橱柜里，陈列着母亲从国外带来的一些漂亮的小东西：北欧的铁皮壶、木头人，日本的细瓷油灯、绢制的艺妓，美国芝加哥的高塔上买来的玻璃风铃，一口包金座钟，斯拉夫民族英雄像。橱顶上是一具苏俄写实风格的普希金全身坐式铜像。这具装饰橱与我幼年时在那家资产者客厅里见过的完全不同，它毫无奢靡之气，而是简朴和天真的无产阶级风格，但却包含着开放的生活。我的妈妈，就是那个在炮火连天的战争时期，也要给战士的枪筒里插上几株野花的人。在文化大革命中，天天要为衣食发愁的日子里，她会用一包抽屉角落里搜出的硬币，带我们去吃冰淇淋。她总是有着一点奢心，在任何生存压力之下，都保持不灭。到了晚年，我们孩子陆续离家，分门立户，家里的空间大了，经济也宽裕了，而她却是多病，无心亦无力于情趣的消遣。这具橱内，玻璃与什物都蒙上了灰尘，这真是令人痛楚。现在，母亲的这具宝贝放在了我的客厅里，它与周遭环境显得挺协调，但是，我却感觉到它的冷清。它原先那种，挟裹在热蓬蓬的烟火气中的活泼面貌，从此沉寂下来。

2001 年 7 月 11 日

忧郁的春天

上海地处长江以南，春天多半到得早，其实农历年之前，已有春意。最常见的是狭弄里，篱下一小片土上，那一株迎春，疏阔的枝条上，爆出星星点点的小黄花，就是了。因是城里，混凝土的世界，季候并不那么显，但是有光啊！光还是有变化，变得有些黄，偏橘色的黄。而且，略微稠厚，于是，略微不够均匀。有些地方厚一些，有些地方薄一些，于是，就有一点影似的，花憧憧的。那些拉毛的，或者抹平的混凝土墙，砖，瓦，还有马路，柏油的或者方砖的，甚而或之卵石的路面，本来是没有鲜明的颜色，此时，却也有了一种明丽的影调。到了农历年，又过了农历年，序曲陡地煞尾，春天赫然登场。

越是这样封得密实的人工的地方，就越是要从缝里、破绽里，贴着、挣着、挤着去抓挠一下，季候的意思。人的感官因为受阻隔，便转移了原初的形态，如同所有进化中的抑制与发扬，一些功能被另一些功能替代。直接的触碰变成间接的，间接到，看起来毫不相关，联系不上。可谁知道呢？底下就是息息相通。

在这个城市里，有一句里巷俗语，用来解释嘲讽人的疯劲，说：可不是吗？油菜花开了！油菜花开，是在盛春之季，这城里是看不见一丁点的，可是出了城，到郊外，便是东一片，西一片，黄亮亮的，炫目得很。这城市便被黄亮亮的油菜花包拢着。它们的花粉里，抑或不是花粉，而是季候本身，就饱含着令人兴奋到极度的成因。要是拉远些距离来看，这城市就有了一股危险的气息：不安，骚动，随时可酿成什么事故，而身居其中的人浑然不觉。这是离这城市最近处的季候之征了，像爬墙虎样，在它的铜墙铁壁上蔓生，将自然变化的消息一点一点渗进去，渗进去，渐渐地，漾满了空间。只不过，进化还是依着它的步子在走，完成着生存的适应转变。

春天的午后，于我终是惆怅的。春光越是明媚，惆怅的情绪越是强烈，以至转变成忧伤。并不是那种思春的意思，其实要简单明了，似乎，仅只是一个想法：这样好的天，如何度过呢？而我大多数的日子，是坐在户内，看着如此活跃美丽的天，无可挽留地一寸一寸过去，渐渐褪了颜色，沉入暮色。真是焦虑啊！那样稠厚，姜黄，看起来无比丰饶的光线，从面前的墙上，过去，过去。你来不及想要去做什么，才可不辜负它，它已经过去了。在雨天，这样的焦虑会好些呢！因不是那么可贵的天气，时间也变得舒缓，不压迫。而在那好天气里，我便是愁！

与这紧迫感相对地，从午后十二点开始，时间就变得无比漫长，长得有些熬。而它的漫长一点没有使事情变得从容，反而，将焦虑放大，延长，加剧，更加急不可待。每一分秒钟都没有放松它的折磨的拷问：做什么才有价值？答案是，什么都没有价值。心绪不宁。由于温度升高，空气变得干燥，是明澈的，空间忽地拓出许多，于是，虚空感便升起了。那是无边无际，什么也抓挠不着的，虚空。人体的内分泌在肉眼看不见的气流变幻中，重新进行着排列组合。这两者不知道有着什么关系，那样形神相隔的，却真的，真的被作用着，否则，便无法解释，在如此明艳的光与色中，为什么会深感抑郁。城外的油菜花上飞着粉蝶，勤快地授着花粉，也传播着忧郁。

只有等到犹豫成为生理的病症，才会正视春天的感伤。那是一种深刻的对时间的理解和惧怕。时间从灰暗的冬眠苏醒，凸现在朦胧的注意力里，那样晶亮、鲜艳地蜿蜒过来。这种在灿烂光线里的忧郁，简直没救了。你指望从午睡里挨过去一两个时辰，可是不成，合目中，时间走得更慢。眼皮上有光线的压力，透进眼睑里的黑暗。有一种奇怪的活跃，与身心内部的节奏不合拍，错乱着。时间几乎不动弹，于是，你得细细地看它的好，内疚自己对不住它，浪费了它。令人痛苦的是，外部的明亮轻快与内里的灰暗滞重，共存着。你分明看着它，感受到它的热烈，可是你走不进去，或者说，走不出来。两者咫尺天涯。好时光这样刺痛着心，感情受了重创。

好容易熬到了三时许，是午后的深处，就像谷底。户外的阳光最是蓬勃，内心却是最煎熬。即便在这干涸的水泥林子里，此时也会有鸟叫的。可是，就算它就在你的窗下叫，听起来亦是旷远，就像在另一个空间，一个莫名的空间。这时节，底下的黄开始泛上来，泛上来。有那么几分钟，真的是金子一样的黄和亮，所有的物件都在发光，同时在反光，于是，五光十色。可是，外面有多么辉煌，内部就有多么沉暗。内外较着劲，努力在达到协调平衡，这却是一个最为冲突的阶段，看不到一点和解的希望。在这金色光芒的沐浴底下，你只有用哀哭来回应它。你说不出什么原因，就是哀哀地，难过。你承不住它的好，只能辜负它。而且，你心里最明白，它一过去，再也回不来了，你却无所作为。再也挽不回来了，这种儿时就有的伤逝的心情，在春光乍泄的时日里，上演得甚剧。非要究其里，那么就是为这哭泣。

再往下挨一挨，就临近尘埃落定了，空气中的光粒子渐渐瘪了。内外的对比不再那么尖锐，彼此都软弱下来，开始松弛。可光色还在流连，所以，骚动并未停息。但激烈的痛苦温和了，变成绵缠的沮丧。还是不耐烦，可到底是看见曙光了。活泼泼的日头向西舞去，它的旅行可真够长的，几乎比冬季长一倍，冬季里的日头终究是疲软一些。还有一个冗长的黄昏，它的明亮度并不逊于白昼，只是锐度和厚度不同，此时它铺薄了。依然是惆怅，哀哭已经停止，余下一些抽噎。这一天的折磨到了尾声。总归，到底，夜晚在招手了。到了夜晚，一切便安宁下来，告一段落。所以，春天，总是嫌夜短。

一整个午后，其实什么也做不了，只是枯坐着，看着时间的光焰，燃烧。心都灼焦了，又结了痂。不知道应当往这时间里盛什么，才可消除它的虚无感、空寂感。时间裸着地在了眼前，然后流逝，一去不返。在那些患了病症的日子里，这情形就格外的尖锐，无可调和。后来，病症得到缓和，或者只是一个漫长的周期里，最突出的阶段过去，进行到一个较为容易的阶段。午后的时间好挨了些，亦缩短了些。其实，油菜花依然在城市周围盛开。

渐渐地，午后那光焰四射的时间减缓了压迫。你觉着它好是好，可已不再是那样的不可接近。事情的转机，说不清是怎样开始的，有没有契机。好像就是熬着，熬着，好熬些了。于是，可以分出点心，转过脸，安顿一下自己。此时，略微地掌握了些主动，能够自觉地分割午后的漫长时间。这一个时期里，我一到中午，便挟了些报刊，去找一家咖啡餐馆。如何度过午后，是从午前便开始着手准备的。要一份套餐，虽然又贵又不好吃，可是为了对付午后的时间，也顾不上了。我时常去的这家咖啡馆名叫“四季庭院”，中午几乎无人。估猜老板曾经在国外居住过，这咖啡馆有些欧洲的风味。酒柜上摆了家常的小物件：打跟斗的小人儿，木头的小桌椅，小陶土罐，门口报夹里插了时尚杂志。我一边吃饭，一边看书看报，看窗外的行人。偶尔进来一对情侣，或者两个生意人。窗外，马路对面是太阳地，这一面在阴地里。这一划分，使得空间狭小了些。街面的橱窗，车站，行人，车辆，又增添了偌多细节，便比较的满了。光被这许多载体分配，不再是集中，庞大，无可制敌的一大块体积，变成小而多面的零碎。虽然亦是无所不在的晶亮闪烁，可已是被瓦解，不那么有威慑力。人，就不那么紧张。时间悄然流逝，一点钟，甚至两点钟，都过去了，然后，是午后的腹地。因是悄然而至，并不感到下陷的可怕。

从强光里回到家，户内的暗略使人心安。户外的明丽呢，因是方才从它那里来，亦觉着并不那么隔膜。还是闲坐着，看书。在这病症刚刚消除的初期，并不那么能够专心于阅读。排列成行的字从眼睑里走过，几乎没有留下印象。都是识得的，也成句，就是不明白它的意义。不明白就不明白，反正是耗时间。心思在字行的轨道间前行，出轨是出轨，可也是有范围，不会漫无边际，无处抓挠，一下子便散了。现在，是在河床里流，漫出来些，不久又回了进去。许多本书都是在这样神思漫游中读过，读的其实还是两个字：时间。时间瓦解在一片字里边，也变得容易吞噬了。明亮的黄昏就在这有当无的阅读中悄然而至，救我攀出低谷，向令人心神安宁的夜晚度去。夜晚是有保护的，它与体内的暗度比较一致，容易协调，就安全了。午后变得顺遂多了，有一点顺流而下的意思，事前也就不那么惧怕。可是，记忆中，总还是有着伤痛。

有时会想，是什么疗治了我呢？转变如此和缓，没有一点觉察。有一日，我似乎得到了答案。在我居住的小区里，有一个老人。我想他是从乡下来，住在发迹的儿子家中。他显然得了重病，肢体不听使唤，表情木讷，而且，也是抑郁。他每日里，从早到晚，就是在小区的健身器边，机械地，一上一下拉着吊环。那样子恹恹的，对世事概无兴趣。大约是一年以后，有一日，我忽见他穿了新衣服，脸色红润润的，有了笑意。他依然那样机械地，一上一下拉着吊环，可漠然的表情却消失了。就是这样一日又一日的疗治。时间折磨人的同时，亦在救治。耐心，积极心，就在这空白的时间里积养着，渐渐填充了它的容量，使它的锋刃不那么尖利，而是变得温和有弹性，容你处身其中。

现在，情形趋向正常。在“四季庭院”消费的积分换得一张贵宾卡之后，我不再需要去那里启动午后的生活，我可以独处。只是，有时候，极好的天气，团在沙发里看书，忽然抬起头，看见窗外灿烂的日光，有一些淡影，大约是楼上人家晾的衣衫晃动，那忧郁春日里尖锐的疼痛就又袭来。时间在你的身外，兀自流淌着，撇下了你。或者，在这个时间里，走在了户外，光线如此充盈，溢满空间，你又与你的外部隔离了。这世界也像撇下了你，自顾自地，快乐地舞着。这样的记忆在此时出现，倒不伤身，因已是度过来，终于安全了，甚至还微有些甜蜜。但你还是会对春天保持警惕，尤其是这种特别明艳妩媚的好天，你觉得自己的生活，无论如何配不上它。似乎是，欲望高亢到一个极高点上，无法得到满足，最终坠落下来，被颓唐攫住。郊外四野里的油菜花，此时是如此激奋，夸张地吐出黄和亮，进袭这座城市混凝土的外壁，你必须经过忧郁的历练，才有抵抗力，抵抗春天的诱惑。

2002 年 2 月 13 日　青浦徐泾

仁 者 寿

学府的生活，在我心目中，是有圣意的，因此为自己没有进入过它而感到遗憾。岁月流逝，要补上这一门大约不再可能，我只能从书本上去认识。汪曾祺老所写的关于西南联大的小说与散文，将流亡中的问学生涯，透出一股奇情浪漫，读书人与荒蛮地都是天真的，各有自己一派风流，也可算是风云际会。比如《跑警报》一篇，那时那地，无论工农商学，都要将值钱的家财随身携带，一旦警报拉起，就人在物也在；联大师生身无长物，大都是带书本和论文草稿，有一位印度学教授，则是提一只小小的手提箱，箱子里是女朋友写给他的情书，有人看过其中一两封，评价为："只是一个聪明女人对生活的感受，文字很俏皮，充满了英国式的机智，是一些很漂亮的 Essay，字也很秀气。"还有，《沈从文先生在西南联大》，沈从文先生读许多书，文章中列举了一些沈先生的藏书："除了一般的四部书，中国现代文学、外国文学的译本，社会学、人类学、黑格尔的《小逻辑》、弗洛伊德、亨利·詹姆斯、道教史、陶瓷史、《髹饰录》、《糖霜谱》……"他读这么些书，上课却从不掉书袋，他只说自己的话，而且是"非常谦抑，非常自制"；汪老说："沈先生讲课时所说的话我几乎全都忘了，"可是，众所周知，汪老受沈先生影响是很深的。大约这就是学府的方式，从中学习的，不是知识，那种告诉你，你就知道，不告诉你，你就不知道的，现成的概念，而是正好反过来，告诉你的，你未必就知道，不言声的，或许你却心知肚明。文章中，写到沈先生谈天，谈及"玉龙雪山的杜鹃花有多大，某处高山绝顶上有一户人家，——就是这样一户！”我羡慕的不止是学问的本身，还是学问中人所过的这一种文雅、精致的生活。宗璞先生的，流亡大学题材的小说《东藏记》里面，对国难中的读书人，用了四个字形容：弦歌不辍，呈出这雅致里的坚韧。这样的生活是由学问积养而成，倘能身在其中，时间、空间与经验的量，都将增加扩充，使我们加倍享受生命。

有一位本行自然科学的散文家陈之藩教授，曾作一篇演讲稿，题目为《谈风格》，其中一节，谈到剑桥北边的一条小河，水清可鉴人，照出岸上的小紫花，朋友问他作何想时，他答道：“我哪里会想什么？我即使想得出来，也说不出来，我现在想的是袁枚的诗：临水种花知有意，一花化作两枝看！”读书人眼里的世界，就可娟丽至此。和陈先生夫妇一同喝茶，谈到读书，我抱怨英文原版难读，看不下去，陈先生却痛心疾首道：有什么书会是看不下去的啊！听了又感动又惭愧，知道他不是励志的意思，而是指一种生活，这生活是绝不可能不好的。但到底不是人人可享用的了，要看福分的厚薄。宗璞先生做了眼科手术，视力略有进步，写信报喜：方才有一只喜鹊从窗前过去，看见了尾巴长长的影。且是淡水墨的写意画。在他们是随意淡然地看，一般人却是看不见的，就好比是仙俗之隔，旁人哪里知得道其中的快乐。多年前，看电视节目，访问东方文化学者季羡林先生。记者看他老人家生活清苦简单，终年埋头故纸堆，怜惜地说道：看您老如此生活，我们挺心疼的。季羡林老立即回答：不心疼，不心疼！婉拒了同情。如季羡林先生们的乐趣，倘若没有几十年的学业修炼，是很难从中分一瓢饮的。香港牛津大学出版社的杂志，《启思教学通讯》上，有专访古典诗词专家叶嘉莹教授的记录，其间谈到幼年时，家中长辈要他们背诵诗文，必平仄发音都精准，终成吟唱，熟透之后，自然而然就也会写诗。这里讲的是童子功，经过刻苦抑或单调的磨炼，抵达优美的境界，用今天人的话说，也就是异度空间。我想象，学府大约还是这样的，学问的习艺所。

然而，切莫因是俗常之外的学问世界，就以为同现实社会隔绝，不相予往来，否则，如何解释研究诗经、楚辞、周易、庄子、唐诗的闻一多，亦会写出“有两个字不能说，说出口就是祸，那就是，中国”这样激烈的战士式诗句？他一边在课堂上讲《宫体诗的自赎》，一边公开集会号召反对独裁，争取民主的斗争，最后死于暗杀。再又如何解释，写下《荷塘月色》，以清丽绵长著称的朱自清，会因拒绝接受美国面粉，贫病逝世！中国的，生于十九与二十世纪首尾，政体、文化、思想、情感，都处在遗产交割与创新时节的学人们，象牙塔不再是护身塔，同时，象牙塔内的养精蓄锐，更使他们具有明鉴的目光，而能择善，循光明行走。他们看上去是在故纸堆里，其实哪一个不在蹈出新路？读闻一多的《唐诗杂论》，实是遗憾自己不能坐进闻先生的课堂，亲耳聆听。我无缘与他们见面，大约，我最与接近的一位，便是徐中玉先生了。

因徐中玉先生曾任上海作家协会主席这一节，我才与先生能够较为贴近的接触。我无幸做徐先生的学生，徐先生的学校于我亦是神圣的，有几回，在校园里走过，湖面上吹来风，携了柳丝，有金属的嚓音，就像塔角上的风铃。我也不大敢与徐先生多话，话什么呢？徐先生一定会嫌我浅显无趣。先生的阅历、学衔、成就，我虽然了解，但也都是从文字上看来。我与徐先生的接触，又大多是在会议和宾宴上，听到的且是一些客套的寒暄，而我的印象是，徐先生其实并不擅长作这类辞令。记得那是徐先生刚上任作协主席不久，作协招待外宾晚宴，徐先生自然是主人，自然要说一篇欢迎辞，具体说的什么一点不记得了，记得的是，徐先生说的无限的长，长得举杯的手都酸了，耳朵也疲乏了。徐先生大约是想把所有的，他以为热情有礼的话都说出来，就带了几桌宾客，立在那里，一径往下说。终于说完了，他侧过头，对边上的徐俊西老师征询道：这样行吗？这一刻，徐先生显得特别天真，特别像一个谦虚用功的小学生，在向老师交作业。对他的职务，徐先生是认真负责的，但这并不妨碍在先生的内里，保持着自由的性情。有一回，我与徐先生一同去法国驻沪领事馆，参加法国国庆日的酒会。法国国庆日正在盛夏，领事馆地方不大，虽然开足了冷气，可架不住人多，通向花园的落地窗又敞开着，餐台上锅开鼎沸，大家为礼貌起见，都穿了正装，热得可以。忍不住地，热锅上的蚂蚁一般，乱奔一气。陡进屋内觉着一凉，转眼间又气闷起来，就往外投去。外面虽然有风，可却溽热，还有蚊子，于是，再投进室内。这样的酒会，其实是虚应差事，人是多，却是泛泛之交，话也多，亦多是虚浮的话。只等人家的国歌奏完，我们这方贺词道毕，然后吃些东西，磨蹭掉些时间，就可陆续走人。我因怕与徐先生走失，到时候搭不上车回家，所以一路紧跟，跟到花园的一角，忽见徐先生从腰后拔出一柄折扇，哗一声打开，顿时，清风袭来。满庭满宇的红男绿女中间，徐先生就像一名大侠，乘神雕而降。

徐先生从作家协会主席的位置上退去之后，并不觉着他远了，而是越来越近。每回作协活动，无论大小轻重，凡请到他，他必到，同行的还有钱谷融先生。有了这两位的到场，活动的气氛自会变得有足轻重。他们总是不多言，又总是必发言，不是敷衍，而是认真做了准备，甚有几次，还写成书面。徐先生思想敏锐，观点鲜明，保持着对现实的批评精神，毫没有因自身遭际的负气，是出于对世事的热心肠。我们私下里说，有了他们真是好，作家协会就好像有了父亲。他们提拔着我们这些根基浅薄的后辈，接上传统的断茬，使我们不至遇风便折。两位先生都显得后生，钱先生是鹤发童颜的一种，徐先生则是硬朗挺拔。他本是瘦面长身，壮年时应有玉树临风之姿，如今这棵树是苍劲之势。他们的健康与长寿，是出自于清明的心地，澄澈安宁，波澜不惊，从多变的时日里走出，抵达恒常之境。

2003 年 9 月 14 日于上海

遍地流火

八月里往浙江，遍地流火。

高速公路上，洒水车一路洒水降温，以防轮胎爆裂，转眼间，路面和空气又干热如故。公路两边的树木已显萎顿。进莫干山，本当是清凉世界，不曾想也不是。人多车多，山路原就逼仄，如今变成壅塞。旅馆爆满，间间客房装了空调，排出的热，加上汽车尾气，再有，山里空气的漉湿，石壁上几乎冒蒸汽。于是，热又添上了闷。电力明显不足，灯忽明忽暗，空调启动起来又停下，人们就在断续的照明与制冷中进餐休憩。路灯寥落，在黑暗的山壁间几乎看不见。当上山或下山的汽车驶来，骤然间射过雪亮的车灯，毫不减速，嗖地过去，山就更黑了下来。

看《湖州日报》上报，省里已发最后通牒，倘超配额用电，便立停供给。市和县城，路灯已停，广告灯箱也停，歌厅关门，部分农村停电，于是农人们举家进驻城里旅馆。倘若旅馆正处于限时停电的片上，也停。供电大楼酒家满座，因电力系统不会随时拉闸。《德清日报》上开辟专栏，题为“我的高温生活”。民间流言，传说八月八日会有冷空气自北南下，是因为“八月八”是立秋的缘故，还是因为“八月八”有口彩，是吉祥的日子吗？

德清，位全国百强县中第五十九。据德清人称，德清风水好。面积正是全国九百六十万平方公里的百分之一，九十六万平方公里，地形则一头山地，中间丘陵，渐缓，缓成湿地，也正是大陆地

1995 年冬与陈村(左二)、阿城(右二)、肖元敏在一起

1997 年在绍兴秋瑾故居

形，堪称小华夏。德清县城显见得是新城，更像是一个经济开发区。多是新建筑，平展开阔的城区，标志性的广场与会堂，欧洲风格的别墅区，路上的人，多是年轻而且忙碌，为事业奔走。最早时，城区在武康镇；二十世纪五十年代，迁至城关；数年前，为便于开发经济，就在此地，高速公路的下口处，重新辟一个新县城。进城的入口，张着大幅标语——你投资，我开路；你发财，我发展。见出进取的恳切急迫。而人们又经常提一个古镇，新市。新市有小上海之称，经水道可达上海，因此，市面繁荣，镇上多有殷实富户，至今膏粱风犹存。有天下午，便决定搭出租车去。

宽阔的十字街口，行道树还未长成遮荫，正午头里，几乎无人。拦一辆出租，往新市。出租车女司机拉乘方式是这样，将到目的地就载上下一个。我们上车时，车上有一个，进新市镇口，竟拉了无关的两个。将我们送到她以为“好玩”的“公园”，放下，急调转头，一蓬灰地开走。所谓“公园”，就是几具水泥塑造物，在日头的直晒之下，发出白热的光芒。公园一侧有一条下路，便通老街。第一眼，竟是满目碎瓦，低矮倾颓的屋顶几乎垂至河面。河水浊混，又多日无雨，已经流不动，青绿地停滞着，蒸出腥热的气味。

大中午的，老街无一人，门扉紧闭，有一扇门上写了水电度数，嘱账单寄于某某新村，签署日期已是二〇〇〇年，字迹端正秀挺，透出文儒风气。又有一扇门上写了“你好”两个字，不晓得向谁致意。接下去的门上歪七扭八写了狰狞的三个字：“有鬼啊！”显然是小孩子淘气，可却真有点悚栗呢！这大白日头里的万籁俱寂，也有一种森然。在这破败的老街上方，木楼的檐下，挂着一行行红灯笼，风吹日晒，褪色而且残破。看起来，新市也做过开发旅游的打算，德清地图上，对此老街的命名为：古镇一条街，做着醒目的标志。街上有两处修葺过的宅邸，一处是粉墙黑瓦的院落，六十年代拍摄电影《林家铺子》的地点；另一处比较简朴，仅一幢二层板壁房，木上还留有新刨痕，也是六十年代的电影拍摄景点，片名为《蚕花姑娘》。可规划显然中途而废，小镇依然倾颓下来。走到一个角度，不经意地一回眸，却见一幅图画：两岸屋檐几乎合上，窗棂门扇密集紧凑，忽呈出一方小世界，自成格局，往昔的繁荣日子便闪烁一下。不知谁家开了收音机，播放评弹，河面飘荡着说书先生的苏白，字字入耳。原来，残砖碎瓦间依旧有生活潜静地流淌。实在热得不行，几乎有了中暑的迹象，退出老街，避进新街的冷饮店。

冷饮店内尚有四五桌人，打牌和聊天。店堂里开了空调机，虽是温度低，空气不免混浊。老板端上来的冰镇绿豆汤是馊的，也没做声，暑天里做生意不容易。电视里播着气象报告，某台风已在距离多少公里的何处，估计几时可影响此地，犹如战时播报战况。坐到太阳约略偏西，出得冷饮店，是回德清县的时候了，却不甘心，不甘心新市竟就是这般，怎么说？气息奄然。就又拐下老街，再走一遍。这一回，老街活跃了一些，有几扇门推开了，主人端了水，泼门前的地降温，脸上是午歇过后木讷的表情，可总是有了动静。街口坐了老人，照例是耳背且又饶舌，争着要告诉你一些事情：老屋都坍了，政府没有钱修葺，“林家铺子”吗？这是顶顶新的院子，又不知派作何用？一扇门里，忽飘出浓郁的樟茶鸭香味，迅速弥漫开去。此间灶房里，候着几个女人，是来领取预订的鸭子。另一扇门里，坐一个肥胖的老太，低头梳理一束齐整的麦秆，一根一根地梳理。以为是坊间的手工艺，便问阿婆是做什么，扇子还是扫帚？回答是：不做什么！声气里很有些恼怒。纳闷离去，直到了街头觉海寺，方解开疑惑。觉海寺边有一小店，就出售一束束的麦秆，问是做什么用，回答说“数”用，好比数佛珠。原来，老人家是在念佛，我们却以为她在做庶务，难怪要生气。心下深觉着用麦秆替代佛珠颇有禅意。觉海寺正兴建土木，堆了木材板材，多是材质松软的松木一类，已完工的部分，匠作亦很粗阔，不大经心的样子。就觉得新市老街的处境，仿佛游移于弃与不弃之间，而颓势昭然若揭。

出老街，到汽车站搭乘。往德清的末班车已于四时整发出，只有搭到城关，再从城关搭回德清。公路已如昔日的水路，蛛网般密布，无有不到的地方。在人烟稠密的江南地方，多少田地人家覆盖于水泥之下。乡人们随意在公路上穿行漫步，领了司机的怒斥，不知所以然地瞪了眼，大约以为还是昔日的柔软温情的家园。

车到城关，一拉开门，噪声扑面而来，满耳轰隆。定神看去，轰隆声主要来自载重卡车、拖拉机，还有河道里大船的马达声，所运大多是石料。路面被轧辗成波浪状，车就在上面起伏弹跳。船的吃水很深，三岔河口壅塞了船只，交错避让而过，各往茫茫远方去。沿河随一架大船走，那船头立一女子，着水红衬衫，裤管挽到齐膝，伸展臂和腿，指挥舵手通过桥墩。船的大，衬托出女子的娇小和威风，真是好看！这河我以为应是运河的支脉，但当地人称它“东苕溪”，河道整阔，往来船只繁忙，于是就有了气象。其时正是傍晚，炎热的一日，多少变得温和些，有了风，虽是热风，空气毕竟流动了。河边渐渐聚起纳凉人，老人穿了睡衣裤，洗浴过后的清爽面色，手里擎一柄蒲扇。年轻的夫妇领了孩子徜徉，稍大的孩子则纠结成堆游戏奔跑。可感受到腾腾的生活气息，是由行政、经济，以及人的日常活动，积累起来。这里的人比德清城里的人更具市民的气质，一种不仅以工作为目的，而是有着些细枝末节的旁骛，悠游散漫的风度。这也是要靠时间来积累的。眼下，城关也显出了颓势，桥底下堆满垃圾，六十年代素朴风格的建筑、街道，因缺乏维护，露出败相。

这一路，所见常是废弃的城镇：新市，城关，还有莫干山下的三桥——车驶过，只见颓墙断梁，相信它也曾有过如新市那样物质与精神和谐一体的生活，取代旧城的又总是一色水泥，平展展的新区。四处都在迁，并，开发，而且是在急骤的速度中进行。

未进临安，已感受到紧张热烈的气氛。沿途就见巨大的广告牌，预报森林博览会即将开幕。到市委宣传部，立觉来得不是时候，十分的打扰。森林博览会已进倒计时，宣传部上下都在打点一件大事，就是筹办“同一首歌”晚会。文联秘书长名叫梅鹊，其实是位先生，次日就将赴京，最后落实诸项事务。如今可说满城众议“同一首歌”，出什么角，上什么节目，中央台几时几点播放，都抱了期望。这一趟北京之行压力颇大，梅鹊先生却还要安置我的住行，可他一点不失礼，用心体贴，很有君子之风。他一去北京无消息，部里与他几次联络不上，干着急亦无用，难免有一种皇城浩浩，人如草芥之感。

临安近杭州，境内有自然保护区天目山。为此，前几年忍痛关停一家污染企业化工厂，牺牲年税收一千五百万，于是，必换条思路谋发展。森林博览会便是利用资源，打保护区牌，将临安推向全国。另外，临安还有一份鲜为人知的人文资产，吴越王钱镠，主要事迹为“纳土归宋”，听起来像是投降派，但梅鹊先生很顶真地告诉说，如今对其有了新的定性，以为他不争江山，保得一方水土安宁，百姓生息。无论怎么说，临安钱姓倒是血脉兴旺，出了不少高人，现代有钱其琛、钱伟长。当晚，临时召集的座谈会上，有一名青年举手发言，并不为提问，而是帮我纠误，好对临安人文精神有确切的认识。这位青年白面长身，修眉朗目——后来我发现临安青年都很清俊，而且面善——青年说：相信你到临安，人们都会告诉你，吴越王钱镠，但事实上，临安真正的文化源泉却是另一位，他的名字叫毛滂！一言既出，举座皆惊，不知“毛滂”为何人，又与临安有何干。青年滔滔解释了毛滂的出身、师承、来历、风范，再举临安文化又一源头，苏东坡点化出家的青楼女子，名“琴操”，座上又是一惊。于是，他又展开一段说辞。青年的声音很流利，表达也十分优美，我倒很愿意他讲，可是底下的听众却不耐起来，让他快些结束宏论，好叫别人提问。他则请求再说一句，又进而请求，再说两句，我亦帮他说话，可人们终于按捺不住，纷纷立起，将他弹压下去。会散时，他到台前让我签名，告诉我他刚从大学毕业，现在临安一所新高中任教语文。我已经喜欢上他，他既是开放不畏缩，却并不是蛮横。他又读那么多的书，记那么多的史轶，都市中的物质人生，已少有年轻人过这样优雅的生活。

天目山上的青年导游，曾评为全国十大名导的傅强，也是同样可爱的青年。他最多一回，日内上下天目山三次。走过方才下过雨，汪了水洼的石板古道，他就好像脚下有眼，一纵一跳，指点看山、看谷、看云。每一块石，一棵树，甚至只一株草，他都说得出典故，还可总结警世格言。说到欢喜处，他会将眼睛笑成弯月，一斜，眸子乌得——简直流丽。山上的轿夫叫他小傅，或者傅主任，他也个个认识。昨天又有一桩欢喜事，十个绍兴来的企业家，一人租一领轿，只乘了几趟，便一人给付三百元。轿夫们开心，他也开心，好像他的山，养了他的人，起心的满意。傅强目下最大的心事是，如何让天目山申报世界遗产保护项目成功。他历数了西天目山的诸种独到之处，着重地说：主要是要做文案，文案要做得好。墨黑的眸子看往对面山，满坑满谷的青翠，青翠里起了绿烟，几柱阳光穿透，于是，绿烟溅开，碎成细末。连日的炎热中，几乎忘记凉意为何物，这里却又回来了，好比方外化境。

天目山管理局的一位年轻主任，不像傅强高大俊朗，可也有着白净的肤色，乌黑的眸子，而且言语温柔。此地方言有一个上挑的尾音，就有些像歌唱。不过，傅强没有这样的尾音，他从小在西北长大，成年后方才随浙江籍的父母来到临安，所以，他说一口纯粹西北音的普通话。这位主任似乎挺不幸，他临安生，临安长，在临安读林学院，而后又分在天目山。唯一一次外出临安，是大学里组织去南京，且多是在路途。对南京的印象，惟有中山陵，中山陵的印象，又只在“台阶”。在他眼里，大约远不如天目山有意趣。他组织谱写了一首咏诵天目山的歌曲，送到“同一首歌”编导组，至今没有回音。他谦逊地以为是曲谱得不够好，问能否请上海的艺术家帮忙修正。他还收到过一封信，来自毛泽东旧日的警卫员，说毛泽东曾经在一九六四年悄然上过一次天目山，为证实此事，他按信封上所写地点去信再问警卫员，警卫员却已与世长辞。这些不顺遂并没影响他的心情，他显得快乐而且友善。临安的青年们，都有一种佛性似的。一千年前，西天目山的僧侣们，一块石板，一块石板，一块石板，铺成这数十里山路，也是无穷长的经文，供樵夫和采药人的草鞋底吟哦。石板光滑如上了釉，着力处变成坑洼，排列也约略错落，可却坚牢如初。

傅强告诉说，天目山崇拜韦陀。韦陀从出生地九华山来，在此山显过身。所以，禅源寺专修有韦陀殿，位第二进。日本侵华时期，日军对天目山脚的浙西行署激烈轰炸无数，由一名汉奸在禅源寺对面山头点火，设目标。于是，那山便有了名字，叫“火焰山”。最为酷烈的一次轰炸中，禅源寺五百僧房统化为灰烬，却奇迹地留存下第一进天王殿，这也像韦陀施法所为。一九四八年，复又修起韦陀殿。如今，韦陀殿后，正大兴土木，重修主佛殿，巨大的佛像已塑到半身，图样为禅源寺新住持亲绘。这是一位能干的法师，具有开创的思想，为禅源寺制定了宏伟远大的规划。那就是将中殿与韦陀殿迁至邻座山上，再将天王殿，日本轰炸劫后余生之所在，殿门正过来两度。因原先殿门偏东二度。所谓“正”过来，即拆掉重来。

在浙西最后一日，受邀去大明山。大明山实是黄山尾脉，所在昌化区境，已近皖南，民居可见徽式踪影，老桥多为旧日徽商所造功德桥。昌化原是独立县，和於潜、临安合为一市，降为镇。车过昌化，依稀可见县制规模，人口密集，街道上店铺林立，有一股繁荣气象，却也趋于衰微了。大明山原来是钨矿，一九五八年开发，到一九九四年开采殆尽，将矿区移走。数年前，由著名企业松山集团买下，开发旅游，年前开业。此山的人文题目作在朱元璋，山顶有千亩草甸，传说当年朱元璋在此屯兵，蓄势待发，一举打下大明江山，故称大明山。登三小时山路，过一条铁索长桥，终抵山顶，果见碧绿草甸一片，四面微微翘起，其实是一个谷。山间最令人高兴的是水，至清至纯，真正是透明。每每形成小潭，热极累极的登山人便和鞋和袜下去，掬水洗脸洗手，暑气顿消。此山属里仁村，共九百户山民，靠山吃山，现一次性买卖，子孙后代就不知将以什么生计。所以，村长天天来旅游集团“上班”，讨价还价，争而又争。可大局已定，去势难挽，山壁上赫赫刻了八个大字：“松山不倒，永强不息”。“永强”是松山企业老板的名字。

山上遍留当年钨矿开凿运输的遗迹；矿工的住房；壁上“自力更生，奋发图强”的标语字样；纵横的坑道；铁轨拆除，尚余下路基；山路的护栏，是用矿渣石砌起。有一处景，名为一线天，从山洞，其实就是隧道仰极了看，山被直直劈为两爿，顶上透出遥遥一隙天空。这是采矿的留痕，可见出当年矿工奋力而艰险的劳动，为共和国提供了积累。比较朱皇帝屯兵一说，是更为切实可靠的历史，不晓得山的新主人将以何种方式纪念它。

离开浙江时，早已过了八月八日，却未见一丝降温的预兆，依旧，遍地流火。

2003 年 11 月 17 日　上海

英特纳雄耐尔

一九八三年去美国，我见识了许多稀奇的事物。纸盒包装的饮料，微波炉，辽阔如广场的超级市场，购物中心，高速公路以及高速公路加油站，公寓大楼的蜂鸣器自动门，纽约第五大道圣诞节的豪华橱窗。我学习享用现代生活：到野外 Picnic，将黑晶晶的煤球倾入烧烤架炉膛，再填上木屑压成的引火柴，然后搁上抹了黄油的玉米棒、肉饼子；我吃汉堡包，肯德基鸡腿，Pizza——在翻译小说里，它被译成“意大利脆饼”这样的名词；我在冰淇淋自动售货机下，将软质冰淇淋尽可能多地挤进脆皮蛋筒，每一次都比上一次挤进更多，使五十美分的价格不断升值；我像一个真正的美国人那样挥霍免费纸巾，任何一个地方，都堆放着雪白的、或大或小、或厚或薄、各种款式和印花的纸巾，包括少有人问津的密西西比荒僻河岸上的洗手间——这时候，假如我没有遇到一个人，那么，很可能，在中国大陆经济改革之前，我就会预先成为一名物质主义者。而这个人，使我在一定程度上，具备了对消费社会的抵抗力。这个人，就是陈映真。

我相信，在那时候，陈映真对我是失望的。我们，即吴祖光先生、我母亲茹志鹃和我，是他有生以来第一次，面对面看到的中国大陆作家，我便是他第一次看到的中国大陆年轻一代写作者。在这之前，他还与一名大陆渔民打过交道。那是在台湾监狱里，一名同监房的室友，来自福建沿海渔村，出海遇到了台风，渔船被吹到岛边，被拘捕。这名室友让他坐牢后头一回开怀大笑，因和监狱看守起了冲突，便发牢骚：国民党的干部作风真坏！还有一次，室友读报上的繁体字不懂，又发牢骚：国民党的字也这么难认！他发现这名大陆同胞饭量大得惊人，渐渐地，胃口小了，脸色也见丰润。以此推测，大陆生活的清简，可是，这有什么呢？共产主义的社会不就应当是素朴的？他向室友学来一首大陆的歌曲——一条大河波浪宽，风吹稻花香两岸，我家就在岸上住，听惯了艄公的号子，看惯了船上的白帆……

和我们会面，他事先做了郑重的准备，就是阅读我们的发言稿，那将在爱荷华大学“国际写作计划”组织的中国作家报告会上宣读。他对我的发言稿还是满意的，因为我在其中表达的观点，是希望从自己的个人经验中脱出，将命运和更广大的人民联系起来。他特别和聂华苓老师一同到机场接我们，在驱车往爱荷华城的途中，他表扬了我。他告诉我，他父亲也看了我的发言稿，欣慰道：知道大陆的年轻人在想什么，感到中国有希望。这真叫人受鼓舞啊！从这一刻起，我就期待着向他作更深刻的表达。可是，紧接下来的事情是，我们彼此的期望都落空了。

在“五月花”公寓住下之后，有一日，母亲让我给陈映真先生送一听中华牌香烟。我走过长长的走廊，去敲他的门，我很高兴他留我坐下，要与我谈一会儿。对着这样一个迫切要了解我们生活的人，简直是千头万绪不知从何提起。我难免慌不择言，为加强效果，夸张其词也是有的。开始，我以为他所以对我的讲述表情淡然是因为我说得散漫无序，抓不住要领。为了说清楚，我就变得很饶舌，他的神情也逐渐转为宽容。显然，我说的不是他要听的，而他说的，我也不甚了解。因为那不是我预期的反应，还因为我被自己的诉说困住，没有耐心听他说了。

回想起来，那时候我的表现真差劲。我运用的批判的武器，就是上世纪八十年代初期，从开放的缝隙中传进来的，西方先发展社会的一些思想理论的片断。比如“个人主义”，“人性”，“市场”，“资本”。先不说别的，单是从这言辞的贫乏，陈映真大概就已经感到无味了。对这肤浅的认识，陈映真先生能说什么呢？当他可能是极度不耐烦了的时候，他便也忍不住怒言道：你们总是说你们这几十年吃了多少苦，受了多少穷，我能说什么呢？我说什么，你们都会说，你们所受的苦和穷！这种情绪化的说法极容易激起反感，以为他唱高调，其实我内心里一点不以为他是对世上的苦难漠然，只是因为，我们感受的历史没有得到重视而故意忽略他要说的“什么”，所以就要更加激烈地批评。就像他又一次尖锐指出的——不要为了反对妈妈，故意反对！事情就陷入了这样不冷静的情绪之中，已经不能讨论问题了。

一九八九年与一九九〇年相交的冬季，陈映真生平第一次来到大陆。回原籍，见旧友，结新交；记者访谈，政府接见，将他的行程挤得满满当当，我在他登机前几个小时的凌晨才见到他。第一句便是：说说看，七年来怎么过的？于是，我又蹈入千言万语不知从何说起的境地。这七年里面，生活发生很大的变化，方才说的那些个西洋景，正飞快地进入我们这个离群索居的空间：超级市场，高速公路，可口可乐，汉堡包，圣诞节，日本电器的巨型广告牌在天空中发光，我们也成熟为世界性的知识分子，掌握了更先进的思想批判武器。我总是越想使他满意，越语焉不详，时间已不允许我啰嗦了，而我发现他走神了。那往往是没有听到他想要听到的东西时候的表情。他忽然提到“壁垒”两个字——Block，是不是应该译成“壁垒”？他说。他提到欧洲共同体，那就是一个 Block，“壁垒”，资本的“壁垒”，他从经济学的角度解释这个名词。而后，他又提到日本侵华时期，中国劳工在日本发生的花冈惨案，他正筹备进行民间索赔的诉讼请求。还是同七年前一样，我的诉说在他那里没有得到应有的回应，他同我说的似乎是完全无关的另一件事。可我毕竟比七年前成熟，我耐心地等待他对我产生的影响起作用。我就是这样，几乎是无条件地信任他，信任他掌握了某一条真理。可能只是一个简单的理由，就是我怀疑自己，怀疑我说真是我想。事情变得比七年前更复杂，我们分明在接近着我们梦寐以求的时代，可是，越走近越觉着不像。不晓得是我们错了，还是，时代错了，也不晓得应当谁迁就谁。

陈映真在一九八三年对我说的那些，当时为我拒斥不听的，在以后的日子里一点一点呈现出来，那是同在发展中地域，先我们亲历经济起飞的人的肺腑之言。他对着一个懵懂又偏执的后来者说这些，是期待于什么呢？事情沿着不可阻挡的轨迹一径突飞猛进，都说是社会发展的规律和终极。有一个例子可说明这事实，就发生在陈映真的身上。说的是有一日他发起一场抗议美国某项举措的游行示威，扛旗走在台北街道上，中午时，就在麦当劳门前歇晌，有朋友经过，喊他：陈映真，你在做什么？他便宣讲了一通反霸权的道理，那朋友却指着他手中的汉堡包说：你在吃什么？于是，他一怔。这颇像一则民间传说，有着机智俏皮的风格，不知虚实如何，却生动体现了陈映真的处境。一九九五年春天，陈映真又来到上海。此时，我们的社会主义体制下的市场经济，无论在理论还是在实践，都轮廓大概，渐和世界接轨，海峡两岸的往来也变为平常。陈映真不再像一九九〇年那一次受簇拥，也没有带领什么名义的代表团，而是独自一个人，寻访着一些被社会淡忘的老人和弱者。有一日晚上，我邀了两个批评界的朋友，一起去他住的酒店看他，希望他们与他聊得起来。对自己，我已经没了信心。这天晚上，果然聊得比较热闹，我光顾着留意他对这两位朋友的兴趣，具体谈话内容反而印象淡薄。我总是怕他对我，对我们失望，他就像我的偶像，为什么？很多年后我逐渐明白，那是因为我需要前辈和传承，而我必须有一个。但是，这天晚上，他的一句话却让我突然窥见了他的孱弱。我问他，现实循着自己的逻辑发展，他何以非要坚执对峙的立场。他回答说：我从来都不喜欢附和大多数人！这话听起来很像是任性，又像是行为艺术，也像是对我们这样老是听不懂他的话的负气回答，当然事实上不会那么简单。由他一瞬间透露出的孱弱，却使我意识到自己的成长。无论年龄上还是思想上和写作上，我都不再是十二年前的情形，而是多少的，有一点“天下者我们的天下”的意思。虽然，我从某些途径得知，他对我小说不甚满意，具体内容不知道，我猜测，他一定是觉得我没有更博大和更重要的关怀！而他大约是对小说这样东西的现实承载力有所怀疑，他竟都不太写小说了。可我越是成长，就越需要前辈。看起来，我就像赖上了他，其实是他的期望所迫使的。我总是从他的希望旁边滑过去，这真叫人不甘心！

这些年里，他常来常往，已将门户走熟，可我们却几乎没有见面和交谈。人是不能与自己的偶像太过接近的，于两边都是负担。有时候，通过一些意外的转折的途径，传来他的消息。一九九八年，母亲离世，接到陈映真先生从台北打来的吊唁电话。那阵子，我的人像木了，前来安慰的人，一腔宽解的话都被我格外的“冷静”堵了回去，悲哀将我与一切人隔开了。他在电话那端，显然也对我的漠然感到意外，怔了怔，然后他说了一句：我父亲也去世了。就在这一刻，我感受到一种深刻的同情。说起来很无理，可就是这种至深的同情，才能将不可分担的分担。好比毛泽东写给李淑一的那一首《蝶恋花》——“我失骄杨君失柳”。他的父亲，就是那个看了我的发言稿，很欣慰，觉着中国有希望的老人；一位牧师，终身传布福音；当他判刑入狱，一些海外的好心人试图策动外交力量，营救他出狱，老人婉拒了，说：中国人的事情，还是由中国人自己承担吧！他的父亲也已经离世，撇下他的儿女，茕茕孑立于世。于是，他的行程便更是孤旅了。

二〇〇一年末的全国作家代表大会，陈映真先生作为台湾代表赴会，我与他的座位仅相隔两个，在熙攘的人丛里，他却显得寂寞。我觉得他不仅是对我，还是对更多的人和事失望，虽然世界已经变得这样，这样的融为一体，切·格瓦拉的行头都进了时尚潮流，风行全球。二十年来，我一直追索着他，结果只染上了他的失望。我们要的东西似乎有了，却不是原先以为的东西；我们都不知道要什么了，只知道不要什么；我们越知道不要什么，就越不知道要什么。我总是，一直，希望能在他那里得到回应，可他总是不给我。或是说他给了我，而我听不见，等到听见，就又成了下一个问题。我从来没有赶上过他，而他已经被时代抛在身后，成了落伍者，就好像理想国乌托邦，我们从来没有看见过它，却已经熟极而腻。

2003 年 11 月 21 日

乔伊斯的脸

去过都柏林后，会发现詹姆斯·乔伊斯的脸很不像爱尔兰人。爱尔兰人通常是骨骼粗壮，体魄健硕，颧和腮比较宽大，那是由于咀嚼硬实的食物，形成发达的咬肌。他们的肤色亦是粗糙的酡色，保留着农民祖先室外劳作饱受紫外线的遗传，兴许还有酗酒的遗痕。可是，乔伊斯却是苍白的。他的脸在黑白照片的混沌底色里浮现，尖锐的轮廓线条划分了这张瘦削的脸，一双表情严厉的眼睛从中逼视过来，鲜明地昭彰出对世人的揭露和批判。就用他对都柏林的定义——“麻痹的中心”，在这“麻痹”的城市与市民之间，他的敏感的神经带给他多少折磨，都可从这张明显受了精神损害的脸上看见。在这座城市里，四处可见这副焦虑的怒容：爱尔兰作家博物馆，乔伊斯中心，乔伊斯的书，以及关于乔伊斯的书的封底和封面，宣传海报，明信片……这似乎不能视为这城市的颟顸，或者势利，似乎也不能简单视为一种和解。Marsh 主教图书馆的管理员——这名夫人是 Marsh 图书馆里第一名女性管理员，于二十五年前来此工作，而在前一个世纪，这里是不允许妇女进入的——被压弯的橡木书架，木笼般的阅览室，关于植物物种的自印的书籍，还留有着古时经院的气息，Marsh 大主教曾被乔伊斯刻毒地讽刺过，而这名管理员，并没有忘记指责他：这不公平！因为乔伊斯曾经来到这里阅读过书籍。这是出于年纪阅历，还有女性仁慈又略带小心眼儿的公正心，她不会姑息乔伊斯的过激。

在乔伊斯中心——乔伊斯生命中最后十七年里，搬迁过的十四处住房中的一处，管理员是他的外甥，一个肥胖，因而多少有些迟钝的中年人。他也奇怪地不像他的乔伊斯舅舅，丝毫没有“三代不出舅家门”的意思。他证实了那种说法，就是乔伊斯没有在生前享受过他的名声，人们只知道他是一个写下流小书的人，由于他的私奔事件，整个乔伊斯家族都拒斥了他。都柏林的南海岸，有一具乔伊斯塔，原先是乔伊斯一名朋友的资产，在他写作《尤利西斯》的困顿的日子里，曾经容留过他居住一段时间。这具塔，严格地说，更接近一管烟囱，极其窄细，必须侧过身体，才能挤进螺旋形的砖砌楼梯，几乎是爬着，进去每一层。乔伊斯住过的地方是在第二层，四壁空旷，中间孤零零放一张小床和一具小桌，窗户开在接近屋顶的上方，看上去，极像一间囚室。在过去的几十年里，这小屋一定还做过多种用途，可是，在如今的空寂中，却顽强地留有乔伊斯的面容，一个在幽闭中挣扎的灵魂的面容。再往“烟囱”顶上挤去，出了“烟囱”口，强劲的海风吹来，裹着海水的潮意和咸味，看得见海湾，有一个老人在游泳。他奋力划了几下水，又立起，为抵抗海水的寒冷跺足捶胸。这就是乔伊斯的“麻痹”的同胞和乡人？他也和乔伊斯毫不相像。他的鼻头冻红了，肉头的脸颊也冻红了，从色彩鲜艳的泳裤里挤出来的腹和臀上的圆鼓的肉，也是红的，显出一种孩童般的憨态。

可是，在爱尔兰作家中心，有一位前来赴朗诵会的诗人，Micheal o' Siadhai，却奇异地相似乔伊斯的脸——那张我们只能从照片上看见的脸。同样是瘦削而且苍白，有着严重的口吃，尤其当他急于表达他的思想，口吃就越加严重，他的纤长的手指急躁地敲击着讲台，试图从那第一个字“我”的壁垒中冲刺出去。他不经意地穿一件西装，有些邋遢，但决不是颓唐。他的眼睛出乎意外的单纯，这使得他整个面容变得年轻，完全不像一九四九年生人的年纪。这其实也是像乔伊斯的，因没有世故所以才会认真地愤怒，不惜破坏自己的身心平衡。诗人，当然更有乔伊斯，似乎是存在于都柏林人粗粝壮硕的身体深处的纤弱的神经，他们时不时地作祟，超常灵敏地感知世界，几乎像圣灵一样，辨认真理。这种感知会以叛逆的形式驱动肉体，它的外壳，它们就处于激烈而生气勃勃的冲突之中。等到内外发育成熟，彼此和谐，便以均衡的合力日臻完美壮大。

后来，乔伊斯坦陈道："有时想到爱尔兰，发现我过去似乎苛刻了。……我从没公正地对待它的美……"这同样不能视为软弱和道歉。他漂泊中暂时的栖脚地以他的名字"乔伊斯"命名；他的手稿从费城来到都柏林展出，其中有他与女友幽会的字条；他的外甥，那个大肚子男人受母亲叮嘱，审慎地说：我们不要拒绝乔伊斯，也不要宣扬与他的亲属关系；他曾经栖居过的，现今的乔伊斯中心，拥簇在都柏林井巷中的露台上，坐着读书的年轻人；《尤利西斯》中那忤逆子斯蒂芬·迪德勒斯从巴黎回到都柏林的一九〇四年六月十六日，那一日的都柏林报，被制成纪念品；六月十六日，亦成为都柏林人，也是爱尔兰人的节日。都柏林和乔伊斯，终于合二为一。

2004年4月24日　上海

台北的街

在台北，朋友与我相约，约定的地点是某处一棵大榕树底下，偏我是不认树的，于是便要描绘榕树的外形。又有一回，大约是信义路一带，等候侯孝贤，远远见他肩一具背囊，额上扎一条毛巾，手中握一瓶水，从榕树的垂絮下走来——此时我方能认得榕树，看他就像一名劳工。他正筹拍关于汽车的广告，以树为背景，于是，就随他找树。街边，巷内，人家院落里探过墙头，形形种种，连他们台北人都不全认得，而我亦长了见识，因看见了圣埃克絮佩里的《小王子》中写到的“面包树”，原来是那样阔大又软耷的叶子，茂盛到纷乱。由于亚热带温湿的气候，台北的树多是有着层层叠叠的叶，几乎是莽莽之状了。照理，在多少是开发过度的台北城市，这夯紧了的混凝土壳子里，不该有这么些树的，可是，它就是有。倒是在阳明山，或者森林公园，应是自然生长的地方，却因为经过人工特意的规划，反是有些空廓，并不显得如何繁荣。市区的街里，楼的裂缝里，与熙攘的人接踵交臂处，那树却挤出来，满坑满谷的都是。

这是台北街上的树，台北街上的人呢？在闹市是看不出什么性格的，因总是一个“多”字，汹涌的人潮。人潮中的人，脸都是差不多，是工业化的景象。只有在略背静的路段，能见出一点生活的面貌。比如，有一回去淡水，捷运的转车站，墙上张了榜，列出各站站长的名姓照片，让民众投票，评选优秀站长。见两个女孩子，显然是捷运的常客，又是专搭某条线，就指点照片议论：啊，原来这人叫这个名！或者：这个人好，那个人坏，很坏！还有：这个人一般。也是在捷运上，目睹两个小孩子的邂逅，从互相注意到搭讪，最终玩在一起。其中一个先下站，临别时，两对年轻的父母握手道辞，尽眷属的礼数。

一个人在一个陌生城市里，行动自然要受局限，因为人地两疏。为要对付一些日常的生计，比如吃饭，比如洗衣，比如购物，在狭小的范围里周旋，看起来是平淡无聊，可是，一点一点积累起来，却能够真正形成印象。在“台北作家村”做住市作家时，北平东路天津街就是我自行出入的地方。那一条街比较偏，似乎多有政府机构，中午时分，常见挂了胸牌的男女两个三个在路上走，想是上班的公务员去寻午饭吃。从“作家村”出门，向左手走，有两爿小饭铺，逢到开饭时候，就分外繁忙，照应堂吃——多是一些劳工模样的阿伯阿公，还要对付外卖，远多出于堂吃。其中一家是我经常光顾的，因喜欢那里的“鲁肉饭”。所谓“鲁肉”即是红烧肉，切得细小，炖得酥烂，附一个红烧蛋，二十新台币。再添一个青菜汤，十五新台币。饭与汤全用餐盒餐筒装好，滴水不漏，带回“作家村”中，依然滚烫，比什么山珍海味都入味。沿了街，还有阿婆开的小日用店，店里也卖早点，三明治。又有一个阿嫂贴了墙根放一些柚子卖，算是水果摊。一日早起赶往高雄的火车，出去找早饭，都闭了门，走到街角，却有一辆小货车停着，边上一个女孩守一口热腾腾大锅，锅里是“面线”，类米粉。买了一份，只十五新台币，亦觉得可口。后来因不再早起，就没遇着过她。记得她年轻，略黄的清秀的脸，穿牛仔裤，像一名学生，但盛汤装盒的手势却十分老练。又一日从花莲回来，天已晚，沿街的食铺均打烊，转过街角，到下一个街角，有一家正经的餐馆，还营业，进去还是要了一份面线，外带。坐等时，只见店堂已无上客，服务生们互相调笑打闹，纪律很松懈的样子，是在打发关门前的那点时间。面线做好，装在一个更大也更讲究的塑料盒内，回去房间打开，无比的失望。价格比上回贵到一倍半，却无汤亦无料，还烂糊一团，于是感到那店家正走颓势。

舒国治带我看台北，去了植物园，茶艺店，《牯岭街少年杀人案》的牯岭街，吃福建干面，还登高楼望远，却还是说不足以看台北，最好的看法是到人家里去。可是，谁的家又能随便让我们进去呢？最后，他带我入一巷里人家的饭馆。老板是公务员，这一套住房是政府福利售与，一半辟作饭馆，赚点小钱贴补。餐桌设在客厅，如厕则需穿过老板的卧室。老板爱狗，家中除有大小狗，还陈列有狗的玉照几帧，满屋里是老板的斥声，斥骂小孩子竟然大胆到要去抱狗：狗就像 baby，不能随便乱动！口音是上海一带的南方，一问，果然祖籍浦东，一九四九年时来台。菜式也是上海的家常，葱烤鲫鱼，蕃茄炒蛋，红焖茄子，每一种我都会烧，只不过它的油大一些，才有了饭馆的风格。真正到了人家中，又觉一切都稔熟到平常，竟还不如看舒国治本人。在台北繁忙的街头，人人要事在身地奔走，夹着他这一个不上班的闲人，东游西荡。就像掺沙子似的，有一些些不协调，有一些些硌牙。生计忙碌的台北就有了一点奢心，像那许多的树，是从夯紧的现实里使劲挤出来的。

2004 年 7 月 4 日　香港

樱花的仪式

方度过百年祭的日本电影人小津安二郎，有一部电影名叫《早安》，说的是一对小兄弟为要买电视机，与父母纠缠不休，父亲斥责说，一个男子汉不应该啰里啰嗦，老是重复说没有意义的话。孩子尖锐地指出，你们大人才总是说无聊的话："早上好!""吃过饭了吗?""您走好!"父亲驳斥不了，只能用强权压服，孩子便消极抗议，就是不说话，任何话都不说，迫不得已时，则用动作比画。他们的老师，一个年轻人，正爱着一个姑娘，却说不出来，他很体谅地说：你们的心情我能理解，许多话确实没有意义，有意义的话倒未必是说出来的，可是你们这样做实在太不方便了。在兄弟俩这种无言的压力之下，父亲终于买回了电视机，于是，小孩子重新聒噪起来。年轻的老师最终也鼓起勇气，向爱恋的姑娘说出了心意，邻里间由于闲话引起的龃龉则在下一轮的闲话中释解。就这样，生活在遍地横流的语言中活泼泼地开展着。貌似无聊的说话，其实是有着一种仪式的意义。

日本是一个格外重视仪式的国度，即便是家常的便饭，碗碟以及碗碟中的饭菜，也要摆出款来：雪白的米饭上，洒几粒黑芝麻，嫩红的生鱼片旁边，是一对樱花叶子。茶道，自然无须说了，有着繁复的程序。和式的房间，就是一个完整的仪式，玄关是起句，暗含比兴的意思，在此脱鞋，然后进入正篇——榻榻米。我不懂日语，但我知道日语中有一个极其发达的敬语体系，《早安》中使小孩子大有意见的所谓无聊的话，是不是也包括这个？日本著名学者加藤周一先生的《日本文化论》(叶渭渠译)，其中描述日语：“日本语的语序，是把修饰句放在名词之前，把动词(包括否定语)放在最后。”这便是语言的仪式了。男孩子的鲤鱼旗，女儿节的手工偶人，是成长的仪式。在京都时，看一场旅游节目，介绍日本的艺术，其中有“文乐”，演的是一个姑娘在城头等待她的爱人。奇异的是，一个偶人有三名操作者，而且，三名操作者，竟全在舞台上，一左一右，第三人在偶人身后，罩了黑袍，那偶人则着一身红。虽是知道罩了黑袍是表示隐匿，但视野里，却直接是三个黑衫人狞厉地挟持一美人，将那偶人的动作烘托起来，场面忽就变得隆重，因有了仪式感。歌舞伎的舞台，从台口延出贯穿观众席的花道，将戏剧的仪式再扩大化了。广岛的丁字桥头，原子弹爆炸以后，平地上唯一矗立着的存留物，一座西洋式建筑的框架，如今用钢筋加固，列为世界人类遗产，底下坐着写生的小学生，其中一个带着邻家大哥哥少年时的图画作蓝本，是一代传一代的仪式。日本的吃物用物都是有名字的，七月七吃的糕饼，名“七夕糕”；温泉池子有的名“花的汤”，有的名“梦的汤”；便条纸也用什么什么的花命名；岛崎藤村出版《若菜集》时候，开出的鳗鱼饭馆，就名“若菜馆”；馒头有叫“红叶”的，总之，再是细小的物件，在物种的本称之外，还有一个名字，就像古时人的表字。有个日本电影，《情书》，说的是一名青年登山途中不幸遇难，他的女友检点他的遗物，发现他的中学同学里，竟有一个同名者，也叫“藤井树”。这个名字听来那样亲切，为排遣思念之情，她试着与这一个“藤井树”联系。这一个“藤井树”是女生，接到信后，不禁想起中学时候，由于同名引起的种种难堪。应女友的请求，藤井树开始回忆这同名的男生，多年前的印象接踵而来，在重新的审视下，一

2001 年在台湾淡江街头

2002年在东京与日本画家东山魁夷夫人合影

段少年恋情浮出水面。这个青春故事的叙事方式里似有一种寓意，有关于名字的寓意。生命的某一个方面，全掩在一个名字的深处，沉寂着，然后，呼之欲出。就好像阿里巴巴和四十大盗，在那扇藏匿财宝的山洞门口，叫“芝麻开门”。在此，“芝麻开门”就是拥有宝藏的仪式。

宫岛的神鹿；仙台东洋大学内，保留的鲁迅先生上课的旧课室，梯级课桌里，先生常坐的一席座位；神庙里祈愿的木牌；门上的“暖帘”，帘上的花样；萝卜泥和芥末砌成的形状；架在柴火上的“釜”，“釜”里沸腾着慢慢收干的稻米饭；见面与分别时的鞠躬礼，冗长的问候语；和服的华丽的腰带，在后背仔细叠起的结；发髻上的玳瑁梳子；墓园里洒扫的木桶，无一巨细，都在表示着事关重大，不可轻视，需持有足够的敬意。由于是这样绵密细致的心思，所以，日本的仪式几乎无一不怀有着闺阁式的娟秀气息。尤其是京都，花团锦簇，好像进了女人的绣房。满目是印花或织锦的手帕，手袋；插发的珠簪子；漆盒子里盛了胭脂粉；糕团都做成花和叶的形状。沿四条街走入先斗街，说是街，其实是长巷，两边的屋檐差不多对接起来，二三层的木壁楼前，点几盏灯，映照着石板路面，反射出幽微的光。是有股子暧昧的情调，但因是女性的气质，就又是文雅的。凡此种种，细节似乎太多，难免显出琐碎，好在堆砌得整齐，而且干净，是出自一双利索的虔敬的手，放供品样地一件一件添置起来，就变得严肃了。

还有樱花，粉白或者粉红，透亮纤细的瓣和蕊，竟象征武士的精神，似乎两下里并不相干，两者却有着同样的决绝。人间四月天里，花事正繁盛，转眸落英缤纷，毫无回顾之恋，武士的性格，大约就是指这个。也因此，你就会注意到，在这温婉底下，其实有着强烈的心气。川端康成前辈，正值人生与文学的盛年，忽然间鞠躬谢幕。这一份断然，也不太像他，不像他文章里的缱绻悱恻。这也是樱花的仪式吧！

2005 年 3 月 27 日　上海

摹写的精神

这本《陈丹青素描集》里，我最喜欢的是“江浦农民”的一组。

这些农人的脸相，有着一种相当一致的东西。首先是面部的轮廓。他们不是蒙古种的那样浑圆与平坦，而是边缘清晰。但也不是越人的那种，过于紧凑，对比急促，以至有些收缩起来。而是比较均匀和舒展。这种面部的轮廓似乎有些接近欧人：略略薄削的脸颊，高鼻梁，有鼻节，重睑和薄唇。但又完全不是欧人的，而是十足的村俚。这村俚好像是体现在一对颧骨上面，他们的颧骨比较突出，但并不是骨骼的原因，而是有些多肉。这使他们显得有些女气。还有重睑的眼形，也使他们有些女气。而在颧骨的下缘形成的一个凹陷，就又变得乡气了。像第 9 页上，画上日期为一九七五年十一月一日的那张。画中的人物，眼角有些向下，这种脸相在苏北人中很多，微微带着些甜相。这样的面部是俗话说的“好看”的面部，只是劳作使它有些粗糙，不那么显好看。劳作的痕迹也是比较集中在一对颧骨上面，还有是在面部的瘦削上，单纯的表情形成的简洁和谐的肌肉纹路走向。它们虽然是劳作的，可又绝不粗笨，而是有一种含蓄的，说是“睿智”太过了，至少是见识吧！这大约也是江北的农民独有的。他们虽然操着古老的农田生计，可地处水陆交道，市镇密集之地，不一定去经验，看也够多了。所以他们不是那种启蒙主义者所以为的麻木、愚钝的农民，而是真正有着几千年文明史的农耕社会的居民。比较之下，第 15 页上，没有注明日期的纸上油画中的面部，就稍为露了些，它显出进入当代史的农民的脸相。它是这一组“江浦农民”中唯一微笑的面部，也是唯一完全睁开眼睛的面部。于是，就流露出开放与精明的气质。它是我们较为熟悉的那类脸相。我很惊异地发现，在我所插队的安徽淮北，就有着这样的面相。甚至，在某个演员的脸上，也有着这样的面相。它们往往是在那些受过中等教育，对政治生活有着兴趣，多少怀有一些野心的青年农民的脸上。他们开始从封闭的、自给自足的生活里走了出来。于是，旧的凝练与完满就有些散，新的因素进来了。这表现在，他的脸上，不再有其他的“江浦农民”那样的气定神闲，取而代之的是侵入性的紧张表情。以至，面部也有了相应的改变。下颚略略向前，显出咬肌，颧骨依旧，但摊平了一些，就把鼻子夹小了，眼睛很大，不再是原先的甜相，而是，有些凶。这也是要使启蒙主义者失望的，唤起的农民并非“镰刀，斧头，老镢头”式的，而是小知识分子的面貌。

这是写实主义的严肃性，它将司空见惯或约定俗成的日常表面里的决定性的条件挖掘来，当这些条件充沛、饱和并且协调到某一个程度，情形便大异了。在与真实普遍相似的条件之下，却呈现出极个别的，以至不那么真实的面目。这是不是应当被称作“典型”的？这好像有一点中国戏曲中的“脸谱”的意思。当然，脸谱不是写实的表现，它图案化了。而我的意思就是，在写实的条件底下的图案化，就像鲁迅先生笔下的阿 Q。这一组“江浦农民”虽然还不足以成“脸谱”，但它们已经体现出了一些零散的孤立的“脸谱”的性质。接下来的问题是，如何聚揽和规划这些性质，使它们从写实脱胎为图案。

年轻的时候，我更喜欢中国画里的写意，觉得工笔太真切琐细，便刻板了。因年轻，未经历多少生活，又不怠于思想，便好高骛远，难免以为现实生活平凡无味。年长了，有了些阅历，渐渐珍惜起日常情景的细节。这些细密的笔触里，是有着切肤的痛痒，难以笼统概括，倒觉得写意有些露了。所谓的“意境”非但不能无限的悠远，反是有限，规定了人的遐想。这也是我在《陈丹青素描集》里，第一喜爱江浦农民，第二才喜爱西藏人草图的原因。

因是草图，所以就比较概括，省略了细节，有一点“写意”的意思。偶有一处，笔触具体一些，有比较真切的面目出现，便不由为之一动。比如第38页上，《牧羊人》草稿之一，那被吻的牧羊女的笑脸，从约略的草线中突然现出，这笑容真是微妙！陶醉，快乐，有一点点欲念，这一些又表露得那么简单，甚至呆板。这张脸不是漂亮，那上面的一切都不够匀称。拖长的鼻子，宽大的脸腮，长鼻之下，宽腮之中，过于小了的嘴，以及窄额下的小眼。可就是它们，造就了这副笑容。最绝妙的人脸，是不能将它作人脸看的。就像人声最好的时候，不是作人声，而是作乐队里的一件乐器，即乐声中的一种音色。像前苏联的大演员，《战地浪漫曲》里扮演妻子的那个。她的脸就不能单纯当作人脸看，而是画面，它呈现出的因素要远远多于人脸的容量。这也有一点“脸谱”的意思，也是写实主义的理想。也因此，素描集第10、11页上两幅《黑河牧民》，倒不是我最欣赏的。他们果真如陈丹青说的“好看”，可就因为太过端正了，就拘泥于人脸了。

虽然草图缺乏我所喜爱的细节，可它却是已经进入创作的过程。由于它的简约、抽象，图案的效果便呈现出来。藏袍，袍里的婴孩，或者是从袍里裸出来的上肢，正侧的脸部，僵直的身躯，含有一种壮硕、木然的高贵风度。这使得日常的生活图景，有了庄严神圣的仪式感。这便是埋藏在细节之下的图案，也是写实的精神所在。看画家的草图，有些像听作家谈构思。你看他怎么摆布图案，将零碎的局部调排成完整的作品。最基本的，决定性的东西，其实在这里已经有了，它往往是在最初时就具备的。所以，在这一些草图上，凸现在眼前的，就是仪式。然后，细节将再给它披上日常生活的外衣，使这仪式隐匿起来。而表面上的日常图景，则因其深处的仪式作用，获得全新的面貌，它更新甚至升华了我们的常识。

这本素描集里，我比较不那么喜欢的，是后面的一组剧场速写，这很可能是出自我的偏见。舞台上的情景已经是绘图化了，或者说是图案化了的，再移到绘画中，似乎只是一个抄袭和重复，很难有什么新的增进。艺术的有意思其实就是将现实变成不现实，剧场里的情景本是不现实，就像一幅成形的作品，除了临摹的技术性快感，还有什么别的性质？我倒反是觉得舞台后台的景象有一种绘画感。由于前台的表演已成为一桩既定的现实，演员都是被角色替代了身份，到了后台，见方才大悲大恸的演员，趿着鞋，喝着水，叼着烟，由于浓妆而变得夸张的脸上，这时却挂着闲淡的表情，说着闲话，行头，道具，四处搭着，倒有着强烈的不现实感。在台北故宫博物院里看的“宫女图”，就有些这样的效果。唐代是如此遥远渺茫的华丽盛世，真如梦中幻景，却见宫女们抱了琵琶喝茶闲坐，这般的日常适才是画中人了。

舞台速写的线条趣味，恰不是我所讲究的。我并不那么注重趣味，而我也以为陈丹青不是以趣味见长，线条对于他，似乎仅只是绘画的手段。不过，也有例外的时候，第 23 页上，《我的女儿》，倒是极有趣味。铅笔线勾下的婴儿，毛茸茸的，像一只刚出壳的小鸡，大约也是情之所至。

绘画和小说，我以为都是写实的艺术，我们的任务其实都是将散漫平凡的日常生活，建立成较为高尚的仪式，这也就是摹写的精神吧。

1999 年 8 月 7 日　上海

用你的矛攻你的盾

多年前放过的一部电视连续剧，叫作《承诺》。说的是一个年轻司机，由硬派小生金鑫饰演，撞死一名中年教师，从此背负了赎罪的重压。他向那孤儿、老母、寡妻许下承诺，一定对他们负责到底。然后，他做了一个重大的决定，就是与死者的妻子结婚，不惜放弃了年轻貌美的未婚妻。这在情节上称得上一步险棋，它将人物领进了一个相当尴尬的处境。往下如何走？每一步都很艰难。然而，好看就好看在这里，就是要看人物如何走出这个尴尬处境。饰演寡妻的演员叫曹翠芬，我很喜欢她，她有一种常态，可将任何境况表现得很顺。以她来担任这么个尴尬角色，这桩反常的事情似乎就略微有几分可信了。情节走到这一步，还是合理的，前边做了不少铺垫的工作，一个涉世不深的年轻人，造了这么大的孽，罪责压迫得他不得安生，要他去替人死都愿意了，一旦发现有这么一条出路，不由得便铤而走险了。再说，他至少是不反感这个家庭，还有这个年长他数岁的女人。他不是没有家吗？那么，这个上有老下有小的家庭，就可能有着吸引他的力量。可是，到了结婚的这一个晚上，他终于认识到形势的严峻性了。当然，他不是后悔，只是多少醒悟到自己的鲁莽。女人呢，这些日子已经被这年轻人的真心悔恨感动，是有些喜欢的，她也确实需要生活的帮手。只是，她也不相信，不相信这桩婚姻的现实性。但到了结婚的晚上，就由不得她不信了，人都在了她的房内。所以，她是微微地欣喜着，可到底是害怕的，这不是太过离奇了吗？她一个人在房间外等了很久，终于进去了，看那男人背对着她佯装睡了，就发现，他们其实还是陌生人，并且，多么不合适啊！这一刻，尴尬的局面真正开了场。情节在僵局里举步维艰。这是考验编者想象力，还有认识生活的能力的关口。编者还是很勇敢的，他坚持给他们这对不合常规的夫妻增添困难，逼他们到绝境。大女儿的对立越来越激烈，那未婚妻又一直不放过他，她有一句台词说得很好：我丢了一件东西还要找回来，不要说丢了一个人！他们之间呢，做夫妻不但没有使他们亲密起来，反而让他们为难，彼此都感局促不安。年轻人晓得了同情代替不了爱，女人当然更加明白了。只是，一个屋檐下过日子，琐琐屑屑的杂事儿，不由得稔熟起来。剧中有一个场景，一家子吃过饭了，叫孩子快点收拾饭桌，夫妻俩商量事情。这就很好，藏着些演变的因素。我们做小说的，做的就是这个：事情在不知不觉之中，将不可能演变成可能，或者反过来，可能演变成不可能。然后，年轻人要出远门了，走之前，他对女人表示了亲昵，是觉得事情不能老这么拖下去，总要有个开头，其中也会有一点情义的成分，共同的生活总会制造出一些共同的感情。但这回是女人拒绝了他，拒绝得很得体，拍拍他手背，说，早点睡吧。女人比他年长，成熟，有过婚姻的经验，这一段背靠背的夜晚，又扑灭了她的幻想。事情到这里，真是走到头了，就等着看编者的本事了。可是，接下去的发展，却让期望落了空。女人出走，而且杳然无音信，让男人与那大女儿好上了。平心而论，这一步处理得也还好，不顶叫人反感。两个人一同经历了家中的大小事故，一步一步走到了这里，也是自然的。但是，年轻人的爱情总是简单的，而故事需要有复杂的处境，才可推进戏剧性。这就是常说的矛盾吧。《承诺》在中途放弃了那一对尖锐的矛盾，从旁滑了过去，相当可惜，多少是避难就易了。

其实，年轻人与女人的关系还是可以从正面开拓前途的。那年轻人，从来一人吃饱，全家不饿地过日子，忽然成了一个家庭的顶梁柱，睁眼都是依靠他的人，他到底会有价值感，会鼓起雄心。中年女人，有过生活经验的，也会比骄矜和任性的女孩子体察人意。更重要的是，同情的力量并不一定如通常所以为的那般软弱，它甚至可能比单纯的爱情具有更多的高尚人格。他们完全有希望创造一个特殊的、全新的，有着别一种理性美感的感情方式。这一个情节虽然是一步险着，但内部还是有着优良的发展条件，可是编者没有充分利用，而是到外部去重新制造条件，使期望最高的情节中断了。

所以，我们不要害怕事情陷入僵局，我们甚至还要主动地将事情推入僵局，然后再想，自己怎么走出来。就是要用你的矛，攻你的盾。盾越是坚固，矛就越需要锐利。好比是道高一尺，魔高一丈。对峙严峻，最后的胜利质量也就高。我们看体育竞赛，往往将希望寄托在弱势的一方，弱势转为强势，才有戏剧性，因为需要它克服更多的困难。故事的情节也是这样，处于不利地位的因素，如何转变，加强，上升，占据有利地位，这就是创作者的用武之地。

曾经还有过一个电视剧，名字已忘了，情节却还很清楚。讲的是一对好朋友，分别由奚美娟和吴竞饰演。其中一个患病截瘫，夫妇感情很好，但到底有着无法逾越的障碍，长此以往，不是个办法。妻子也强烈要求离婚，让丈夫重新获得正常的婚姻生活。另一位就是吴竞演的那位，则是在感情上受了挫伤，至今单身一人。这是个侠义衷肠，且又富于幻想的人。她忽有了一个主意，就是她和她朋友的丈夫结婚，他们三人生活在一起，组织一个新型家庭。这不可不谓是一个现实的办法，于三方都是出路。当然，同时也是一个尴尬的局面，三方在其中都有难堪，因此，就涉及到具体人物的具体性格了。电视剧做得很好，这一个古道热肠的女朋友，生性天真，她很为自己的突发奇想激动，也为她设想的前景兴奋。她来不及地去找朋友的苦恼的丈夫，献宝样献上她的主意。现在就要说到演员的能动性了，优秀的演员就是能把尴尬的角色演顺，他们是克制情节难关的不可忽视的因素。饰演丈夫的演员就是这样一类演员，叫何伟。他像所有忠实的丈夫一样，稳重，宽厚，诚挚，有道德感，永远不会移情别恋。可是，这一位，妻子的好朋友却另当别论了。至少，他们是熟悉和了解的。一方配偶的朋友，后来成了家庭的朋友，是常有的事，其中自有它的道理。这样的三个人的友谊，说不准会创造一种奇迹呢！朋友的丈夫听了这个提议，虽然很惊讶她的异想天开，但也感到一些欣喜，看到了生活的希望。记忆中有一场戏，他们俩面对面地坐着，朋友的丈夫多少有些腼腆，似乎是想到要重新对待这位已经熟得不得了的常客，不知所措了，但前景还是吸引他的。这种地方，最难处理了，差那么一点，就要变得不道德了。可何伟做得恰如其分。这两个大致通过，可还不算数，关键在于妻子。妻子的反应很正常，也觉得不错，可也很痛苦。其实，戏在此刚刚开头，前边可说都是铺垫，然而，却结束了。最后一幕是，万般绝望的妻子摇着轮椅，来到铁路上，面前是无数条交错又分开，各往不同方向延伸的铁道线，意蕴着她茫然的心情，不知如何抉择。同时，也暗示着人生的抉择困难。然而，观众并不需要这样抽象又简单的人生晓义，他们需要的是，与日常生活相似面貌的细节、情节、人物、演绎成比日常生活美好的故事。可是编者从情节发展的最艰巨关头撤退下来，损失是很大的。倘若让事情继续下去，他们三个真成了一个家庭，他们将面对着多少困难，将有多少故事发生，发展的前景不可估量。

当人物走到难堪的地步，其实也就是常说的，矛盾的焦点，之间的关系变得复杂，微妙，难以处理，这往往是戏剧的真正开端。此时，可说是举步维艰。人物的一举一动都事关重大，不仅影响故事的发展方向，也影响故事的格调。任何细节都不能忽略和放松，就是这些细小的因素，积累起来，形成了演变。电视剧《牵手》里面，钟锐与小雪分居，坚持离婚，小雪先是气不过，继而无奈，渐渐地，只得面对现实，正视离婚的问题。有一晚，她正给儿子洗脚，钟锐来电话，又是说不回家，儿子自然埋怨父亲。此时，小雪试探着问儿子：咱们和他离了吧？这就是演变中的细节，看上去好像是闲笔，并没有交代或是发生什么事情，但到了某个时节，却有了结果。这种闲笔要比真正的事件更具有转变的性质。人被事态逼在犄角里，只得慢慢地挪移出来，大动作反而做不得，做了，会把前后左右的余地堵上、封上，就没出路了。

最近放过的一个电视连续剧，《真情难舍》。说实在，不怎么样。第一集，几乎全是让那一对夫妻吵过去的。吵呢，又吵得毫无风趣，叫人倒胃口。不过，终究还是吵出结果来了，离婚了。此剧一开头，就是离婚，倒是吸引人往下看的。因为想知道已经离了婚，还能再有什么事情发生。不是大多数故事都以离婚为结局吗？接着，很快，那离婚的丈夫又有了新人，结婚了，这也吸引人往下看。人物都到了位，这出戏该怎么演呢？经过好几集无趣无味的情节，终于那小女儿高考中得了精神疾患，离了婚的前夫妻携女儿到北京求医。他们三口人在一家小旅馆住下，中间拉起了布帘，安了临时的家。虽然是为了女儿，这一共同的目标，又走到了一起来，可彼此看着还是来气，还是要吵。吵归吵，事情还是要商量。于是，一边吵，一边商量，谁“把”钱，找熟人，带多少礼。戏到这里，就好看了。多年的夫妻，再是吵，再是怨毒，可是内里的默契却已经很深了，这是年轻又初涉婚姻的麦小雯远无法了解的。她不知道共同生活的厉害，冒冒失失地闯入这样的关系里来，不晓得有多少危险在等着她。生活多年，分了手，再到了一起，又是在这样的灾难性的背景下，心情是多么复杂。可戏剧性刚露头，却被打断了。紧接着发生一连串的故事，又是钱被窃，又是孩子走失。编者的意图很明显，是给他们添一些患难与共的经历。然而，女儿生病，就是一桩大患难，有多少细节需要商量，女儿今后的前途也是个大忧虑，又何必节外生出枝节？就这样，把话题扯开，转而忙着去找钱找人。丢人丢钱本就是一般化的事件，找呢，也找得一般化，相当乏味。事情就在仓促中过去，占去了篇幅，人物关系却没有得着深入的机会。好歹吧，情节磕碰着往下走，断续着产生出一点好东西。在他们这对旧夫妻初露和解的兆头时，麦小雯可没闲着。她向丈夫提出：以后他女儿的事由她来做，他不许再插手。说到做到，她真就这么上门去了。于是，扳过去的局势又扳过来了，事情陷入胶着。正当这对峙日渐紧张，男主人公颓然病倒，这简直就像是一个临阵脱逃。人之将死，其言也善，人们只得饶过他了似的。情节到此便溃散下来。

往往是在要紧关头，情节相持不下时节，让其中关键的一个死去，似乎这样，问题便可迎刃而解。其实不过是中止了情节的发展，不了了之。比如前面说的《承诺》里的母亲，当女儿与那先前的继夫结了婚，她重又出现了，局面自然异常尴尬。正不知何去何从，那母亲神智迷离地跑到铁轨上，让火车撞了。倒不是说人物不可以死，而是，要死得有意义，于情节有帮助。我曾在富春江上听来一个传说，说的是伍子胥。吴王夫差受佞臣离间，与伍子胥生隙，最终至于吴王赐剑命他一死。伍子胥不甘，逃脱出来，浪迹天涯。此时，满天下都张贴了告示，朝廷要捉拿伍子胥，倘有藏匿者，格杀勿论。有一日，富春江上某一渡口，一名艄公渡一客人过江，一眼认出是伍子胥，不禁脱口唤出，主客皆惊。继而猝然背身，佯装不看见。等伍子胥上岸，走了几步，忽听身后有人追来，原来是那艄公。艄公说了一声：伍大夫，你放心！然后拔出一柄剑横在颈下，自刎了。这故事多好啊！艄公这一死，没有遏止情节，恰是推上高潮，完成了故事。俗话说：故事要虎头、龙身、豹尾，这就是豹尾。

情节的困难与解决，都必须是来自于自身内部的条件。有不少的情节是靠误会来设置困境，简单的一个事实，就是不肯说出来，以此生发出种种事故。可因为前提是虚设的，再性命交关就也觉得不必要，最后的解决也极简单，仅仅是隔了墙听来的一句话，一切释然。困境要由情节自身生出，解决也要利用情节自身的条件。有时候，事情逼到急处，临时生造出一个人，或者一件事，来协助解决，就好像是仙人和方物。那也是不成功的。好的故事，都是很单纯，不必要旁生枝节。这就好比推理破案，最出色的，是利用现有的线索，物尽其用。实在做不到，只能退而求其次，诱使案犯再做些动作，生出些额外的线索。还要次一等的，就只能求助偶然性了。

如何解决困境，还包含着道德和审美的修养。不同的背景之下，所体现的修养面貌也是不同的。西方人制作的情节，往往是以对抗的方式走出困境，胜负鲜明，不是东风压倒西风，就是西风压倒东风。有一个很好看的法国电视连续剧，《风风火火的女人》，也是写了一个尴尬处境：丈夫爱上了女友的女儿。这孩子开放、热烈、主动，并且感情真挚。甚至，连她的母亲，处在难堪的、背叛闺中女友的地位，也被女儿的恋情说服了，认为他们真心相爱。那妻子怎么办呢？她不放弃，坚持斗争。她虚心向女儿学习摩登，做了新发型，买了新时装。她积极参加社会工作，为公益事业效力，开放了自己的生活。她还放下知识女性的矜持，像一个荡妇一样，将分居的丈夫勾引到床上，与之重温旧情。她就这么一点一点地努力，决不妥协。终于，丈夫被全新的妻子征服，回到了老巢，那个年轻姑娘，在一场精神危机之后，最终平静下来，去寻找自己的新生活。这种方式多少是简单的，但却是正面、进取，不开脱责任。做的是加法，一层一层加上去，凭的是实力，分量特别足。不像中国人，比较圆通，解决困境的方式，就微妙得多，是以平衡为终局。

我还是要提到台湾李安导演的《喜宴》，这个电影是那样地具有中国太极的真谛，以顺应的姿态做着争取。每个人都略微地做了让步，但每个人的意愿也就得到了尊重。如此复杂的局面，最后竟摆平了。故事说的是一位定居于美国的台湾青年，他是一名同性恋者，为了向父母交账，与一名需要绿卡和住处的大陆女留学生假结婚。本以为就此便可过关，不料，父母决定专程赴美，为他们的宝贝独生子举行婚宴。于是，不得已，青年的同性恋伙伴、美国人西蒙，只得从他们的寓所搬出去，又通知四方好友，前来参加喜宴。到此，局面有些尴尬了。可是，就这还没完。喜宴非常热闹，按旧俗闹房，直闹到将这对假新人逼进了被窝，一件件衣服脱下来，扔出去，经众人仔细检验，最后一点披挂都解除了，客人们才退场，将新郎新娘反锁房中。再说呢，这大陆女学生，除了绿卡和住房，心下是有些喜欢这同性恋青年的，并且，她到底也不相信，这个温柔的青年，真的能够拒绝自己。于是，乘了这股子劲头，这一晚，两人弄假成真，发生了关系，还有了喜。老人们自然欢喜不尽，等着抱孙子，西蒙就不愿意了。一天早上，当了老人的面，先是两人冲突起来，然后女孩子也参加进去。欺老人不懂英语，就放肆得很，什么话都吵了出来。吵到后来，女孩决定退出，绿卡不要了，孩子也去打掉。此已是骑虎之势，如何下得来。好比中国的一句老话：船到桥头自会直，事态逼到了绝处，不转也得转。事情正当败露，父亲却猝然病倒，青年在父亲的病房外，向母亲坦白了一切，求得母亲的谅解。母亲又能如何呢？只能嘱咐儿子，不得告诉重病的父亲。儿子只得坚持将假戏演下去。病后的父亲有一日邀西蒙一同出去跑步，跑到一处，停下，忽摸出一个红包给西蒙。这个动作实在很有趣，以中国的礼仪，接受了这名男“儿媳”。他对西蒙说：谢谢你照顾了我儿子。西蒙惊异地发现老头竟说的是英语，才明白他们的一切纷争，老人尽收耳中。老人对他们的关系表示认可，只是嘱咐不要告诉老伴，要求继续向老伴瞒下去。于是，西蒙也得将这场戏坚持演下去。演下去，就会有结果。结果是女孩答应留下肚里的孩子，西蒙也同意接受这个孩子。戏演到此处，两位观众便很识趣地退了场。三个青年送他们到机场，临别时，老人泪汪汪地对着他们，大家心里都像明镜似的，一起来演这场戏的尾声。老夫妻彼此都怕对方露出破绽，互相催促着，走吧走吧，走上了飞机。无论怎样，他们总算有孙子了。

在此，以矛攻盾是用的内力。像推手，在粘随运转中，动摇重心，克敌制胜。

2000 年 7 月 28 日　上海

气　氛

日本电影《能和我跳个舞吗?》，中年职员每日下班，乘坐电车，路过一座大楼，总看见有一格窗里，面街而立一个年轻姑娘。室内的柔和光线从她身后照射出来，勾出她苗条挺拔的身体轮廓。然后，他目光移过去，看见窗边的招牌，知道里边是一个成人拉丁舞学校。终于有一天，他下了决心，提前在这个站头下车，摸到那房间去了。从来都是从外看这格窗户，窗户透出的灯光，和姑娘的倩影。连角度都是一样，平面的固定的图画。一旦进到里面，不觉生出一种异样的感觉。这感觉相当复杂，房间显得很新鲜、陌生，可是却又是陈旧与稔熟的。它们分明存在了很久，长年累月地被使用着，看上去十分方便、合适、协调。有一些完全不同的人在其间活动，衍生出一些为外人不了解的细枝末节。空阔的光滑的打蜡木地板，角落上的柜台里，东西又琐碎了：登记册子，便条纸，笔，零零碎碎，可用的人自然知道地方，取放都称手，沾染着人气。这是一种带有私密性质的气息，幽暗的温馨，叫人微微有一些生畏，还有生腻。从此，中年职员就开始了他的拉丁舞学习。学习拉丁舞不单是调节了他的业余时间，还是在他正面的社会生活之后，又开辟了另一个私人的内心天地。

气氛，是弥漫在事件、情节、人物、对话以外的东西，像氤氲一样，可感却不可及。可是，它却在某种程度上，规定了情景。它不单是作料一样的添加物，而是至关重要，甚至直接关系到故事的讲述质量。它是由一些细小的成分形成的：声音，光线，房间的布置，一个物件的摆放。这些成分不是简单地、直接地产生作用，它们非常微妙地互相配合着，等待着一个恰到好处的时机，然后忽地体现出意义。它们是无法孤立地使用和看待的，只是在前后左右相关联的情形下，才有意义。所以说它们重要，又不是说它们能够独自成章，那样，它们又空泛了。它们和故事的关系，是“皮之不存，毛将焉附”的关系。是从故事的实体上，散出的空气，有这空气和无这空气，结果则是大不相同的。

英国电影《印度之行》，大约有一半的时间，花在山洞里的事端发生之前，走向山洞的过程特别漫长，几乎有些不成比例了。但实际上呢，并没有白花时间，事端一点一滴地酝酿起来。对，就是“酝酿”这两个字。还有些“风起于青萍之末”的意思，一些最微不足道的东西渐渐变为事件的成因。年轻的英国女人去旅行社取票的时候，就被柜台上方一幅印度风光图片吸引了目光，事情在此时就已经开了头。等她与她未来的婆母进入了印度，混乱的火车站，懒惰狡黠的印度贫民，热心热肠的本地医生，智慧深邃的印度教长老……这一个遥远的殖民地国度相互冲突的印象，便纷至沓来，又与另一派印象交织起来，那就是英国人的骄矜、浅薄、自大，实用主义的文明。这些，一起培养着那个主要事件：山洞里究竟发生了什么？在影片的前半部分，叙述呈现出散漫的状态，很多情节似乎并没有关联地发生着，然而，随着去山洞游玩的计划渐渐成形，这些情节流露出了集中的趋向。终于成行了，火车在凌晨的黑暗中起程，等到了地方，已经天色大明，很幸运的，是个好天。雇到了骆驼，东西和人都上了驼背，列成一队，走上了山路。

这时候，有一个远镜头，陡峭的岩壁底下，如蚁的一列驼队，缓缓地向前蠕动。岩壁在天空中，是灰白的颜色，更显得巨大、平坦、陡直，压迫着岩脚下的驼队。于是，不祥的空气升腾起来，笼罩了全局。在此之前的所有情节，到这一刻也全都散发出强烈的预感，人们不安地等待着，接下去将发生什么。情节依然很耐心地，按部就班往下走。天气很好，阳光明媚，奴仆们忙活着，安营扎寨，向导找到了，备好了火把。可是，事态就好像被一只手有力地扭转了一记，那不祥的空气再无法驱散了，越积越盛，到了走进山洞的那一刻，便已是箭在弦上之势。

气氛就是这样充满着暗示性，在不知觉中引导你的注意力，往某一方面贯注和集中，增添期待，使即将来临的事件分量更加足。它像光和影子一样，扑朔迷离地围绕在情节和细节的周身，虽然是随着事物变动，其实呢，却影响着事物反映的形态。

英国新近拍摄的电影《安娜·卡列尼娜》，吉蒂准备接受渥伦斯基求婚的那个大型社交舞会上，吉蒂的出场多么激荡人心！盛装的娇媚的少女，在富丽堂皇的宫殿穹顶之下，欢欣地奔跑过来，穿过一道门，又穿过一道门，再穿过一道门。门都是高大的，装刻着华美的雕饰，就像古典油画的画框，而吉蒂是从画上跑下来的美人，跑下来，跑下来，再跑下来。她基本保持着一种姿态和速度奔跑，这就使得情绪平步直上，走向激昂。快跑到尽头了，才有一次小小的变化，就像一个十六分之一音符的休止，一个轻微的呼吸——她侧身向一位长者屈膝行了个礼，再继续奔跑，径直跑进了大厅，乐段结束。她奔跑的长度实在已经超过人们通常的准备，那重重叠叠的华门也超过常规的数量，亦早已经越出了交代行动的需要，于是，此时此刻，吉蒂的欢乐变得超凡脱俗，光芒四溢，紧接而来的打击便也是超乎寻常的残酷。这就是电影的好处，它直接地作用于感官，立马激起反应。倘要是在小说，文字为叙述工具，便无法利用这样辉煌的直观材料了。文字是比较曲折的表述，它需要人们慢一步，想一想，继而才可出现情景。但文字的好处也在此，因它输入印象的过程比较从容，便可纳入更复杂的内容，使之产生深刻的影响。

电影《胭脂扣》，是早已经看过的，故事相当伤情。后来无意间看了小说，真是没想到其中有如此苍茫的人生感慨。故事还是原来的故事，可气氛大变了。只有文字才可传递这种余音不绝的伤怀。当那鬼，如花，盯着了记者袁永定，跟他从上环往海边走去搭电车，走入了“灯火辉煌的平民夜总会”。两人相跟着从夜宵的排档间穿行，“人潮挤拥”之中，看见了测字摊。如花便伫住脚步，请摊主老人算命。先是抽签，抽了个“暗”字，因测的是寻人，所以就是个吉兆：从“暗”字面看，是“日内有音”。如花再问要找的人在何处，老人再测：“暗”字里有两个“日”，阳火很盛，所以此人就在人间。接着，老人见她心事重，就主动给她看手相，握着了她的手，不禁说了句：“呀，手很冷呢！”看了半晌，忽极困惑地说：“你没有生命线?”再移开来写周遭沸沸扬扬的俗世景象，大光灯亮着，各式小摊子，又有歌唱声：“似半醒加半醉，像幻觉似现实里。”蒸腾的夜市，熙来攘往，人声喧哗，热闹里，却间有一句：“你没有生命线?”此是何等的孤寂与凄冷。在电影中，所有情景因是共时态地涌来，不可像阅读那样顺序渐进，一些细致的动静声响便被淹没了。后面还有。如花在人间寻找殉情同死的十二少，眼见向阴司申请的七日假期已临结束，却依然无果。她失望地又来到袁永定处，非常沮丧，世间的几日奔波销蚀了她的信心，她不相信他们能够重逢了。她说：“变迁如此大，一望无际都是人……”这一句“一望无际都是人”忽然间描摹了一个多么苍茫的人世。这人世，身在其中是并不见得的，只有叫一个鬼看出了端底。这必是文字才可铺陈的氛围，丝丝缕缕，层层叠叠，绵绵密密。只有缓慢的阅读才可收取，有着彻心之痛，不是用眼看，而是心领。

文字的功能是很强大的，它什么也不是，可却什么都可制造。它是以间接的手段，通过人的想象。它提供的条件越优良，人们的想象就越活跃，感受则越丰富。相比较之下，影视是太过具体了。具体得太过，表现反多限制，因为规定得太死，没有遐想的余地了。在现代科技发展的推动下，影视制造声像的手段无限发达，于是，不免地，它沉溺于真实的仿造中，将景象完全彻底地推到眼前。表面上看，仿佛是身临其境，事实上呢？你是你，他是他，还不都是隔岸观火！实打实的声色压住了气氛，气氛是有些虚无的存在，但它却与事情深处的性质有关。它很容易被摧毁，需要特别悉心地对待它们，略一粗暴，便荡然无存。

创下票房新高的美国巨片，《泰坦尼克号》，一半的功夫做在经营“牧童和公主”的童话，另一半就是做在沉船上。扳着手指算算，这艘船在电影里下沉的时间，几乎及得上真实记载中的长度。在这足够漫长的时间内，人群惊恐地奔跑、争斗、挤来拥去，再从倾斜的甲板上滑落，然后在冰冷的海水中挣扎，尖利的锐叫声始终没有停息。终于风平浪止，耳根静了一歇，那一曲伤感的情歌响起了，再接上爱情传奇。这就是好莱坞的经典配方，最不真实与最真实调和一起。暂且让我们相信，这就是泰坦尼克号下沉的真实情形，此情此状确也镇人得很，巨大的船身直竖起来，人像下饺子一样下落海中。官能上的惊悚攫住了我们，然而，感情呢？感情处于麻木。

我不禁想起另一艘船，也是绝望的漂泊，那是在英国电影《苦海余生》里的，犹太难民船。人们千辛万苦，历尽煎熬，终于上了这条船，从德国汉堡离港，怀揣着劫后余生的希望，向古巴驶去。已经到了哈瓦那的港口，却被拒绝登陆。等待了几日之后，船忽然动了，缓缓地离开了岸边，从停泊的船只间左挪右移出去。停了一会儿，人们方才意识到发生了什么，一阵骚动，很快又止住了。人们静静地伏在各层船舷边，望着伸手便可及得的哈瓦那，一点一点远去。港口依然是喧腾的，日复一日的繁忙景象，而这一船的人却是被逐出了日常的生活，他们无处可栖。这一幕真是心惊。回到茫茫无边的海上，船长向各国发出求助信，请他们收留这些人。回音均是不接受。垂直向下看去，碧蓝的、无波的海面上，一只小小的船，抹下一撇影子，漫无目标地行驶着，划下浅浅的水道。

这就是气氛，是从某一个瞬间里提取出来的，一些貌似无心的情景。情节其实很简单，一句话便可说完，而情节的边缘却是模糊的。这些模糊的部分不那么容易辨认，这又使得讲述变得困难起来。所以，当我们企图如实地表现它的时候，它其实已经走了样子。这些模糊的部分往往洇染在气氛里面，它们在某种程度上，决定了事情的真正形态。所以，有时候，用“隔”一些的手法，不那么靠实的，倒反能传达出场景内里的真切性。

曾经听一名昆剧演员唱弹词，《长生殿》。一名从宫中避乱流落民间的琴师，向世人叙述马嵬坡的过程。从头至尾都是一个人抚琴而歌，声腔平缓，渐渐激越，到至情处，忽翻上一个高腔，变了声，作裂帛之音。那一种悲烈，真就如千军万马过你眼前，人仰马翻。千军万马真在了眼前，其实也有限，而如今，是将事端里的一股子气氛提将出来，笼罩了你的感受。

陪宗璞夫妇参观上海左联作家故居

我和红木橱(见《茜纱窗下》)

还有的时候，甚至是“王顾左右而言他”。记得有一部国产电影，《血色清晨》，从拉美作家马尔克斯小说，《一件事先张扬的谋杀案》，套出来编导的，我以为拍得非常好。那换亲换来的媳妇，马上要成百年之好，不料自家妹妹被夫家逐了出来，说是不贞洁，将媳妇又抢了回去，脸面尽失。于是，大哥和了二哥，满庄子找那疑是妹妹相好的小学教师报仇。兄弟俩并没有太过激烈的行动，都是颟顸的大山里的农人，他们只是提了铁家伙，吭哧吭哧地走着，到一处找，没有，再往下一处去。那小学教师并不知晓，照常起身，很文明地漱洗，吃了饭，然后挟了课本上学校。路上有人告诫他，那家的兄弟俩要杀他，赶紧避一避。他只是不信，说他们为什么要杀他？就在他仰了笑脸，与坡上的乡亲说话时，那兄弟俩已快要与他相逢了。所有的动作都没有加快，还是在原先的节奏上，可是有一些无关的声音响起着。好像是铁锨板碰倒了，撞出的声响，鸡飞起来，翅膀的扑腾声，脚底板在土路上搓出的粗糙的摩擦声，然后，一个婴儿尖厉的哭声拔地而起。这一切声响都以一种交响乐配器般的手法，组合在一起，空气骤然紧张起来，一桩残酷的杀人案即刻间发生了。

就这样，一些无关的细节，在特定的条件下，却推波助澜。气氛不是以简单的加法形成的，它相当奇妙，需要我们的思路游离开去，与事端本身脱离联系。有些像跑题，可是并没有。它不能以通常的逻辑进行，它好像是另一路的。那是因为，气氛针对与表达的，不是事物的原理，而是内里的感情。感情的形貌是复杂的，它是一种组织密度很高，又极其多变的物质，很不好掌握。美国二十世纪三十年代电影，顺便说一句，那时候的美国电影相当不错。科学手段有限，于是只能从文学上着手，在故事、情节、人物上下功夫，所以，人性和情感都开掘比较深刻。我要说的是《魂断蓝桥》。女主角与男主角相逢时节，正逢前线激战，后方临危，在这人心惶惶之际，芭蕾舞团却还在正常上演。那女团长并不因为时局变化而放松管理，变得好通融一点，一切循序进行，看起来是多么不合时宜。这乱世中的歌舞，有着一种无常之感。梦幻的舞台灯光，盛丽的美人儿，化妆间里的堆纱叠绉，无不是流露出虚无的表情。于是，我感到，安排那女主角为芭蕾舞女演员是很有用心的，由此，就可合理地展现舞台的景象，为这战时的离乱增添不安的空气。

乱，也不止是一味地乱，大的时局折射到日常生活的各个局部，反映是不相同的，在局部，甚至可能是相反的景象。但将眼光拉开、拉高，拉成俯视的角度，那全局中的各处，便显出了不可思议，这种不可思议可能更具有全局的意义。因全局总是抽象和理念的，而具体的局部则有着感性的气息。

哪一本历史书上写，二次大战中，日本人入侵马来亚半岛，向新加坡发动总攻。英国军队有当无地抵抗抵抗，平均每天后退十英里。而此时，兵临城下，新加坡市中心的国泰大楼电影院前，却排着长队，买票看好莱坞电影《费城故事》。这一景象，真是凄惨。等到后来的事情发生了，全城沦陷，水深火热之中，再想起这一幕，更是心惊。气氛就是这样嵌在事端的缝隙间，对前对后都发生着绵延的影响，悸动着人们的情感。

2000 年 9 月 29 日　上海

在吉隆坡谈小说

我要说的是在吉隆坡谈汉语小说创作。在这个可说是汉语的边城，马来西亚的地方，汉语小说有一种孤立的面貌，它几乎是脱离了现实的生活，一无所用。可是，令人惊讶的，它却被那样强烈地需要着，以至，今天，要在此诞生世界华语小说的奖项。

在这个即非汉语的本土本宗，又不为实际所功用的汉语的外邦，汉语它仅是维系着情感，于是，它不免带有了虚无的性质。而就是这虚无性质，使它与艺术有了关联。在此，它变成，或者说托生为一个纯精神的存在。诗，散文，小说，则成为它的载体，使得无所归依的，漫流的汉语有了栖身之地。

关于文学的很多问题此时变得简单化了，似乎还原去，回到一个起始的点上，就是语言。我忘不了，一九九一年，我第一次来到马来西亚，亲聆目睹的，对汉语的热情。华文书市上，播放着孩子朗读李白诗歌的清脆声音；许多人从很远的乡间过来，听我们谈文学——一位先生坦言，他就是想听我们说华语：你们的华语真流畅，词汇好像就在嘴边，张口即是。这位先生说。多年来，他一直在向北京的马季先生学相声。一九九九年，我第二次来到吉隆坡，带去的讲题是《美丽的华语》。我极尽我的所能，来描绘汉语的精深、优雅，却远远无法回应我的听众对汉语的热望与渴求。我终于知道，这种被我们嚼得烂熟，已身在其中不知其貌的语言，是有着多大的感情的含量。所以，我就专来说小说的语言。

汉语，我以为可分作两类，一类是书面语，一类是口语。前者是经历多少代文化人的锻炼、扬弃，具有了精良的品质。它文雅，精致，端方。它可简练地状物状人，且又传神。它能够矜持地与所叙述的事实保有着距离，却不失风趣；使那对象毫厘毕露，又不失敦厚，体现了尊贵的大家教养。我想，“五四”时期，从文言文的教育中走出来，操白话文写作的小说家，都保有这样的语言气质。如大师鲁迅，阿 Q 的愚鲁，是在智而雅的叙述中呈现；孔乙己的酸腐，是在清洁的文体中散发；吕纬甫的颓丧，是在激励的文字中显身；子君和涓生的被吞噬的爱情，是被期望的语调击中要害。再如萧红，她用娟丽的笔调写下呼兰河的泥泞、邋遢，真是出污泥而不染。沈从文笔下的山水人事均是柔美的，而他又站到了批判的立场，保持着对人性严厉的要求。这种语言的贵族精神，贯穿了“五四”小说对人世的观照，它言爱，可它决不同流合污。

这是第一类。第二类是散布在乡村里巷的用语。民间生活是与人的生计紧密联系，包含着人生基本需要。所以它又约定俗成着道德观念，由此发生出简朴直接的审美理想。民间生活又是相对自由，有着活跃泼辣的风气，这就给语言注入了变化和增长的因素。它特别灵变生动，如会附体的精灵，钻入叙述的对象体内，合二而一，上演着一人千面的戏剧。而它一旦进去，对象就奇妙地改了声腔气韵，即不是原先的他，却也不是饰演者，而是一个新的对象。比如赵树理笔下的三仙姑、小诸葛，在他们庸俗的身体上，凸现出一种变形的天真趣味；李有才这个板话艺人，则有着乡间智士的气质。中国大陆新时期文学中，所涌现的一批乡土文学，我以为是摆脱文学意识形态化之后，民间语言的一次复兴。语言从枯燥的教条中解脱出来，焕发出勃勃的生机。比如古华的《芙蓉镇》，语言真是古怪的灵异，又是一个乡间的多面手的艺人，变声变色，活灵活现。那米豆腐店的女老板成了山妖，媚人却善良；粮站老站长，是个折了翅膀的鹰，憋了一身腾腾的力量，飞不起来，只得留在人间抚慰众生；右派秦书玉，则是隐仙。他们受着苦，受着磨难，然后托生，又增一层美丽。

汉语，就是这样有弹性，有塑造力，多面，既华美又素朴，既严正又活泼，有可能创作各色各样的小说。它的能量是极大的。

这两类语言，又有着各自的危险。在它们身边潜伏着各自的陷阱，稍不留神，便会失足坠入。前者是拘谨，不免会失于刻板，染上漠然的表情。叙述过于疏远对象，便缺乏了痛痒相关的同情。后者则极易流于俚俗，与对象走得太近，丢失了批评的距离。反之，如若两者融合得好，取长补短，效果却是神奇的。在诗里，我觉得冯梦龙整理的《挂枝儿》《山歌》，就是极好的范例。俗情俗字，嵌在了文雅的格律里，产生的韵致岂是一个“俏”字了得！在小说，当推《红楼梦》为上上品，书面语和口语之间，自如地进出和过渡，浑然天成。烟火人气熏然，一片世间景象，却又有仙道氤氲。是从天上看人间，歌哭逼真，几有贴肤之感，但不是身在此山不见真相。

其实，话本，传奇，都有这般好处。要到世俗中去见分晓，必是说些俗话，可读得的诗书文理都在作底子，其实是俗话雅说。戏曲也是。倒不是雅俗共赏，雅俗共赏是顾两面，结果是居中。这里是要两面的好处，再出来第三种形貌，走上去了一格。

总之，有了小说，汉语的质地就又被发掘出一层资源，它对于创造一种虚拟的存在，有着极大的可能性。这种可能性，在目下功用主义的社会里，使用得过速与过量，以至破坏了生态，这表现为语言的粗糙和伪劣。所以，我们必须回复它的纯粹性，爱护它，切莫挥霍和践踏，它方才会回报我们，生长出美好的小说。

2001 年 10 月 15 日　美国爱荷华城

小说如是说

在我看来，小说要做到“伟大”，任务未免太重了。尤其是像我，职业写小说，因身在其中，看问题总是具体的，甚至具体到琐细，“伟大”是更不敢去想了。想起来还是空洞，简直无从下手。写小说是个手艺活，想的就是把活做好，所以，有时候，倘若能空出心思，想的只是小说如何好。

作家高晓声写过一篇故事，叫《摆渡》，故事结尾处是作家改行，做了摆渡人，日子久了，作家发现其实他并未改行，“原来创作同摆渡一样，目的都是把人渡到前面的彼岸去”。这么说来，写小说就是一个“渡”，因此也就有了此岸和彼岸。《红楼梦》里，此岸是宝玉和黛玉，彼岸则为绛珠草和神瑛侍者，有了三生石上的前缘，大观园的小儿女情就有了仙名：还泪。中国故事里的“前缘”是个极有情味的概念，它将彼岸当作立足地，出发往此，再又归彼，要有两渡，其间的路途长一倍，历练多一重，眼界便也更上一层楼。《白蛇传》要当小说论，就是好小说。白蛇修炼千年到人世走一遭，被法海和尚罩入雷峰塔受罚，又是漫漫时间逝去，方才回去仙界。《天仙配》也是，七仙女终还是回到天上。我想还不止是玉皇大帝召回，或者法海和尚镇法，这些其实是“渡”，事实上，那都是仙籍里的人，必要归入永恒。《西游记》是此岸彼岸混淆的，唐僧师徒四名，也是永恒中人物，长生不老，可西天取经路上，所遇尽是此岸的事故：火焰山，吃人的异兽，迷乱心智的妖类，孙悟空则像一名武林高手，尽能化险为夷，披荆斩棘，好比恒河中分开一条旱路，不是从此岸到彼岸，是溯流而上。《水浒传》是写实性很强的小说，接近西方人实证的观念，此岸彼岸是梁山泊的山上山下，一百零八星宿凡间历尽劫数，纷纷投奔梁山泊，轰轰烈烈，聚集一堂群英会。后来的招安实在是一败招，倒不是从革命彻底不彻底出发，而是痛惜已经拔出俗界，却又蹈入窠臼。放下末尾不说，整本书写的都是“渡”，如何将好汉们从百姓世上摆渡到英雄淘里，各有各的原委，各有各的路数。西方小说里的彼岸不像中国的虚幻，而是有实际的形式，就要求“渡”的合理。意大利卡尔维诺有一篇小说，名《弄错了的车站》，说一个人从晚场电影院出来，遇上大雾天，头脑里又满是电影里的梦幻景象，于是错过了车站，来到陌生的街上，再进酒馆喝了几杯，出来更是糊涂，信步走去，走上一道墙头，又走下一面平台，落到草地上，地面竟嵌着灯，沿灯亮走上水泥路，走上一架梯子，进了一辆“公共汽车”，问检票员去不去他的车站，回答是：“第一站是孟买，然后是加尔各答和新加坡。”然后，“公共汽车”便穿越繁星，朝晴朗的高空飞去，原来他走上了一架飞机。这就有点意思了，如此从这里到那里，这里和那里且有着质的区别。小说家又有些像魔术师，变的是人间戏法。

雨果在《巴黎圣母院》里，最终将卡西摩多和埃丝米拉达一同放进了圣母院，使这两个来自埃及的受尽折磨的神有了宏伟的躯壳，而巴黎圣母院则有了人类的心。他在《笑面人》里，是把格温普兰这个杂耍的小丑放进英国贵族上议院，让他用街头谐谑剧的方式批评世道。冉阿让这个蒙昧的苦役犯，最后成为圣徒，其间的道路更加漫长，是用历史的巨石铺路：法国大革命，滑铁卢之战，一八三〇年的七月革命，还有未来的二月革命，在此具象的社会场景中，步步踩在实处，而且，还担起拯救的负荷，携弱小者同行，就有了“普度众生”的意思，任重道远，终于“渡”向缥缈的彼岸，思想的力度是极强悍的。总之，彼岸是带有神迹的面目，在现实中不可能显现，而小说做的就是这个——造一个虚无的空间，但要从实有出发。因为是小说，不是神话，小说是人的故事，不是神的故事，而彼岸是人的神岸。就是说，从此岸到彼岸，是将人“渡”到神。《约翰·克利斯朵夫》的彼岸是，与圣者克利斯朵夫合二为一，这又有些像中国人的“前缘”，也是有来路，再出发往彼去。但这里却还有使命的意思，不像“前缘”那么被动。它是“渡”过去，便与圣者克利斯朵夫合二为一，倘“渡”不过去，就没有那一日，所以需要奋斗。我很喜欢“与圣者克利斯朵夫合二为一”的说法，似乎灵魂进了真正的躯壳，虚无的彼岸就有了迎接。

但彼岸终是渺茫的，尤其是在托尔斯泰这样严格的作家笔下。《战争与和平》里，纨绔彼埃尔寻求生活的目标，先是参加共济会，后上战场，然后孤身一人留在疏散一空的莫斯科，再又被法国军队俘虏，走在了战俘的队伍里。他就像东方宗教里的释迦王子，除去华服，披头赤足，磨砺身心以求悟道。可再接下来去往何处呢？他与娜塔莎结婚，生下一堆儿女，沉浸在安宁的日常生活里，托尔斯泰似乎也不甘心让事情结束于此，于是最后的篇幅里，彼埃尔透露出他与十二月党人沾上了边。彼岸就又延伸出去，隐在未来之中。安德烈的彼岸则在死亡中，临终时分，他参悟到一种广博的不针对任何个别事物的爱，并且，所有的事物都在这爱的观照下融为一体，他对周围远近亲疏的具体事物不再加以注意，取而代之的是精神安宁。这也有些像中国人的境界，混沌空明，亦是隐匿在未知之中。尼古拉最后是在农庄上寻找到人生的意义，托尔斯泰的许多人物，都是在农庄的生活里安静下来，例如《安娜·卡列尼娜》里的列文。这是一个比较现实的归宿，它是道德的，同时也并不使人受罪，似乎是苦行之后的托生。就像《复活》中，聂赫留朵夫在西伯利亚要塞司令家看到的情景，司令的女儿羞怯地请求聂赫留朵夫去看看她的一对熟睡的小儿女，像花蕾一样，使人贴切地感受到幸福。在尼古拉的田园生活拉开帷幕之前，托尔斯泰有意还是无意地，为这将来的归宿举行过一场绚丽的巡礼，那就是冬季打猎。这场打猎描写得如此令人兴奋——没有风的天气，肥沃的土地，一百三十条狗，二十名骑马的猎人，追逐着滚壮的狼群，野兔子四下里逃窜，红毛狐狸越过冬麦田……这现世的激情似是小说得心应手的，它比较合乎小说讲究实际的性格。但托尔斯泰显然不能满意，他将他的人物安置在田庄里，自己却从田庄出发，在驿站上孤独地死去，似乎是以实践给虚构作了一个结尾，结尾于孤旅途中。结果是，托尔斯泰是伟大的，小说却不尽然。我的意思是说，小说这样东西，本身的形式就是有限制，限制它变成伟大的，这个限制就是它的世俗性。

这世俗性可说是中国传统小说的核，中国小说多少是从话本传奇来的，瓦肆勾栏，与庶民大众短兵相接历练出来，懂得生活的意趣。《老残游记》里，只说听白妞说书那一节，铺排得跌宕起伏。先是听挑担子的说要歇了生意听白妞说书，接着柜台里的伙计争相告假，明日要去听白妞说书，好容易到下一日，便是一时一时地挨，不到十时，散座皆满，十一时，轿子壅塞门前，预定坐席尽占，十二时，夹缝里插短凳，十二时半，出来个丑男人，弹弦子，竟如大珠小珠，弹罢一曲，才出来一个标致姑娘，却不是白妞，是白妞的妹妹黑妞。《杜十娘》，十娘她多年有心从良，早已积得千贯万贯，分明可以自赎自身，可她不，要检验李甲的真心，可惜李甲果不其然辜负了，便义无反顾，怒沉百宝箱，投江自尽。其中有世故，有风月，又有志气。洪昇的戏剧《长生殿》，将帝王与后妃的情感写成里巷式的。皇帝本是三宫六院，可杨贵妃偏偏要吃醋，要与唐明皇使气，逐出宫去，又有个高力士从中调和，传递信物，万岁爷再香车迎回。本来应当收敛些了，可杨贵妃还是不，唐明皇有一夜不归，就寻到梅妃处，将两人堵在门里，还是高力士斡旋，打了圆场。倒有些像现在的电视连续剧《过把瘾》。风波几起几定，两人竟然长生殿“密誓”——“双星在上，我李隆基与杨玉环，情重恩深，愿世世生生，共为夫妇，永不相离。”读到此处，是真要落泪了。帝王的生涯，原是天上仙境，有那么点彼岸的意思，而却落回人间，变成了个你我他。本来是“史”，这就成了“小说”。小说的好处似乎又在这里，将遥不可及的，拉回来。

在西方小说里，这一段的表现，大约可称批判现实主义。西方小说从来比中国小说有严肃的气质，不像中国小说重趣味，思想的任务较为轻巧，到了“五四”情形才有所改观。批判现实主义是最注重现实的小说，在法国则为自然主义小说，《包法利夫人》的人生理想不过是资产阶级物质式的，可这一点福楼拜也要打碎她，她的情人一个比一个委琐，她的浪漫史一段比一段俚俗，最后落到在暧昧的小旅馆里，和小公务员幽会。英国哈代的小说《挤奶女的罗曼史》，气氛要明快许多，也是写“灰姑娘”的梦想，结果是破灭，也是变通地实现，男爵仁慈地赐给她的未婚夫，一个乡下人，她向往的银烛台，镶花的针线桌子，金茶具，法国钟，大幅的绘画，布置了他们的新家。这都是有结局的故事，事实上彼岸已经隐退了。西蒙·波娃的《女客》，弗朗索瓦滋努力组成的“爱情三人行”，最终被嫉妒心破坏殆尽，她其实是想“渡”往彼岸的，可终是为现实羁绊了手脚。小说就是这样，它是充分阐述现实的理由的，用现实的材料堆砌空间，堆砌得越庞大结实，最后越是推翻不了，走不出去。越是严格的作家，越是走不出现实这面墙。尤其到了二十世纪的现代之后，现实的观念更加牢固，对彼岸就更加茫然无所知。德国徐四金的《夏先生的故事》，那夏先生一直往前走，走，似有要走向彼岸的企图，最后走到了湖水中去，那里是个什么世界呢？鲁迅先生的《过客》，那个过客也是一径地向前走，问他去哪里，回答是“从我还能记得的时候起，我就在这么走，要走到一个地方去，这地方就在前面。”老人告诉他，前面是坟，小孩子却说是野百合和野蔷薇……看到此，也是要哭的，而《过客》是诗，小说走完现实的一段，再向前去，就走进诗里去了。所以，我们倘若要把小说做好，就必要把小说做成诗。

2005 年 4 月 25 日　上海

复兴时期的爱情

《隐秘盛开》的故事似乎是较常见的一种，一个人对另一个人的无所期望的爱情，比如斯蒂芬·茨威格的《一个陌生女人的来信》，比如张洁的《爱，是不能忘记的》，还比如书中提及的安徒生童话《海的女儿》……这种单向的爱情有一个共同的特征，就是向对方攫取甚少，一点点无关乎痛痒的言语举止，都可充作爱恋的资料，然后自供养分，使其壮大长成，结果便是自噬。有些像蚕，吃进桑叶，吐出丝，将自己严严实实缠成一个茧，在黑暗中化成蛾子，飞出去，终弃下了那茧子，可也死期将至。在这共同的起始与终局之下，究竟有着什么样不相同的攫取和付出呢？大约也是我们不断重复同类型故事的写作与阅读的动力所在。这种爱情无可避免是虚枉的，无论是《爱，是不能忘记的》里，那个禁欲时代阻隔了双方的交流；在《一个陌生女人的来信》则是由社会差异来作祟；或是《海的女儿》，童话所应许的非现实屏障。由于双方没有接通关系，于是都缺乏事实，而以抒情为主，无疑限制了篇幅，往往成立于精巧的结构。现在，蒋韵却给我们例外，用一部十数万字的长篇叙述这一种诗化的故事，她是以什么样的情节充实内需，因而改变了它通常的轻盈的格调，呈现出一定的体量？

小说主人公潘红霞出生并生长的是一座古城，有着悠久的历史，出产重工业原料，而且是省会。但是走入近代之后，它的古代文明无可避免式微，长时期的采掘能源，又榨干它的膏腴，这座省会城市实际上变得枯槁、荒凉，相当颓败。深入到局部，生活则聊无意趣，乏味的砖砌房屋，是工农政权下生产型城市的民居格式，河流混浊地穿城而过，经常停电，书籍匮乏。再个别到潘红霞，一个小市民家庭里排行居中的女儿，按部就班上小学，再上中学，然后随其时其地通常的安排，进一爿街道小厂，操作一台早期工业时代的皮带车床——走上安稳平庸的人生。在这既定的成长中，潘红霞略超出一点常轨，那就是她是三个孩子中唯一由奶妈哺乳长大，于是，她便有了一些离经叛道的意思。倘以具体的逻辑推理，这一点因素是否可承担起小说将要赋予她的特别人生，多少令人怀疑，但我们可将这一细节象征性地对待，让它发挥转折的作用。这样，潘红霞就获有了一种力求向外的倾向。

从小她就不怎么认同她的家庭，自觉得不是这家的孩子，暗自等待有陌生人认领她。这一个奇出的愿望，在她十四岁的时候，竟不期然地实现了。她结识了一位新朋友，是在她同龄的伙伴之外，一个中学寄宿生，用箫声召唤了她。箫这个道具其实文人气太重，“竖笛姐姐”的形容亦有造作之嫌，但潘红霞那么迫切地要长成她的性格，好接受起未来的爱情使命。这性格看起来就像是负气，什么没有偏要什么！结实可感的存在她都不要，就要那些虚无缥缈的。谁能提供她？只有寄托于吹箫而来的仙女。“竖笛姐姐”带给她的倒是现实中有，就是“阅读”。在这里，事态又依循常理进行，蒋韵得以保持写实主义的叙述方式，而有意味的事情发生了。“竖笛姐姐”供给潘红霞看的，全是那时代里的禁书，不知来自何处，断页缺码，由“竖笛姐姐”负责口述，将残破的情节补齐。“娜塔莎”“丽莎”“拉夫斯基”“渥伦斯基”……这些旧俄文学中的著名人物，跨过时间空间的万水千山，在潘红霞生活里登场了。他们在某种程度上物化了她的幻想，就像漫流的水有了河床。我以为，这就是潘红霞等到的认领，来自从未真正存在过，以书籍的形式活跃在阅读中的人物。不久，她和“竖笛姐姐”掰了，这样的关系肯定长不了，谁担得起如此的热情？全力以赴，简直像献祭。严格到不允许有些微的疏离，“竖笛姐姐”兀自回家过年，为潘红霞视作背叛，击碎了她的膜拜。这一场少女间的友谊，可说是潘红霞的爱情前史，预习了不平等又无节度的爱情，它没有以失败的结局作出告诫，反而磨炼了感情的锐度，使其在无人响应的境遇里一意孤行。现在，“竖笛姐姐”完成了使命，一是启蒙了潘红霞的精神世界；二是做了潘红霞情感活动的陪练，然后被逐下场，留下她的小朋友独自走进了百废待兴的一九七七年。

在“文化革命”之后首届应试入学的大学生里，潘红霞是颇不起眼的一个，激荡的内心成长在外部留下的痕迹似乎就是特别的发式——“她只编了很短一截辫子，却留了长长的辫梢”。这里有一个细节挺有趣，就是北京女生陈果问她：“你们这里的女孩儿，都这么梳辫子吗?”她断然回答：“不，就我一个。”显然，这特征里面的革命性含义并不被公认，没有与外界接轨，是她独自制定的，就像是一个隐私，生长于离群索居的封闭环境。这么一个有着顽强的内心生活的女孩子，在开放活跃的一九七七年，将有什么样的遭际呢?

一九七七年，在小说中被定为“七七级”这个名词，这不仅是时间的概念，还是意味着某种空间，那就是恢复高考的大学和大学生。“七七级”的称号，被潘红霞骄傲地重视着，因而谦卑地感恩着。这里有着一些特别的内容，强烈地回应着这个姑娘心灵的渴望。这一级的学生来自十年内散布社会各阶层的知识青年，他们年龄相差十来岁，经历命运迥然相异，用小说中的话说：“到处是不再年轻的面孔”，可是，就在此一刻，他们一并回到了童年，站在舞台上，合唱童年时代的歌曲。倘是不去想象那被掠夺了整十年的单纯的快乐，偷换成十年的哀愁，那提早十年走进的人生，如今终要给予一点偿还，这场面就要变得矫情了。小说中有如许多的歌唱、吟诵、聚会、远足，“七七级”的求学生活，好比一场嘉年华。他们在那条枯竭的河岸上野餐，朗读苏联诗人西蒙诺夫的诗歌；他们骑着自行车到另一座城市的另一所学校去找另一位文学新星，将这一日称作“奥德修记”的一天——特洛伊战争之后，希腊英雄奥德修斯在海上漂泊十年，终于归来，亲人团圆……这是与潘红霞启蒙世界同宗同源的欧洲古典浪漫主义，可说是一九七七年的复兴时期的主要思想资源。潘红霞带了她从未谋面的娜塔莎、丽莎、渥伦斯基来到这一刻，就好像回了家。

小说写到学业期间，学校经历一次搬迁，迁去的校舍，是另一所更著名的高校调剂出来的旧址。那所学校建于上世纪初，由英国传教士以庚子赔款创办。学校是一座风格杂糅的建筑，有着欧式的拱券、玻璃长窗、罗马石柱，潘红霞在心里称它作“哥特式”。所以称它作“哥特式”只是因为这是她唯一知道的欧洲建筑名称。这个细节也很微妙，它似乎暗示潘红霞们的精神源流的枯滞，这源流经过曲折宛转，千奇百怪的路途，临到潘红霞们眼前，已大大走样了。

“七七级”的思想风潮，比较集中地体现在一个人的身上，刘思扬，潘红霞爱恋终身。何为刘思扬其人，蒋韵描写道——“他像从苏俄小说中走出来的一个人物，比如，罗亭”；朗诵西蒙诺夫诗歌的就是他；写作并发表小说，新时期文学中有他一分子；文学社团的领袖；来自北京。北京又是个什么地方呢？有莫斯科餐厅，被刘思扬们稔熟地称作“老莫”；有贝多芬、柴可夫斯基音乐的地下交流；还流传着内部出版的灰皮书《麦田里的守望者》《带星星的火车票》——在这里，人本主义的西方文化奇异地散发出权贵的色彩，形成了一个悖论，这就是作为首都的政治中心北京。潘红霞思念恋人甚苦的时候，她一个人来到北京，不是找刘思扬，而是周游观光，极有意味的，她还去了“老莫”，小说中这么写——“她坐在一个冬宫式的地方，沉默地、别扭地吃完了这陌生异域的菜肴”。潘红霞还喜欢刘思扬说话的声音和方式，在开学的班会上，他介绍自己的名字与小说《红岩》里一个著名的烈士同名，很文艺腔地强调这是他的本名，而且永远不会改，“除非我再给自己取个笔名——假如我有一天想当作家的话”。这夸张的言词很入潘红霞的耳，而小玲珑却一语道出真相，说这是朗诵腔。当刘思扬的女友陈果还击说：“这是宣叙调”之后，小玲珑耐心地看完一整部歌剧《茶花女》的电视转播，从此就用“宣叙调”来说话了。令人回味的是，刘思扬的新爱并不是全心倾倒于他的潘红霞，而是对其讥诮挖苦的小玲珑，其中是否潜伏着一种文化反省的意思？这方面的线索不多，似乎不足以开发诠释，更多的可能性是，小玲珑就是那类幸运的人，浑然不觉地穿行在别人的生活里，收获着爱情。而潘红霞则是内省的，也许是和“竖笛姐姐”的经验使她怯于行动，她将自己幽闭在内心深处。她外部的沉静给人理解力的印象，所以都会选择她作倾诉的对象，在倾诉的同时，人们就已经排除了纳她入生活的可能。这是一个悲哀的忽略，她大约就是那种处身在生活岸边的人，谁也不知道她也正面地经历着人生。这种人生很大程度上生发于想象，于是乎它又不可能在生活中实践。

在潘红霞人生的一侧，还发生着另一个故事，可用来佐证潘红霞的内心。这个故事不怎么经得起推敲，说的是深山洼里一个没有名字，人称“拓女子”的女孩，在北京下乡知青卡佳的教化之下，精神觉醒了。“卡佳”这名字也挺有意味，来自西方翻译小说的中文译名，卡佳教拓女子识字读书，她说：“我要让你睁开眼睛，看见一个新世界。”这句话可谓启蒙宣言，于是——“她们朝那个新世界前进了”。这“新世界”是什么样的内容呢？苏联电影《钢铁是怎样炼成的》插曲《在乌克兰辽阔的原野上》，继而是保尔和冬尼娅，再是牛虻和琼玛，还有安娜，甚至，和潘红霞受“竖笛姐姐”的启蒙一样，也有屠格涅夫《贵族之家》的“丽莎”……拓女子也有了潘红霞那样的爱的向往。但拓女子的处境几乎比潘红霞落后数个社会阶段，那样虚无的“爱”于她奢侈到了可笑。我说这故事经不起推敲，不是说它不可能发生，小说世界里，什么都可能发生，我只是觉得它条件不足，所以就显得突兀了。但潘红霞的精神，是那么需要支持，蒋韵不惜笔墨，用一个同类型的故事再为其咏叹一遍。

这样纯度极高的爱情，可说是二十世纪八十年代新时期文学的重要母题。那时候的爱都是圣爱，脱离了世俗生活进行精神对话。记得女作家遇罗锦小说中一个著名的细节，就是女主角在看画展时，受到丈夫关于买黄鱼话题的打扰，颇感失望。张抗抗的《北极光》，女主角岑岑将走入的婚姻具备现实幸福的一切条件，惟其不能满足心灵要求，这心灵要求以绝美的北极光标志着，成为爱情的经典篇章。本文起首提到的《爱，是不能忘记的》也是创作于那个时期。人们方从禁欲的时代走出，最先注意到的是爱情中的精神价值，可说是禁欲的尾音，遗留着苦行的廉洁光辉，也是解欲的先声，自此，走向开放的坦途，全面呈现人性。于是，艺术家们开始大肆渲染世俗的特性。如今，再看到一段纯情，就有一股渺茫的感动。

话再说回来，拓女子在野蛮得近乎原始的婚姻里，生下了一个女儿，米小米，后来竟与潘红霞作了去往西班牙的旅伴。米小米的故事也不怎么样，大致是个当代版的辛德瑞拉，可重要的不在这里，而是在于她，还有潘红霞一同旅行欧洲。她们终于来到了启蒙她们觉醒的精神源流，这源流千差万错地引导她们走入“新世界”，改变了她们命运的方向。在欧洲，她们的遭遇是什么呢？遇到一个偷渡到法国的东北司机，陷入某华人旅行社合同的陷阱，当然他们来到了大西洋海边，诺曼底的圣米歇尔山，看见了真正的哥特式教堂，而且，“胃口很好地”吃了一餐正宗的法式饭菜，令人回想潘红霞一个人在北京“老莫”吃俄式菜的“沉默”和“别扭”，据说，那佐餐的酒当是“包法利夫人”与情人幽会时喝的酒。米小米和潘红霞在乡村小酒馆夜谈，也是欧式的罗曼蒂克，谈的却是各自的中国心事。我寄希望蒋韵在此是要检讨八十年代思想复兴，浪漫主义资源的浅陋，不足以抵抗命运的力量，反使得我们生命孱弱，陷入感伤主义。蒋韵分明是爱那个时代的，我能体验到她的激动，但是，也能体验到她似乎无从去爱。她从那个时代检索出来的情节，多少有些单薄，大概也是因此，她只能给她的人物，一个“隐秘盛开”的爱情，能量匮缺，在盛开中销蚀了自己。我们应把这爱情，看作是对复兴时期的一种纪念。

2006 年 10 月 6 日　上海

写作课程宣言

经过两年努力，高教部终于批核了复旦大学中文系的文学写作硕士点，今年初开始招生，九月开学。已经有文学爱好青年来投考问询，寄希望实现作家梦想，同时，又有更多怀疑的声音，不相信学府能指出作家的成功之道。要让我说，我也不以为作家是可教授的。凡创造性的劳动似都依仗天意神功，不是事先规划设计所能达到的。比如，普希金的小说《黑桃皇后》，伯爵夫人的故事相当神奇，这一位社交界的明星，有着“莫斯科的维纳斯”美名，她在巴黎宫廷和奥尔良公爵打牌，输了一大笔钱，伯爵不肯为她的荒唐买单，只得去求她的朋友圣热尔曼伯爵。圣热尔曼伯爵也无法替她偿还赌债，但是他送给伯爵夫人一个秘诀，三张牌的秘诀。在奥尔良公爵下一轮牌局上，伯爵夫人连续摊出这三张牌，果然大获全胜，彻底翻本。这已经很有趣了，光怪陆离的社交场拉开帷幕，登场两个尤物，上演一出小剧，然而，这才是开头——这样开头，大约是可总结经验，归纳出教义的。接下去的推进，也可依逻辑而寻迹——近卫军的工兵赫尔曼听进了这故事，就设法接近伯爵夫人，其时她已是年过八旬的老夫人，在那个时代，八十岁可是能成精了。和通常的情形差不多，年轻的工兵勾引了老夫人的养女，在幽会的夜晚，按养女提供的路线潜进住宅，但是中途拐了个弯，进了老夫人的内室——这也是可以预计——当然，老夫人大大受了惊吓，死过去了。工兵很失望，但更迫切的问题是如何潜出门去，参加舞会的人们都回来了，这幢宅子里四处都是仆役。但工兵赫尔曼是镇定的，他来到养女的房间，将一切和盘托出，可怜的养女伤心之余，还是为他指出一条秘密通道。当工兵摸到糊墙纸后面的暗门，走在暗梯上，我们和他不由得一同兴奋起来——“他想，也许在六十年前，有那么一个年轻的幸运儿，穿着绣花长袍，梳着仙鹤式的头发，把三角帽拿在手里，紧贴在胸口上，也在这个时刻，同样从这座楼梯偷偷溜进这间卧室……”这一笔真是神出，与故事情节几乎全无关联，有它没它事情照样向下走，它有什么意思呢？它不过是一个晚辈所能想象的上上代人的苟且之事。这一个德国人，近卫军里军阶最低的工兵，可以想象家境不怎么样，所以生性节俭和谨慎，从来不摸牌，因为不想把钱打水漂，要不是有十分的把握，是决不会走出这一步险招，而就在他丧气而回时，六十年前的浪漫剧却涌上眼前，那是何等的风流和旖旎啊！就是这一笔不可教，它就好像是一时兴起，信手涂来，可这一笔几乎使整个局面翻盘，赌徒的故事笼罩上青春的危险的韶华。

再比如新发现的张爱玲的佚作《郁金香》，不过是常情故事，然而，那男主角多年之后，成家立业，再回到往昔寄居的亲戚家公寓，乘在电梯里，听见拥挤着的一簇女佣奶妈中，有人在叫当年心上人的名字，不等找见旧面容，那一簇人已经一拥而出，不见了。这最是“张腔张调”的，不在技巧，亦不在风格，而是直指人世观念，苍茫的空间和时间里，有情人均是一瞬间地擦肩而过。就是这，无疑是张爱玲所作。也惟是这，不可学也不可教。

还比如，在我们近处身边的莫言，他的小说《姑妈的宝刀》，你都看不清他的手势，题目是《姑妈的宝刀》，开篇却是关于铁匠的歌谣——“娘啊娘，娘，把我嫁给什么人都行，千万别把我嫁给铁匠”，接下来才讲到姑妈，姑妈的孙女儿，还有姑妈的玉石，宝刀是由麻风女人的儿子、力大无穷的张大力敬畏地说出——这有些类似武侠小说，道高一尺，魔高一丈，也像《老残游记》白妹说书的铺垫，这就渐渐摸着了些路数。姑妈家的二兰子馋上了小铁匠的吃食，姑妈出场了。摸出一条银色的铁，让打把刀，走南闯北的老铁匠问打什么刀，姑妈亮出宝刀了，犹如“一束丝帛”，老铁匠立刻认输，当天夜里打铺盖走人。照理，宝刀的威仪展示了，“白妹”终于登场，可还没有完。最后姑妈家的哑巴三兰子嫁给了张大力，嫁妆就是宝刀，据说，那宝刀用起来并不如一把两块钱的菜刀称手——于是，宝刀一如山中高洁士，堕入人间红尘，绝技无所用。这一笔实在难得，调门高上去，再高上去，还能高上去，这就要靠写作者的膂力，是从生命的元气生发，更不是教得了的。迟子建的小说《亲亲土豆》，写一对种土豆过活的夫妻，土豆的生计可说微言大义，将人生提炼到简单扼要，又知疼知暖。当丈夫患绝症不治，妻子落葬了亲人，将土豆堆起坟冢，离开时，一颗土豆滚落下来，妻子提脚轻轻一踢，说道：还跟脚呢！——民间常有这样的传说，匠人做了一个美人，毫发毕肖，却只是个木胎泥坯，但等仙人吹一口气，美人便活了起来。那一口气，是无法传授的，能传授的，仅只是匠人的手艺。这人力可为的部分，却也需要精进的努力，至少，当神意选择降临时，我们能够做好准备。

现在，就让我试着归纳一下，我们应做又能做的准备大概有哪些。我想，第一，是对我们文字的理解。文字，是我们写作者创造世界的材料，我们应当对这材质有所认识。我向以为我们很幸运地拥有着我们中华民族最优秀的创作材料——文字。在马来西亚的马六甲，华人的住宅、会馆、商铺的门楣和窗楣，总刻着一些汉字，

与张抗抗(中)、陈祖芬在全国政协大会上合影

2003年底在吉隆坡与台湾作家陈映真在一起

传说在郑和下西洋的年代就来到这里的华人们，早已经与当地人文风土水乳交融，形成一个独有的族群，人称“峇峇娘惹”。他们乘了大木船漂洋过海，随身带着渔农生涯中攒起的钱财用物，箱笼瓶罐，岁月流逝，多少积累消耗殆尽，许多记忆都遗失了，包括这些汉字的含义及读音，却留下了这些字形，成为一个历史的徽印。这是结实不易损朽，便于携带收藏，内存极大，储有着种族起源，文明教化的密码，最终又实现于感情的生活。我们的文字就是这样灵敏有弹性，独自个、独自个地存活着。小时候，我们弄堂里的男女孩子很热衷于一个游戏，叫作“猜电影名字”，方法是庄家心里想好一个电影名字，由对方提问，每一个回答必须按次序隐藏一个字，聪明的孩子就能从答案中捉出这个字，然后连接起来，正好是那个电影名字。这其实是一场文字的捉迷藏，我们的文字就像一个活物，连起来，可结成青纱帐，拆开来，又可匿身其中。你简直看得见它活泼的身影，鬼精灵似的。如此自由的生性，实在很难琢磨。我曾问一个出生美国的中国孩子，学习汉语的困难在哪里，她回答我，最大的困难是没有时态。我《长恨歌》的法文翻译与我商讨行文，他们的质疑基本来自一个问题，就是，什么是句子的主语。很多事情都是不确定的，于科学政治可能不够，于想象力却有深广的容纳量。上世纪七十年代末八十年代初，傅聪先生到上海音乐学院教授钢琴，我去旁听。听傅聪先生辅导学生弹奏肖邦时，用了一个字“惆”。这个“惆”字，在肖邦，在傅聪先生，真是有无限的蕴藉。李后主的词：“独自莫凭栏，无限江山”，前句和后句无论是事实还是句法，都无关联，可是却潜在着贯通的感情秩序。我还喜欢《诗经》，“所谓伊人，在水一方”，方位也是不明确的，究竟在水的哪一方，可就是这“一方”才是虚无缥缈，可望不可即。《七月》一篇中，“七月在野，八月在宇，九月在户，十月蟋蟀入我床下”一句，主语也是令人疑惑的，可要我看，管它是什么，都可以。七月，八月，九月，十月的序列，然后，在野，在宇，在户，然后床下——总是越来越近，直近到身边，无论是什么，也是携了季候，节令，永恒中的一小截时间。我喜欢傅雷先生翻译的《约翰·克利斯朵夫》，漫无边际的汉语，为传达制度严谨的西语，竟能够俨然有序，并且不损语言的光华。当克利斯朵夫临近生命终点，对音乐的认识再上一阶，是这样写道：“自然界无穷的宝藏在我们手指中间漏过。人类的智慧想在一个网的眼子里掏取流水。我们的音乐只是幻象。我们的音阶是凭空虚构的东西，跟任何活的声音没有关联。这是人的智慧在许多实在的声音中勉强找出来的折衷办法，拿韵律去应用在‘无穷’上面。”我们就是拥有这样可简可繁可质可文的文字，它经得起磨砺和锻炼，是我们不该放弃的努力。

我们可做的准备还有安排情节，这需要想象力，但小说的想像力来自于现实生活的普遍规律，要合理合法。所以，这想象力又可称作是对现实逻辑的推理。我喜欢看推理小说，尤其是阿加莎·克里斯蒂的推理小说，原因就在于此。她的离奇杀人案多是发生于常态的生活和人性，然后运用常态的逻辑解开悬疑。不像现代推理小说中的侦探，往往有一个神通广大的线人，可提供线索；犯案人又往往有着畸变的心理，于是，任何疑团都有了解释，犯罪动机且都莫须有；没有证据也不要紧，可来一场拳击与追杀，反正有“法外正义”作支持，万千沟壑都空中一跃，而小说家要做的恰恰就是脚踏实地一步步渡过沟壑。余华曾在讲演中说到，他顶佩服《搜神记》，那神是乘着风雨下来，就是这个意思。即便是神，也要有舟筏摆渡。余华的《许三观卖血记》，要认老婆的私生子做儿子，是多大的沟壑？余华他就得动脑筋，想办法渡过去。许三观是凡人，风雨不会来帮忙，余华只有做现实的舟筏。许三观还是凡人中的凡人，知识也不会帮他的忙，凭靠的是日常生活的教化，这教化又不是空口说，需要有事实，这就是情节——小说看的是这个，做的也是这个，就是这，小说所以是小说，而不是生活。于是，余华就让那私生子的生身父亲得了重症，万般良药都试过，只剩下一条有神论的路，让亲生儿子喊魂，必要爬到屋顶烟囱口喊。偏不巧，那父亲就生了这一个私生儿子，其余都是女儿，只得央告许三观。许三观应许了，救人一命胜造七级浮屠，乡下人信这个，可儿子却不认识亲爹，还要许三观哄他上去，口对口地教他喊。这一大一小趴在人家的屋顶上喊亲爹，简直是在向俗世宣告，父与子生恩不如养恩。这沟壑一旦渡过，竟就到了彼岸。朱苏进《绝望中诞生》，写一个现代哥白尼，人物的活动都是在思维领域里进行，设置情节难度就很大，但是，我们欣喜地看到这种内部生活的外部景观——小说中的“我”在收拾一空的房间里发现了一道墙缝，透过墙缝看见的是周围三百里地区内的制高点莲花峰，正是这一带大地测绘的控制点，由此而想到，曾经有人在这房间里进行过某一项测绘。作为测绘必要的三个可视觇点，那么就应该还有其他两个，还有，此人究竟想测绘什么？一系列的情节就此繁衍开来。这就是写作者的功力所在了，他将一种抽象的存在作出具体的表现——这也是小说的特别要求。我常说，小说是“曲”，它就是蒸腾人世上瓦肆勾栏里，与看客短兵相接的活儿，演的就是你我他。它不是诗词赋，唐明皇和杨贵妃，在白居易《长恨歌》是“云鬓花颜金步摇，芙蓉帐暖度春宵；春宵苦短日高起，从此君王不早朝”，到了洪昇的《长生殿》里，就是吃醋，怄气，发回娘家，甚而至于捉奸，再有中人说合。张爱玲在《我看苏青》中曾写到这一节，说“简直是‘本埠新闻’里的故事”，大约就是看的《长生殿》。所以，小说就是俗气的，这俗气的性格规定它必是以现实生活的外部形态为摹本，而内里却应尽力接近万物万事发展变化的真理，如何寻找到最有含量又最生动的情节，是我们需下苦功的地方。

第三，就是故事，它可说是小说写作的目的。我记得，爱尔兰文学博物馆，开门第一句话就是：爱尔兰是一个有着悠久的讲故事传统的民族。看起来，故事几可说是文学的起源。叙事艺术里有着人类孩童时代的天真趣味，至今也没有泯灭，以此我们可以断定故事是有着无穷的魅力。它常是以悬念开头，经过曲折的过程，终于水落石出，真相大白。要说是因好奇心吸引，可是很奇怪的，我们又常常不厌其烦地重复听和读一个故事，最典型的是小孩子，他们总是指点大人讲述同一个故事。这时候，讲述便成为故事的意趣所在，这种温故而知新的属性很可能演变为另一种形式，就是“旧瓶装新酒”，在同一种人物关系和行为模式里面装进不同的生活形态。比如罗密欧与朱丽叶式的故事，比如美女和野兽式的故事，基度山伯爵式的故事，比如妓女和恩客的故事——中国有《玉堂春》《杜十娘》，西方有《茶花女》，今天的时代曲，则是《胭脂扣》——在此，故事的兴味似又在于具体的情节和细节。故事就是这样全面性地满足着人们的爱好，也因此它就有着极大的创造空间，可供我们施展能量。看看这世界上已经有多少故事，又正在源源不断生出新的故事，就能证明这一点。

梁五代吴均，写过一个《阳羡书生》，说的是一个行者担一对鹅走在山间，遇到一个书生，说脚痛，央求坐在鹅笼里，捎他一程，行者以为是玩笑，不料书生真就坐了进去，而且，书生不见小，鹅笼不见大，行者也并不见得重。走了一程，歇脚打尖，书生说要宴请，说罢口中吐出一个盒子，装有各色酒菜。喝了一会儿，书生说随行还有妻子，让她一同坐席，果然从口中吐出一美貌女子，又喝一会儿，书生醉倒，熟睡在地。书生妻便对行者说，她私藏一个相好，也想请来坐坐，于是口中吐出一男子，形貌相当可爱，再喝一会儿，书生妻也醉了，睡到书生身边。男子和行者说，他其实也私藏一个相好，口中吐出又一个女子。过了一时，男子吞回女子，书生妻吞回男子，书生再吞回妻子，以及杯盘碗盏，与行人作别远去。这大约就是所谓“中国盒子”式的，一个套一个。德国格林兄弟童话中有一则，说的是一个姑娘到酒窖去拿酒，久久不回，母亲去找，见女儿坐在酒窖里哭，问她哭什么，女儿指着酒窖壁上的一个桶说：假如将来我的孩子到酒窖来拿酒，这个桶掉下来，砸在他的头上，他就要死了，母亲便也哭了起来。父亲见母女俩久久不回来，也下酒窖去找，看见母女俩在哭泣，问她们哭什么，母亲说，假如将来我们的孙子到酒窖来拿酒，这个桶掉下来，砸在他的头上，他就要死了，于是父亲也哭了起来——这是锁链式的，一环扣一环，而前提都是假设的，然后一个莫须有的事情就发生了。日本著名作家水上勉先生生前，我曾拜望他，他对我说：“我是一个大骗子！”然后他又说：“我是一个可爱的大骗子！”他说得不错，故事就是无端生是非，无中生有，但要将谎言说成事实，是要费一番工夫的。这还像万花筒，略一转动，百花盛开；再一转动，千树万树；再再转动，繁花生锦，这就是我们要做的事情。

这些大约就是人力可为的范围。既是人力可为，我们就要求至勤至优，做到可做的一切，然后等待神灵降临。倘命运不肯眷顾，不仅做不成作家，也许从此望而生畏，因是知道个中深浅，所以，说是教写作又其实只是告诉对写作的认识，并不敢负责诞生作家。好在，天才是可在任何境遇中成就事业，但天才总是极少数人，大多数人都是铺路，我们就是培育铺路的石子。

2007 年 1 月 9 日　上海

“美国梦寻”

上世纪八十年代上半期，流行一本书，美国媒体人斯特兹·特克尔所写的纪实体小说，书名叫作《美国梦寻》。这个名字很有趣，没什么东西比“梦”对美国更合适了，又没什么东西比电影对“梦”更适合，所以就会有“梦工厂”这样的地方。美国的电影大凡是制造梦的，是梦，不是乌托邦，乌托邦是有对社会和政治的想象，还有对人类的期望。“梦”的抱负没这么大，它不过是一些妄想，对寡淡的日常生活起些小小的反抗。而电影就有这个本事，将奇思异想做得惟妙惟肖。美国的奇思异想，说到底还是保守主义的，无伤大雅，没什么颠覆性，是个人生活的传奇，但在传奇的细部却是现实主义的笔触，不乏人性的理解和同情。文化革命之后复出中国大陆的好莱坞三四十年代电影里，这一种常识性的人道精神，对教条主义文化中长成的我们，不谓不是冲击。这阵子的美国电影，多是爱情的故事，现在回想，其实又多是伤感主义的情调，可在那时候，却都是当作悲剧严肃看待。我以为最上乘的是《魂断蓝桥》——顺便说一句，要感谢那个时代里翻译外国电影片名的文化人，他们将“滑铁卢桥”译成“魂断蓝桥”；将“吕贝卡”译成“蝴蝶梦”；“飘”译成“乱世佳人”；“卡萨布兰卡”则为“北非谍影”……这些译名甚至比原名更合乎电影的本义。它们多少是俗丽的，体现了中等人生的罗曼蒂克幻想。

《魂断蓝桥》是一个伤心的故事，美丽的灰姑娘受尽折磨，幸运一次又一次降临，可终于没有抵抗住命运的挑战，坠入毁灭。事情的关节处都经不起认真追究，一个贵族军官邂逅芭蕾舞团的女演员，一夜之间决定婚娶，在阶级观念严格的英国社会，尤其是荣誉感极强的军团，这显然犯忌讳。然而，从防空洞挤攘的人群，到剧院里的台上台下，再是杯觥交互的餐馆，然后是寂静的街道，两人从陌路到相知，多么漫长又急骤的一夜，是动荡不安的战时，今日不知明日，赶紧要抓住幸福的机会，其实也是指向整个人生，又是激动又是疲惫还是怅然。即便是这样仓促的爱，依然是郑重的，军官对女孩说的一番话颇为动人，意思是令他感到惊奇，她那么年轻、漂亮，可是自己并不珍惜。这就是不同阶层的女孩对军官的吸引之处，也是灰姑娘吸引王子的地方，她们对自己的优势浑然不觉，一派天籁。当然，对这段出格的奇缘，编导者也极力作出矫正，使它合乎情理一些。当军官带了女孩登记结婚的路上，女孩告知了自己的家世，那至少是清白的，不至于辱没军官的门第。差一步，他们就赶上了教堂证婚的仪式，就这一步，命运天差地别。社会的制度在此时忽又回到原先的轨道，重新严格起来，因没有缔结正式婚姻关系，玛姬便不能到军官的府上，与未来的婆婆一同生活，只能一个人继续在乱世飘零。于是，噩运接踵而至：解聘，失业，找不到工作，花完最后一个子儿，直至军官的名字在报纸阵亡将士一栏中出现——总是在她最需要帮助的时刻，阶级社会展露出威严的面目，她的失态很让军官的母亲反感，夫人决不能接受没有教养的女孩，玛姬再一次错过机会，终于下海，走上不归路。可是，命运又一次诱惑了她，她竟然在火车站拉客时和军官不期而遇。军官不起疑真是奇迹，军人的生活难免是放纵的，对社会大多有些了解，但我们可以解释为大喜过望，蒙蔽了眼睛，所以会天真地发问：你是来接我的吗？接下去的一幕却让人黯然神伤，玛姬连连地说：你还活着？等军官走开去打电话，一个人稍息平静下来，想到的是掏出手绢，擦去太过鲜艳的唇红，可这又何济于事呢？怎么让人想得过来，止不住地哭泣，军官怜惜道：受了许多苦是吗？她说什么呢？千言万语只说出一句：你不在，生活很难！灰姑娘终于被王子找到，美丽的童话再次续接下去，夫人也已经释怀，对玛姬倍生怜爱，完全接纳了她。军团的司令，这一家的世交更是开明得让人感怀，他请玛姬跳舞，玛姬知恩地说：您请我跳舞，是向众人表示您接受了我们的婚姻。快乐像潮水一样涨满，满到河堤，在最后一刻，残酷的现实降临了，玛姬决心说出一切。她和夫人谈话的一幕也很好，当夫人猜测她是否另有所属，玛姬爆发出一句：夫人，您真是太纯洁了！这一句是振聋发聩的，又一次划分了阶级社会的差别，童话终究落回现实的窠臼。梦想在演绎过所有的奇迹之后，以失败告终，上升为旷世悲剧，更增添了人生的价值。好莱坞的梦，就是用现实材料打造的。这也和美国的生存状态有关，新大陆本身就像一个梦工厂，上帝从天而降一处福祉，但需要人力的劳动和创造。《北非谍影》将一女二男的故事放在卡萨布兰卡，二战期间，这非洲的安全通道，熙来攘往，摩肩擦踵，其实都是陌路的过客，彼此不知从哪里来，亦不知向哪里去，都只携着当下的一点瞬间，于是那三个人的相遇，便格外有了宿命感，也有了传奇的意思。最后，英格丽·褒曼饰演的女主角，发现昔日恋人将她和她的同志一并送上飞机，解决了她的两难处境，惊异而失望，那旧恋人却说出了这么一段话，称得上警世恒言，他意思是说，在这么个大时代里，他们三个人的事情实在是小而又小，不值得计较。这一个平常的爱情故事有了大时代的风云际会，就变得不寻常起来。战争，逃亡，革命，抵抗组织，这些非日常性质的生活，就更具备造梦的条件了。《蝴蝶梦》是真正的梦，灰姑娘最终与王子成眷属，代价是放弃水晶鞋——曼德拉庄园，这是现实和梦幻协商的结果，也因此使梦的情节更为复杂。贫寒的女伴出身的新娘走入曼德拉庄园，处处是吕贝卡的痕迹，吕贝卡就像是曼德拉这古老的宅邸的幽灵，以那忠诚的女管家为替身，守持着这一阶层的纯洁血统。几十年之后的戴安娜王妃其实是重演了一出“蝴蝶梦”，结果是戴安娜彻底败下阵来。几十年前的“戴安娜”却很好运，她以谦卑隐忍的美德经受了吕贝卡幽灵的种种挑衅，适时退让，让出了曼德拉宫殿，提前实现了平民进入王室的梦想。

美国这时期的科幻电影，是另一种梦想，中世纪式的黑暗恐怖中亮起科学之光。比如《化身博士》，这个科学狂人殚精竭虑要研究出隐匿身体的技术，大约是运用基因和化学的理论。基因这无形无影的生物密码，是可在化学的作用下呈现存在，倘若倒推回去，亦可将有形变为无形，虽然是狂想，却是有理可循。那狂人将自己隐匿之后，无法现形还原，那情景十分酷厉，是惊悚的噩梦。还有一部电影是关于造人，那疯子掘墓盗坟地收集人体器官，然后大锅蒸煮，好像是炼丹。再又将各部位缝合起来，这倒使外科手术有些回到起源的意思，最初的时候，外科手术是由剃头匠开端的。那造人的作坊充满了臭气，血水横流，也是惊悚的噩梦。那时节的科幻片，都是用人的肉身冒险，不像后来的，科学先进，工具和材料无限的发达，有了媒介，于是，便和肉身脱离。残酷是不那么残酷了，可是人性的成分也减弱了。在斯德哥尔摩附近的科学博物馆里，有一座十六世纪的医学院解剖厅，梯形楼座环绕，玻璃穹顶将自然光聚集投下，那时候，爱迪生还没有降生，没有电灯。底下有一扇侧门，门内是一间小小的停尸房，当门打开，尸体推出来，全体学生都要起立，向死者致敬，那时候的科学里的人是显学。虽则是造梦，却也是用的人性的材料。

大约是对人性材料的发掘深入，如此庞大的电影工业具有着强悍的力量，抑或也是六十年代美国社会内外诸多矛盾，天真的美国人迅速成熟起来，这三十年的美国电影，似乎走入一个严肃的思想时代。我以为达斯廷·霍夫曼这位男星的崛起几可成为一个象征，他一改格里高利·派克英俊小生型的男主角形象，他矮小，声音尖细锐利，小丑样的长鼻子，走路行动就像一只上了电的猴子，这是不是意味着美国故事从浪漫剧走向了批判现实主义，梦想还原为生活。《午夜牛郎》里，那个乡巴佬仗着好身坯，想到纽约的富婆堆里来发财，可满大街的人，不晓得哪个才是富婆，终于勾搭上一个摩登女郎，一拍即合，上完床后，伸手索要嫖资，女郎却哭将起来，说，我还要向你要钱呢！原来是同行见同行。无头苍蝇般瞎闯一气，等到邂逅了达斯廷·霍夫曼饰演的瘸腿皮条客，总算打开事业的局面。这两个人，从此结为生意伙伴，唇齿相依地过活。生活是悲惨的，受苦又受侮辱，没有人发善心，也没有慷慨的恩客出现，只有他和他，相濡以沫。最后，牛仔带着病危的皮条客离开严寒中的纽约，乘上灰狗旅行车，往温暖的迈阿密去。途中，皮条客越病越重，他很滑稽地穿着迈阿密风情的花布衬衫，似乎好运已经向他们招手，可却哭丧了脸，说：我尿裤子了！痛苦都苦得这么卑琐。迈阿密海滩的棕榈开始从车窗前掠过，皮条客却闭上了眼睛，事情就是这么扫兴。可说梦想，就只这么一点点，鸭子和皮条客的友情，多少给冷漠的现实掺入一点温情，可也更增添凄楚，因为都是没有希望的人。《毕业生》里的达斯廷·霍夫曼，是处在残酷青春期里的青年，这种不伦之恋，还没有像之后那样越演越烈，同时越见平常，演绎成畸形的性梦，为“梦工厂”提供了又一型的产品。其时，还是在常态的社会观念之下，表现成长中分裂的痛苦，就具有了思想的进取性。这故事确是奇出的，但电影并未在奇出上做功夫，相反，似乎有意要用日常生活的细节来缓解戏剧性——青年被那女人勾搭到酒店开房间，到总台取钥匙，职员问他有没有行李，他心不在焉回答有，职员按铃叫行李员，不禁吓一跳说，只是一把牙刷而已……那时候，好莱坞还对人性的日常状态感兴趣，或者说，人性的日常状态还未挥霍殆尽，不像如今，生活已经剥离，抽象出人性。常言道：皮之不存，毛将焉附，结果，人性丧失了生动的面目，余下的只是生理或者心理的概念。那青年在混乱的情欲中度日，直至他的女友，也就是那女人的女儿，受母亲挑唆与别人订婚，方才清醒过来，明白自己究竟要什么。在此，达斯廷·霍夫曼充分展现出他的激情含量，他短小的身躯里积压着巨大的热能，一瞬间喷发出来，他尖利的叫喊简直要撕破人的耳膜。他抢了新娘驾车逃跑的最后一幕又有好莱坞旧梦的意思了，可经过之前认真的煎熬，给一个浪漫的结尾也是人之常情了。《克莱默夫妇》几乎全部被日常生活覆盖了，故事以妻子的觉醒开端，然后通篇是那一个失意的丈夫奔波于职场与家庭之间，琐碎的挫伤，琐碎的争取，失业，求职，照料孩子，民事法庭诉讼，离婚——离婚这一桩戏剧性事件似也回避了感情的激荡，免去了言情剧的嫌疑。争夺孩子这桩事或许有可能展开激烈的情节，可是在一个文明的法制的国度里，都有制度规定，他必须求得职业，有养育的条件，才可以来说话。于是，便在写字楼间往返，碰尽钉子。这个挟了公文包的小男人，就是大街上河流似的人群中的一个，青春的向往眨眼间无影无踪，转而走入养儿育女的人生，能有怎么样的奇迹发生呢？最后，还是落到伤感剧的窠臼，前妻被父子情感打动，主动放弃监护权，犹如一个“光明的尾巴”。可是，这一点小小的意外管什么用呢？依然是继续夹了公文包的生涯，成为湍湍人流中的一个老男人。在此，生活不再像《魂断蓝桥》时期多彩，而是回到生活黯然的底色。你不得不对美国人另眼相看，他们得天独厚，又一帆风顺，没什么历史的负担，性格多是天真单纯，可是却自有对人性和生活的认识理解，有时候也不谓不深刻。《转折点》里那一对芭蕾舞团的女演员，也是闺阁好友，年轻时分别走上各自的人生道路，一个追寻事业，另一个踏入婚姻。若干年后，前者成为著名的舞蹈家，后者相夫教子，眼看大女儿长大成人，进入当年母亲的舞蹈团学习芭蕾。花蕾似的小姑娘使这一对人都想起了自己的青春时代，那时候生活还未开始，如今呢，一切都已成定局，得到的得到了，失去的也失去了。前者孤身一人，形单影只，后者碌碌无为，体态变了形，又老又肥，看不出一丝芭蕾女演员的影子。不由要想，假如生活从头来一遍，她们会有怎样的选择。有一场戏，是那功成名就的舞蹈家，问当年的追求者，舞蹈团经理，是不是还爱她？经理的回答很礼貌，却令人丧气，大意是你现在很成功，我也不错，生活这么安排，挺好的。激情已经消退，留下的只是亲切的心情。

当然，奇出的人物关系和事件依旧是好莱坞的最爱，还是说达斯廷·霍夫曼，《宝贝儿》里，男扮女装去电视台求职，不想与女搭档产生了真挚的友情。这一点有些类似中国古代传说“梁祝”，但那是祝英台女扮男装进入男性社会，而在此则反过来，是“达斯廷·霍夫曼”走入女性世界。他做了那女孩的闺中好友，为她看管孩子，对付性骚扰，听她倾吐心事，还陪她回父母家，于是，最尴尬的一幕来临了——两人同睡一个卧房，甚至只有一张床。其时，他已经被这女孩儿吸引，但不是以往那样的，单纯地受情欲支使，而是怀着深切的同情，他对女性的处境感同身受，这种情感几乎就像是发生在同性之间。在那女孩子，真就是将他当同性来爱的。一个在男人世界里尽遭失败、拖了一个小孩子的单身妈妈，已经不相信能与男性建立情欲之外的平等关系了。也因她是将“达斯廷·霍夫曼”当同性来爱的，他便也更真切地感受到女性温煦的爱意，这微妙地改变了他原始的男性立场。可这决不是一个关于性倒错或者同性爱的故事，它还是坚持在常态的两性关系中，这就将它从“奇出”的性质上扳回到更普遍的社会现实批判。最后，女孩发现“女友”竟是一名男性，愤而离去，“女友”在大街上拦住她，对她说出一番话，意思是某些时候，男人和女人的区别只是穿裤子或者穿裙子，他们完全可能怀有同质的感情。于是，女孩微笑起来，回到“女友”身边。此时，就有些乌托邦的意味了，男女关系的乌托邦。

在一九八八年获奥斯卡影片奖的《雨人》里，达斯廷·霍夫曼饰演一个白痴天才，这似乎又意味着一个转向，美国电影自英雄走向凡俗人生之后，又开始走往畸形人格。就好像，凡俗生活的能源逐渐告罄。思想掘空了寻常性质的材料，却又走不回去了，一旦清醒，就不可能再受蒙蔽，那些伤感的甜梦一去不复返，只有继续向现实挺进。这个高度实证精神的国度，多少是机械主义的，他们不像神秘的东方哲学，将现实破解成虚无的深渊，而是全面负责地分析成物理的性质。于是，现代心理学、病理学，就为“梦工厂”提供了新的资料：病人。我想，《英国病人》称得上顾名思义，《与狼共舞》也算得上，《沉默的羔羊》算一个，《阿甘正传》再算一个。还有，病态的伦理关系，比如《美国丽人》——这故事使我想起多年前在汉莎航线上看一本美国生活杂志，有一篇纪实写作，关于邻人家的谋杀案。事情发生在美国中部，或者中西部，总之是真正的腹地，平静安闲的居家生活里。邻人家的主妇反复发病送进医院诊治，有不明显的中毒倾向，其丈夫因作案嫌疑被警局逮捕，又因证据不足被释放。写作者，也是一名主妇困惑不已，在这个看起来与你我他无异的家庭里，究竟发生着什么？倘若真是有谋杀发生，生活竟也是纹丝不动，水面无波。就是这样安宁到了枯乏的现实，一切按既定程序运行，能有什么的梦想呢？《廊桥遗梦》也是发生在差不离的地理环境，四周是田野，田野里贯穿着公路，跑着车，邻居间礼貌地疏离着——主妇一时间红杏出墙，却又及时收住，所以就叫作"遗梦"，再确切无疑。说是美国有色彩，那是全局地看，局部则是沉闷的。编和看的人都不像五十年前那么好哄了，罗曼蒂克见得多了，人性呢，则是不消说的，现在，用什么来造梦呢？说实在，造梦的材料出现匮乏的危机。

在这个资源紧缺的关头，好莱坞是不是怀着一股拯救的决心，它力图创造更大规模的梦幻，好像要用体量说话，来抵制内部的空虚。《泰坦尼克号》，几十年前，英国以此为题材拍摄的《冰海沉船》，为我国观众十分熟悉，影片审慎地叙述整个沉船的过程，毫不企图制造戏剧高潮，那冷静的态度却袒露出大不列颠民族的自尊。在《泰坦尼克号》，则成为浪漫的故事。这个浪漫故事其实并无多少新意，基本脱胎于牧童和公主的模式，却不再具有质朴的人生观念——从此以后，他们过着幸福的生活！而是又落入伤感主义的窠臼，如那首名曲《我心依旧》所唱："每一个夜晚，在我的梦里，我看见你，我感觉到你，我懂得你的心……”这个浪漫故事的材质却是极其的肖真，先是描绘船的宏伟豪华，巨大的锅炉，无数的汽锤，蚁群样的劳工，由此产生无所敌挡的动力。电影超过一半的时间是在灾难中度过，几乎相当于真实事件发生的长度，船身倾斜，人就像豌豆粒一样在甲板上滚来滚去，尖叫，哭喊，满盈于耳，好比身临其境。那一对跨越阶级差异的男女终于在不可抗力前精神结合，是挺动人的。然而，事实上，不可抗力要挑战的远不止是小儿女情长，它是面对普世人生，要平凡得多，也严重得多。电脑技术尽可以惟妙惟肖地仿真，然而也是梦境本身在变质，它变得孱弱，不堪推敲，只得以外部的真实让人们信服，内中的情节已经穷尽想象力，再无意外之笔。

斯皮尔伯格是造梦的翘楚，他可能极早就意识到现实生活不可能提供梦境了，他索性放弃，脱离出来。他的《E. T.》，一个外星人，具有着淳朴的性格，和小朋友们做了伙伴，在它古怪的外壳之下，穿透出真正的人的目光。事情似乎是反过来，用梦的材料造一个现实世界，假亦真时真亦假，“梦工厂”又有了新一代的产品。再有《侏罗纪公园》，是到地质年代找材料，那是一个消逝的世界，惟有在化石上留下浅显的痕迹，也是可以为所欲为的。事情走入漫无秩序的状态，没有了限制，不需要自圆其说，于是也构不成故事。纪律约束其实是结构的条件。不知道斯皮尔伯格有没有意识这个，他有时候又会倾注于特别写实的题材，比如《辛德勒名单》。已经发生过的历史，自有着肯定的规则，不容置疑，不必另外创造逻辑，就是说，事情先天就有了结构的形式。问题是，怎么样将真实的事件变成梦幻。《辛德勒名单》，说的是一个名叫辛德勒的企业主，以用工的方式掩护了几千名犹太人免遭法西斯屠杀，劫后余生。那淋浴室的一幕惊心动魄，赤裸的犹太人被驱赶到一间黑暗的房屋，关于煤气室的传说已经在犹太人中间蔓延，极恐怖的一霎之后，悬于半空的莲蓬头却洒下水来，原来是赶他们沐浴，这才响起一片哭声。与此惊惧的一幕相对照，是辛德勒的工厂宿舍里，女工们在议论煤气室的传闻，一名年轻的姑娘问，真有这么可怕的事情吗？她的语气那么天真，好像在人间天堂。事实上，几千名犹太人的逃生丝毫改变不了整个犹太人族群的命运，一个人的善行也丝毫不能减轻这使整个人类蒙羞的大罪行。我记得，也是英国拍摄的电影《苦海余生》，那一船犹太人受尽了折磨，终于离开汉堡，向哈瓦那航行，结果被拒上岸。船长向各个口岸要求登陆，中立国出于自身安全考虑，一一拒绝。当所有办法都穷尽之后，船长将大家召集起来，面对绝望的人们，他能说什么呢？他说：我们犹太人所以能够生存到今天，是因为——从不丧失信心！听起来很空洞，但这是最后的没有希望的希望，这信心是面对虚空茫然，也是面对整个人类世界的永恒，却不是对辛德勒——一个好心的施主。这已经涉及哲学的命题了，不是好莱坞所能负责的，好莱坞只忠实于普遍人生的梦。同情，仁慈，善行，一部分人被拯救，未被拯救的坠入深渊，这就是梦。要拯救所有人，则是理想了，梦承担不起，尤其是天真轻俏的美国梦。

就这样，现实生活已经从“梦工厂”的原料间退场，于是，好莱坞的造梦更像是制造游戏。确实有一些上乘的游戏，在此列举两部电影。一部的片名大约是叫《时间机器》之类的，说是有一个国际秘密组织，为制造一种高尖端的技术系统，招募人员，一名年轻的电脑工程师前去应试，结果中聘。工作场地是在一个与世隔绝的封闭空间，来到第一件事，就是洗脑，将过去所有的记忆，除专业技能部分，统统删除，然后进入编程系统。在以后的时间里，他以极好的成效回报了酬劳，完成了和约，离开之前，再要经过一番洗脑，将这一段时间里的记忆又全部删除。一切停当，他走到出口，管理处人员给他一个信封，说这是他在此工作期间寄存的物品，现在原物归还。他不由一怔忡，因记忆全部抹杀，他完全想不起来这是在什么样的情形下寄存，又准备作何用途。而这些东西全是些不打眼的零碎，一个塑料片，一根铁丝，一把钥匙，诸如此类。他疑惑地揣上走了，回进正常的生活。可是，周围不断有一些蛛丝马迹，唤起他模糊的印象，他渐渐意识到有一个巨大的阴谋针对着人类世界，而这个大阴谋正是他曾经参与设计的，一个提前规定将来发展方向的系统，这个系统将引导正义的世界走向毁灭，他便决定动手破坏系统。每到紧要关头，他先前寄存的那信封里的一件东西立刻能派上用场，比如当地铁列车朝他疾驶而来，不可阻挡，那塑料片正好切断电路。原来，那都是他在设计未来程序时候预测到的情形，于是，留下了这些杂碎。这个故事编织得很周全，天衣无缝，自设的规则贯彻到底，又遵守到底，最终克制困难，自圆其说。还有一部电影是《第六感》，《第六感》的妙处在于那鬼并不自知已成为鬼，但是阴阳两界的界限却无时无处不辖制着他。他喊他的妻子，妻子听不见，他却不知道她是听不见，只当她是弃下他了。他和妻子共处一室，却不知道妻子为什么显得那么寂寞，郁郁寡欢，他安慰她，却无济于事。这一笔设计得很好，挺伤心的。只有一个人听他说话，就是那个新结识的小孩子，一个小新鬼，可是这有什么不对呢？人世本来就很孤独，你以为你在人群中，事实上全不相干。直到最后，他方才明白自己其实已离开人世，终于往那个世界去了。此刻，再回头检验每一个细节，都是合乎阴阳两隔的原则，没有一点越界的破绽，编得也很严密。从前，有一个英国灵异电影，《鬼魂西行》，也很完整，但那鬼魂只是在一个古堡内活动，环境是封闭的，比较容易贯彻原则，而《第六感》那鬼魂是在开放的社会空间穿行，处境要复杂得多，如此严丝合缝，难度要大许多，而终于自圆其说。这是真正的造假，要造得好，技术上的要求更高，因无法用生活逻辑检验，只有自我约束，严格律己，将虚构贯彻到底，不失为高级的娱乐。这就是美国电影产业的厉害，它要想做什么，就必定做得成，真是人力可畏。

二〇〇五年奥斯卡获奖影片《撞车》，却有些令人意外，似乎，三十年前的批判现实精神又回来了。看来，发生的事情总归是发生了，不会彻底消亡。一个连环套式的故事里，表现的是多种族国家的生存处境，偏见隔离了人群，生活又使人们跨越隔离带，近距离接触，于是，人人自危，紧张的心情好比箭在弦上，一触即发，世界简直就成了个火药桶，人性单纯的本义不期然地缓和着形势，可是，猝不及防间，要发生的还是发生了。不料想，娱乐成风的好莱坞，还隐匿着严肃的人道关怀，星光璀璨的奥斯卡会将大奖颁给这朴素的关怀——那其实是所有艺术的发源，希望这是一个预示，预示着美国梦正在洞开一个新的天地，人本主义的天地。

2007年2月11日　上海

寿 岳 家

寿岳章子的书《千年繁华》，是为他们京都的寿岳家画了像。要说，并称不上京都的世家，至少不是正传。文中说，父亲是被姐姐的婆家，“兵库县美囊郡上淡河村的石峰寺竹林院”收为养子，想来“寿岳”应是姐姐婆家的姓。日本的家庭氏族的规矩在我们看来也许有些奇怪，这“养子”不是婆婆的，而是姐姐的，于是，就降了一辈。养子的地位终究是卑微的，但是，失去怙恃的孩子却也因此有了依附。从后来的记叙看，父亲的亲生父母也还是在的，母亲，寿岳章子的奶奶曾教她跳舞，寥寥数笔，写出了老人的风趣，却也似乎生活在正统的社会以外。这是父亲家的情况，母亲的娘家在大阪，所以也不是京都人。后来，两个年轻的男女结合了，在京都有了自己的小家。说起来，应当算是古都的新市民吧！真正属于他们的寿岳家，其实是从父母亲这一代开始的。

寿岳家果然充满着新兴的气象。这一个人口简单的家庭，因为勃勃的兴致而显得十分兴隆。无论是大扫除，做山药泥，上集市买便宜货，都是全家总动员，齐搭伙地上阵。当她写到，连地板都一块一块拆了，洗刷净竖起来晒太阳，这样彻底的清洁，简直能嗅得到木质的蓬松的香味。回来，他们做客一位企业家的宅邸，踩在那宽阔的榻榻米上，感觉到脚底的扎实牢靠，方才知道自家榻榻米的简陋单薄。可是不要紧，自家的榻榻米可是干净！就像幼年时的街坊，寺庙里隐居的长老——应当是“小隐隐于野，中隐隐于市，大隐隐于朝”的“中隐”吧——长老夸奖她

“这木屐真漂亮”的那一双，不是新买的，而是穿旧了，换了木屐的底齿，洗得干干净净的这一双！这大约就是古都的风范，质朴。你看作者津津乐道的菜肴，都是些什么食材制作的？豆腐渣、山药泥、酒糟、萝卜泥，所谓高汤亦不过是昆布（海带）和柴鱼熬成。但是，在寿岳家的好食欲，它们无疑就是美味，而且特别有富足感。有时候，他们家要阔绰一下，不过就是去名叫“华月”的寿司店吃寿司，或者“金屿”吃鳗鱼饭。那“金屿”里的“金丝盖饭”，白米饭上铺满鳗鱼段，再覆上蓬松柔软的煎蛋，煎蛋的边从碗盖底下冒出来，真是丰饶啊！比起清洁房屋和吃，穿是相对受忽略的。作者坦言，大约对于“住”和“食”两项，“衣”多少是有些和奢华沾了边，寿岳家的风气是实用的。但这当然不是说寿岳家的人就穿得不体面，那只是指比较经济。他们总是在减价大拍卖的季节，或者百货公司清仓的时候去购买衣物，因此，那就也是轰轰烈烈的气象。那“财神祭”的日子，就是好东西大量出清的时节，被写得令人兴奋：“从黄昏开始，火红的灯光便开始吸引人们的心，客人一波一波地涌进。”春天时候，将穿过的和服重新拆成布匹，洗，浆，绷平，那工程相当浩大，大约是像洗毛线似的，一桄一桄晒在树枝上，看过去，一定很壮丽。然后再送去染坊染成别样的花色，旧衣服变成新衣服。所以，虽然经济，可决不马虎。用作者的话，就是“勤奋，认真地过生活”。排于住、衣、食之后的第四部分，题为“我家的精神生活”，这是现实生计里的一点闲心，于温饱无关，但在古都，却也是有着一定的物质性。为书道购买笔墨纸砚；旧书店的书籍，这些有年头的旧书店，许多常客后来成了名人，于是，他们的来函亦成了文史资料；陶偶的同好会——陶艺家河井宽次郎的家，看起来，就像年节时的长辈家，亲朋好友都来了，多年后，作者这样写道："那些曾围坐在河井家地炉旁的都是些什么人呢？答案是，一大群不分国籍，男女，老幼的人，"谈着陶艺，小孩子也挤在人丛里玩手拉坯。对于一种精神生活来说，似乎是过于喧哗了，可京都的精神生活大约就是这样，扎堆，热闹，人气旺，很合乎寿岳家的性格，或者反过来，是寿岳家濡染了京都的性格。总之是，喜欢与人交道，而且没有成见，只要是有趣的人，他们都抱着热忱的态度。也因此，无论是食衣住，以及精神生活，都是发生在和人的交道中，这些人呢，都有家世渊源来历。

卖大扫除工具的内藤家，汤豆腐店"奥丹"，开榻榻米行的"叠三"，汉方药店"千坂屋"，经营文具的"鸠居堂"……直到陶艺家河井氏，就是他们，勤奋认真地生活，积攒起一代一代的居住京都的时间，同时呢，伸延着古都的历史。旧书店"竹苞楼"，问老板是第几代店主，店主平淡地回答："第七代了，"屈指一数，是创业于江户时代，这就是古都的时间概念。寿岳家虽然起步晚，但是不正在一步一步趋向久远？现在——就是作者寿岳章子写作的时候，寿岳家的第一代，父亲和母亲渐渐退出家庭生活。母亲病已垂危，父亲老迈了，再不能像年轻时气壮山河地大扫除，母亲的自创菜肴"山药泥"传到了女儿手里，伴随着往昔的快乐，让人不禁泪流满面，寿岳家走上了衰微。母亲去世，寿岳家终于有了故人，从此，作者年幼时戏耍的家前屋后，那些绿树环抱的墓地里，也有了寿岳家的坟冢。许多景物在寿岳章子的眼睛里变化了，比如河井宽次郎的宅邸，成了纪念馆；高级建筑物临街而起；度过了童年时代的南禅寺附近的街区形成了宾馆

2003 年在“纪念萧伯纳访问上海 70 周年”座谈会上接受媒体采访

2004 年与史铁生(右)、陈村在江南小镇朱家角(见《“围城”》)

集中的红灯区；寿岳家自己呢，电视机大了，于是龛里边插花的瓶不得不换了式样……目睹变迁的心情难免是苍凉的，生活染上了戚容，然而，这不就是古都的表情吗？表明寿岳家正渐渐融入京都的历史。

2007 年 3 月 4 日　北京

欧刀吴斧削江郭

——看施大畏《不灭的记忆》

我总觉得，施大畏太过贪婪事物的含量，比如，《天京之变》(1986 年)，比如《1941. 1. 14・皖南事变》(1991 年)，再比如《长征・1936・甘孜》(1996 年)——如此重大的历史性事件，其中有多少幕前幕后的情节，需要大量的交代。对于以时间为载体的文学书写也许是方便的，可绘画是那么一种直观的东西，所有的内容都需平面铺展开来，一览无余，难免叫人怀疑，承担还是承担不起这叙述的重任。施大畏却好像有意和自己为难，什么不行，偏要什么。是不是为了发掘容量，他将他的画幅开得很大，210×480 是常事，并且越来越大，直至今天的 400×430。这多少有一点强做的意思，当然，事情也可能是倒过来，是沉迷于壮阔的规模，然后才去寻找含量大的题材。然而，不管谁先谁后，归结到底，还是那一个问题，如何表达，就是说，放进去什么。

这种对事物内涵的着迷，多半来自文学的影响。凡二十世纪五十年代生，成长于六十年代的人，大都有着值得纪念的阅读经验。少年人本来偏好幻想，文学既可提供材料，又可提供方式。在那个素朴的年代，幻想也是素朴地生长着。每个人都至少有一个如何攫取书本的故事，不外乎将可怜的零用钱节省下来买一本新书，那书当然是杨朔的散文，鼓动着年轻的心对自己所居社会的热爱。所以这种阅读经验又往往是共和国式的，它可说奠定了我们情感的基调。到了文化大革命，学业中断，文学阅读也就几乎成为整个知识生活的方式。这不仅养育着幻想，也弥补着现实缺失的教育，形成这一代人偏倚的文化结构。我说它偏倚，是指这结构里的文学性成分，甚至占了主导地位。我并没有遗憾的意思，恰恰相反，我觉得这是失去教育的极大补偿，几乎带有天地悯恤的用心，它使得这一代人免于精神干枯，并且保持了许多正直的观念。

有一次在台湾，与作家座谈，台北作家朱天心当谈到对大陆作家认识时，有一个说法很有趣。她说世上所有事物其实都只有两类，各在人不同。比如，性学家看来，人只分男人和女人；在政治家，是革命党和保皇党；她认识一位耳科医生，则是以干耳屎和湿耳屎来划分。在她，一个写小说的，写作又分两类，一类是“三国”系统，一类是“红楼”系统，大陆的作家，她以为多是“三国”系统。这也是与共和国气质有关，多少有一些以历史正宗自居，最终又为历史的浩瀚激情折服。借用她的说法，施大畏当称作“三国”系统无疑，属“史诗派”。

施大畏是连环画起家，画过周立波的小说《暴风骤雨》，丁玲的小说《太阳照在桑干河上》，姚雪垠的《李自成》，还画“水浒”，甚至，千真万确，还有——“三国”。连环画的形式，在某种程度上实现了他的“史诗”要求，也把他的史诗表达锻炼得更有手段。但就好比“成也萧何，败也萧何”，与此同时，他似乎在这种叙述式的绘画体例中陷进去，拔不出来。就像方才说的，他选择的题材，命题过于重大，情节过于复杂了。皖南事变，外涉抗日战争，内涉国共两党，具体到细节，又有政策策略，路线斗争。突围的场面固然惨烈，可并不足以表现整个事件的性质和内容。施大畏显然也意识到这点，所以将最具造型感的突围场面推到背景上，选择事件重要人物站在前台，构成结构。能看出他企图要表现事件的全面和深度，但也看得出他勉为其难。事实上，让这些人物刹那间全体发言，也未必说得清事情的头尾底细。最后，使我们视觉服从的，还是那些线条、块面、黑白、明暗的交互错综，突拔跌宕，在潜伏的秩序管辖下，全盘达成和谐平衡。这大约就是视觉的戏剧性，它一触即发，不可能储蓄解释的条件，因为没有时间的容量。再有，《长征·1936·甘孜》。倘若没有对中共党史的学习，那就连门都入不了。最起码的，你总要认识谁是谁吧——张国焘、徐向前、陈昌浩、秦邦宪……我好奇的是，这些风云人物，是以“1936·甘孜”这个特定的时间地点集合于此，来上演历史的转折点，或者仅仅是，这些面相和体态对绘画者来说，有着特异的形式感。他们如石砌斧凿，竟有绰约的汉风，如此这般垒成屏障，一展210×480，真的气势压人了。这样的脸相与人形，早两年，也曾出现在《我们的岁月》(1999年)，因表达的任务不重，画面便单纯得多，风格也更天真质朴。但是，这显然不够施大畏的胃口，他还是要含量。我甚至都怀疑，他将画幅尺寸放那么大，是用来逼迫自己：一定要给出含量。

在他二〇〇一年出版的个人画册里，附有他的一篇短文，文中有这么一句话：“将物象符号化是我近来想表现的另一种图式。”他进一步解释道：“对象的外形抽离成简洁的绘画符号后，能使我的绘画理念更直接更有力地传达给观者。”我们有时候不能太相信绘画者自己的说法，倒不是说他们不诚实，而是他们操纵文字的语言有隔阂，也不知文字的深浅，这毕竟不是他们的语言。不是他们的语言，却创造出他们的概念，他们则用来说话和思想，这就是他们的处境。所以，他们表达出来的未必是他们真正想表达的。不过，在这里，他说的也没错，“符号化”。《1941.1.14·皖南事变》，《长征·1936·甘孜》，明显可见出他符号化的策略。还是那句话，没有叙述的功能，必须将过程简略成有代表性的细节，可供一目了然。然而，施大畏有没有考虑到，如此一来，事物的含量就转移给了那些充当符号的细节，那么，首先是什么样的细节有资格担任符号，其次是孤立出来充当符号的细节负荷量如何。当然，我们不必在文字上与绘画者较真。也可能是题材决定，抑或是施大畏写实主义的出身，他所攫取的符号似乎都太肖真了，所以就有些笨。比如这些历史事件中的人物，他们是不是作为符号出场的？假如是，那么他们就太具体了，具体到有名有姓，这已经限定了他们的角色，除他们自己以外不可能再辐射出去指向其他。至于服饰、武器、用物，资源也不多，仅够标志年代、身份、一部分的环境。具体的细节能量有限，假想的呢？谁也不认识，如何规定含意。事实上能够充当符号的细节是以公认与共识为前提的，就是说，人们必须事先知道并且承认。所以，符号其实是“拿来主义”的，是如何使用的问题，与创造无干系。而在我个人，则从根本上怀疑符号这东西，就算它能起归纳涵盖作用，可是它们本身呢？它们本身需不需要观看的价值。换句话说：它们除去概念的义务，还有没有被审美的权利？总之是，无论承认不承认，想到符号这一说，多少是捉襟见肘。也是叙述的压力过重，只得笔走偏锋。

但我也注意到，大约是与发表“符号”言论的同时，施大畏创作了《开天》(2000 年)。在这幅作品中，倒并没有什么明显的符号。也是和题材有关，上古的时候，一片混沌，世界万物都没有命名，即便给出了符号，也不定能有什么指向。开天辟地几乎只是个修辞概念，无论作何描绘都无大碍，索性自由了。于是，只看见满纸崩裂，石壁中剥出肉身，如同卵破。在画幅左上方和偏右上方，各有一圆形，内有蟾蜍和金乌，想必代表月亮和太阳，是为强调“开天”的主题。这就像符号的余烬，然而，全局另有所恃，有它无它都一样。所以我说，绘画者本人的话不足为信。

好，现在，当 400×430 的空白呈现在面前，要往里放什么？上海的小说家陈村曾经在哪篇文章中写到，当他写作的时候，很难不注意页码，空白的纸面始终使他感到压迫。劳动的性质是同样的，都是要将空白填满，在我们，是时间，在他们，是二维空间。我看二十世纪法国人类学家列维·斯特劳斯所著《忧郁的热带》，写到巴西的印第安人，卡都卫欧族部落，女人们保存着古老的技巧，就是在人脸和身体上画图案。他这样描写她们作画——“画的时候可以从任何一个角落画起，毫不迟疑地把整张面孔画完，也从不修改。”这种浑然天成的境界，只有原始人才可能有。那是没有经过社会分工的生活，物质和精神合为一体，自然和创造也合为一体，心到笔到，笔到心到。文明早已经将我们驯化成有自觉的动物，可仍然“人类一思考，上帝就发笑”，人类却又学不会不思考了。在这时候，大约另有一种本能帮了施大畏的忙，那就是工匠的本能。我觉得，施大畏有些像一个工匠，他思考再多，到了画纸面前，思想也会退让给具体的劳动。这是他们比我们更得天利之处，是由从事的专业决定的。绘画比文学更具有操作的性质，这甚至使得他们与文艺复兴近了血缘似的。欧洲文艺复兴，是人类进步的黄金时代，知觉走出蒙昧的黑暗，世界万物万种浮出混沌，呈现分野，但边界和谐。理性和感性相契，脑与手相契，艺术与生计也相契。美国人杜兰著作的《世界文明史》里，关于文艺复兴在意大利这一章，这样写道：“在威尼斯的工匠，有一半是艺术家。”我想，那时候不见得有“艺术家”这个称谓，工匠就是工匠，大约只有高手低手之分。达·芬奇就是一个工匠。也是在同一部《世界文明史》里，杜兰如实抄录达·芬奇写给米兰摄政洛多维科的自荐信——“最显赫的领主，我曾仔细地观察和考虑所有那些自称为战争工具的发明家和专家们所提出的证明，同时发现他们的发明和研究所说的工具的使用，在各方面与日常所用者均无差异……”然后他一项项陈述他的技能：造桥梁，制军械，设计装甲车，公私建筑，引水工程，用大理石、青铜和粉土做雕塑，等等。由此可见，艺术是与所有制造技能列为一处，没有薄厚之分。杜兰在书中抄录的提香写给威尼斯总督及十人委员会的信，要求为元老院大厅作画，好比争取装修项目。曾经看日本NHK电视台制作的人物专题节目，跟拍当代画家绢谷幸二先生去往三十年前学习壁画的威尼斯，在昔日画室的壁炉背后，他伸手一掏，掏出一把沙子——还是他的沙子，说不定也是提香的，甚至乔珠奈的，这种文艺复兴时期制作壁画的方法，如今再没有人学。这沙子使得壁画制作有了一种土木工程的意思。米开朗琪罗，就像上世纪初中国乡村的贫家子弟，十来岁便送往新开埠的上海做学徒，学习制造小五金或者算盘簿记。米开朗琪罗被送去佛罗伦萨，学的是绘画技巧——文艺复兴就是这样，艺术不是在圣殿上，而是街头巷尾，那种人头攒动、摩肩接踵的集市。白铁铺子里丁丁当当敲打着盆啊，碗啊，在边缘敲出纹饰；染坊里的颜色水漫流到街上；铜匠就在炉子上锻打子弹头和子弹壳，啪啪地走火；木材店里一边锯着棺材板，一边镂着小提琴面板上的F音孔，那时代实在让人念想死了！文艺复兴当然也席卷了文学，可我总还是觉得那更是一场动手的运动，它最大限度地开发了上帝给予人手的能量。我想，或许就是这种动手的欲望，让施大畏终于突破面前这400×430的茫茫空白。

在这里，人物完全卸去任何身份证明，只余下身体，这是组成画面的基本元素，仅此而已。身体在紧张的姿势中形成尖锐的角度，又有一些柔软的线条参加进来，比如画面左下方的婴儿人形，再比如右上方小提琴的曲线，还有右下方女性人体的半边轮廓。这些委婉的笔触虽然很微弱，但却生出弹性，使坚硬的块与线契合得牢固，同时，又是喘息，密实中有了换气。还是有些符号的残骸，比如步枪和刺刀，顺便说一句，施大畏对简朴的军火怀天真的钟爱之情。不过，它们在这里，也可以不作符号的解释，因它们其实担纲着重要的结构作用。它们横剖一笔，竖劈一笔，将画面划为半隔不隔的区域，各为单元又互为交通，于是，元素间形成递进的关系，累积了力度。那些纸鹤，似是象征和平的祈愿，而我宁可理解为是给画面增添亮度。汹涌澎湃的线与面，得到一时滞留，因而趋向稳定，守持住了能量。就这样，宣泄，又控制；再宣泄，再控制，激烈的冲突撑足四边四角，阻在了视觉里。是施大畏不得已放弃了叙述，还是，真的出于一种自觉，将时间性质的存在压平在二维之间？

我的题目来自郑板桥《金陵怀古十二首》中头一首，《石头城》的起句："悬岩千尺，借欧刀吴斧，削成江郭。"这是用宣纸和墨的材质筑就的又一面城郭，企图铭记三十万永不瞑目的冤魂。

2007 年 7 月 10 日

我记故我在

——《王安忆散文》后记

在此，我收集的均是我逗留在某一地时的记录。一是一九八三年与母亲同去美国参加爱荷华大学“国际写作计划”的日记，一百二十天中的三十天。这三十天都是在美国中部的大学城爱荷华度过，更确切地说，是在爱荷华大学的“国际写作计划”度过，而“写作计划”的生活又基本是以我们居住的公寓“五月花”为中心的。生活是相当局部而有限。其时，无论是阅历还是常识，对游历他国都缺乏了解的准备，无法深入视听的实质，目光只能停留在表面。同时，又特别热衷于攫取印象，一点一滴都不愿放弃，都要网进经验的范围。所以，记录不免是庞杂而琐碎的。可它毕竟老实地记录了当时的生活，以十几年后的今天来看，是能看出当时不曾领会的意义。多年来，这意义其实一直没有停止过作用。第二部分是一九八七年在德国东部小镇斯特拉伦的“翻译之家”的日记，前后总共数天，是在旅行德国的途中。这小镇人口极少，生活宁静，是相当寂寞的，但却是比较日常化的生活。此时，我已经积累了一些观察与表达的训练，可将有限的经历思想化和文学化。但理解力总是不够，所以，依然是大量地、无节制地掠获印象，生怕有什么重要的遗漏，每一点细节都被我视作含有意义，记录终是庞杂和拥挤的。但毕竟较具有了文学的性质，是进入叙述的方式的。它们看起来略微戏剧性了一些，与现实拉开了距离。这是一种相对独立于真实经验的记录，它基本保持了叙述的自始至终，使其成为一个也可能是虚构的故事。第三篇记录的是一九九六年在绍兴乡下的一段日子。这时候，似乎有自信对印象进行分类和归纳，可放弃“日记”这种以时间为秩序的自然的方式。这一次绍兴乡下的居住的经验，应当说是在一定的准备之下得到的。这准备就是多年来的走和看，还有思考。我已经有了多次的逗留他处的阅历。又是在这样的一个时期，一切都在快速活跃地变化，几乎令人猝不及防。许多更替是缺乏理性的，新的吞噬了旧的，来不及建设自己，就又被更新的吞噬了。这种变化的时代里，时间超越了常态，一天等于二十年。应当说我的贪婪于攫取经验是帮助了我，它使我看和听的特别多，够我形成参照和考虑的依凭。等我来到绍兴那一个小乡镇时，终于能够从日常的、琐碎的、孤立的细节中，挑选出较为重要的印象，组织成一篇散文。

行旅的生活总是带有转瞬即逝的不确定和不真实的性质，倘若我没有将它们记录下来，这段生活就好像不再存在，它们退出了我的个人历史，所以我必须将它们记录下来，称之：我记故我在。

1998 年 5 月 10 日　上海

生活的形式

——关于《喜宴》和《开会》

我写农村，并不是出于怀旧，也不是为祭奠插队的日子，而是因为，农村生活的方式，在我眼里日渐呈现出审美的性质，上升为形式。这取决于它是一种缓慢的、曲折的、委婉的生活，边缘比较模糊，伸着一些触角，有着漫流的自由的形态。

比如，著名的盛产年画的杨家埠。在往昔的岁月里，收过秋后，就有贩年画的客商，从遥远的东北赶着马车早早来到杨家埠。他们睡在画坊的阁楼上，画坊里通宵达旦刻印年画，赶着订货。客人睡梦里都是，印板拍在印机，啪啪的响声。等货齐了，捆扎着装上车，再上漫漫归程。此时，已近年关。这一个买卖的过程，相当漫长，效率相当低。每一步都须人到手到，就是由于这样具体的动作和环境，情景便产生了。还有，在绍兴的乡间，认识有一位公公，他每天上午要去镇上茶馆喝茶。他背一个竹篮，篮里放着自己爱吃的糕点，篮上再挂一件布衫，以防变天时好添加。一清早起身，沿了河走一段，稻田间的田埂走一段，穿过一两个村落，走过二三座木桥，太阳高了，他就踏进了茶馆。我住镇上的时候，他送过我两次礼，一次是他园子里结的第一个葫芦，二次是他喂的母鸡下的头一批蛋。这就是公公的生活方式，这种方式是可称为形式的，因为它的精神性成分，已经超过了实用的任务。再有，我所插队的安徽农村，县里召开基层干部会，是不负责伙食的，那就需要队里自己解决吃饭的问题。于是，便要带上个专门做饭的，还要到城里联系个做饭的地方。这种方式也是具有人情味的，它包含着人和人具体的特定的关系。在那里，假如有人病重，要送城里医院治疗，病人要去，病人的丈夫或者妻子自然也要去。父母一走，孩子怎么办？带去。那么猪谁来喂？鸡谁来喂？于是跟去。狗会自己找食，本是不必去的，可因为眷恋家人，便也去了。就这样，医院的院子里都是一家子，一家子，鸡飞狗跳，烟熏火燎，像个野营宿地。可是，有趣味的形式，就是发生于此。在农村时，有个小姊妹邀我一同去赶集，她怎么动员我？她说，路上要经过两口井呢，都是甜水井！

这种方式在当时都被艰难的生计掩住了，如今，在一个审美的领域里，我重新发现了它们。它们确实是以低效率和不方便为代价的，可是，艺术和现代化究竟又有什么关系呢？

城市为了追求效率，它将劳动与享受归纳为抽象的生产和消费，以制度化的方式保证了功能。细节在制度的格式里简约，具体生动的性质渐渐消失了。它过速地完成过程，达到目的，余下来的还有什么呢？其实，所有的形式都是在过程中的。过程缩减了，形式便也简化了。所以，描写城市生活的小说不得不充满言论和解析，因为缺乏形式，于是难以组织好的故事。现代小说故事的变形、夸张、颠倒，都是为了解决形式的匮乏，但也无济于事。还所以，流浪汉，无业者，罪犯，外乡人，内省人，精神病患者，会成为城市生活小说的英雄，因为他们冲出了格式，是制度外人。他们承担了重建形式的幻想。在这一个发展中的时期，我们的城市其实还未形成严格的制度，格式是有缺陷的，这样的生活方式有着传奇的表面，它并不就因此上升为形式，因为它缺乏格调。在突如其来的冲击之下，人都是散了神的。而真正的形式，则需要精神的价值，这价值是在长时间的学习、训练、约束、进取中，锻炼而成。而现在，显然时间不够。像我们目前的描写发展中城市生活的小说，往往是恶俗的故事，这是过于接近的现实提供的资料。

小说这东西，难就难在它是现实生活的艺术，所以必须在现实中找寻它的审美性质，也就是寻找生活的形式。现在，我就找到了我们的村庄。

1999 年 3 月 3 日　南通

两篇小说谈

——关于《王汉芳》和《陆地上的漂流瓶》

在这里，我谈的两篇小说，其实代表了我近年写作的两类短篇小说。一类是《王汉芳》这样，出自感性的经验；另一类则是《陆地上的漂流瓶》，来自理性的归纳。从自身的爱好说，我比较倾向于前一类的小说，我觉得它们更具有美感。它们多是来源于过去的生活，那时候，生活不像现在，这样的人工和格式化。它和自然靠得更近，劳动和收获直接从自然中攫取，它所受到的制约，因是从自然的状态中生出，就有了一种神性，成为了仪式，因而具有了审美的性质。比如说农人的爱惜粮食，这一粒一粒的谷米经过了多少道劳动，才成为生命的果实啊！这带有修炼的意味。有些老太太念佛，不是数佛珠，而是数米，依我看，前者才是后者的延伸。所以糟蹋谷米，就是"造孽"。"造孽"这两个字也具有仪式的性质。从此可见，农人的生活又是很完整的，物质和精神都处于自给自足的自我循环之中。一个农人在养育谷米的时候，一边解答了人何以为生的问题，一边也解答了人为何而生的问题。因此，这一过程就不仅是生产，也是审美的活动。可是社会分工将这一个生物链给切断了，一部分人专事生产，一部分人专事销售，一部分人研究人生的意义，再一部分人进行审美的活动。体验和思想脱了节，哪一部分都成了孤立的劳动，于是，陷入了盲目。这就是《陆地上的漂流瓶》一类小说的来源。说它像小说，其实更像一个公式。我以为，这就是现代生活的内核，它，就是一道公式。这其中当然也有一些机巧，可供玩味，但总的说来，与艺术的本质相去甚远。这生活，与其说是提供给我写作的材料，不如说是激发了我对那种纯真生活的回忆和认识，它们是真正的写作的资源。

1999 年 9 月 19 日　上海

《三恋》序

“三恋”已是十多年前的事了，以“荒山”“小城”“锦绣谷”之列发表于《十月》《上海文学》和《钟山》。其实并没有在大陆单以此三篇合一集出版，但“三恋”的说法还是很自然地叫开了。我想其间应推“小城”为最力，也是因“小城”引起注目，而再而三地留连起之前和之后，叫出了“三恋”。当时，北京的十月文艺出版社第一次着手结集出版。稿也齐了，只等付梓，因为文艺认识的缘故拖延了下来。上世纪八十年代中期，许多问题都是处于讨论之中，不像现在，所有的问题都无须讨论，百无禁忌。好是好，可却容易“滥”。接着，东北有一家北方文艺出版社也决定出版“三恋”。因其时，香港南粤出版社以《荒山之恋》为名出版了“三恋”，为避免完全相同，就又添加了十篇写爱情小事的短篇小说，书名为《爱情的故事》。稿也齐了，并且，还请上海文艺出版社的美编陆震伟先生设计了封面。陆震伟设计两种，选其中一幅，一并寄去，可却石沉大海，再无音讯。连连去信，先是请其出版，然后降为退稿，付美编报酬，再至降为只退稿即可。最终还是音讯全无，传说领导调离，无交割此事。陆震伟倒也没来找我算账，那时的人不大像现在这样务实的。只是那一些短篇再也收不齐了。再后，大约是一九九三年时节，长江文艺出版社委托两名评论家来谈“跨世纪文丛”，力邀“三恋”加盟，也是为了与香港南粤版区别，又加一个中篇《蜀道难》，书名也叫《荒山之恋》，之后，亦是石沉大海，才知此书实是为一书商经营，此书商已入狱服刑，便不再有人管理此事。书却是出来了，在大小书摊销售，只是未到我手中而已。事过几年，几经周折，才请一位律师索来稿酬和样书。再后，作家出版社为我出文集，其中一册名《小城之恋》，“三恋”排于先后数个中篇中，虽到齐了，却也不能算专集。到了去年，云南人民出版社的“她们”丛书，跻身一集，其中收了有《荒山》和《小城》，书名为《岗上的世纪》。而紧接着，浙江文艺出版社却来联系出“三恋”，并且，在了解了如此繁杂的出版情形之下，依然主意不改。于是，多年来，一本真正的“三恋”得以出版了。

“三恋”写于八十年代中期，其时，小说世界充满着实验的空气，很难说，是你推动了它，还是它推动了你，大约应当是，你中有它，它中有你。“三恋”就是这样，带有实验的动机。这实验倒不仅是如通常以为，在形式上的探险，而是更具有社会性内容的，那就是男女关系的真相。

《荒山之恋》中，我试图制造的是，环境与背景之中的男女关系。我的意思是，男女关系其实不是孤立地发生，而是时间、空间、人，正巧走到一个交合点上，是一种机遇的性质。所以，故事是在四个人中间展开的，男女主角分头走过各自的生活，在某一个点上相逢。《小城之恋》，则是孤立处境中的男女关系，两个少年人，还未及创造履历，生活，观念，几乎是赤裸着本体的，相逢了。他们之间能有如何的关系？性，便突现出来，成为了关系的唯一形式和内容。《锦绣谷之恋》的实验要更艰巨一些，是一个人身上的男女关系，那便是一种抽象的关系，全凭自己的理智和情感去喂养。我很惊异事过十数年，我依然能够清楚地叙述初衷，这是因为，“三恋”是一次自觉的写作。应当承认，实验性的小说风气可能是给后来带来不良的影响，它使小说放弃自然的情感，对生活的触摸，向“游戏”接近。但在那时候，它确实是启发了理性。那真是一个启蒙的好时代。

2001 年 1 月 25 日　上海

时空流转现代

——《现代生活》序

时间倘若显现，大约就是空间的形状了。抬头看我们的天际线，就是证明。它特别像是时间的流程，给这城市画下了演变的轨迹。平缓中，参差突起，嶙峋地插入天空。这迸裂的外形，是时间的岩浆冲出地壳形成的。时间的淤积占用空间的容积量，越来越拥挤，时间就更变得湍急，带着粗暴的力横行冲撞。原先和缓、协调的形貌分崩离析。

我曾经去到山西的矿区，运煤的火车铁轨爬过粗粝干硬的地面，火柴盒样的水泥房屋，一方一方戳立在坎坷不平的坡路，空气里布满煤和土的屑粒，灰黄色里穿行而过高压电线。这是工业的荒凉，在农业榨干的自然上在盘剥一轮。时间在人类的生存活动中变成了有形的历史。

在发展中国家和地区，有一个共同的特征，就是公路，还有公路边的修车铺。格式一律的公路一展过去，隐蔽的庄稼地和村庄，立即开膛破肚，裸露于光天化日，干涸了水分，变得枯竭。在现代式的公路两边，手工业化的修车铺，则残留着农人的散漫性格，还有对机械不解也不屑的态度，工具和零件无序地摊开在草率搭起的棚子的泥地上。

浙江古镇南浔，有几大著名世家，至今矗立高墙深院，济德桥座座。江南碧水人家，并不失整肃严正的大道规矩。现在，却又添一派摩登的旖情。究其根源，来自于新街，罗列时装店无数。装潢陈列类似大城市，服装也跟潮流，以韩国为多，亦有巴黎。经营者半数以上为青春美艳女子，外来口音，一无瑟缩之气。令人猜测扫黄之前，夜夜笙歌景象，其实是风月余韵。

再近到身边，有一回在新开发区，林立的新型材料建筑物底下，看见几个年轻女孩。她们化着浓妆，穿了开放的暴露的衣裙，在齐胸的吊带裙里，伸出的臂膀则是经历过强度较大的劳作，有着厚而结实的肌肉，脊背的形状也是，肌肉裹住了肩胛骨的线条。她们粗壮的身躯，穿着这城市街头轻俏的服饰，就有了变形的效果。在这时间对空间的挤压下，人也有了新的形式。

人的面容、身形、姿态，在时空急骤推动里，改变成另一种样子。反过来，又改变了空间。彼此紧张地协调着分割疆域，其中隐藏着强烈的冲突性。这杂芜、怪异的形貌，是经过了时间的演变，还将继续演变下去。

站在一个高处，往下看我们的城市、乡镇、田野，就像处在狂野的风暴中：凌乱，而且破碎，所有的点、线、面、块，都在骤然地进行解体和调整。这大约就是我们的现代生活在空间里呈现的形状。而在生活的局部，依然是日常的情景，但因背景变了，就有了戏剧。

2002 年 8 月 15 日　上海

要说爱你不容易

——关于写作《民工刘建华》

其实，《民工刘建华》中的刘建华，正是经过知识启蒙的农人，可我们宁可喜欢那些生活在纯朴生活中的人们。他们自然的人性，成为我们审美目光温柔注视的对象。我们称颂这中简单的美德，甚至于，为了塑造回归自然的乌托邦，我们夸张了他们的原始性。我们差不多遗忘了他们有着几千年的文明史，他们是极有教养的大国子民。他们的才情，被阻在发展的差异之后，使我们蒙蔽了眼睛。一旦他们越过界限，参与和分享现代生活，情形立刻变得紧张。我们几乎措手不及，眼见着这些智能极高的群族，迅速接受现代城市历练，成长起来，与我们处于对峙的位置，一面将我们的审美想象砸个粉碎，一面与我们步步相争，精神与物质便都临了一种威迫。

可他们中间，真是有人杰。有一回，走在逼仄的巷内，听身后有口哨传来，吹的是北方板腔体戏曲，装饰音极繁复，而婉转流利，极为悦耳。回头一看，是个收破烂的汉子，骑着三轮拖车，手持摇铃。那哨音嘹亮如莺啼，使破败的巷道忽变得新鲜起来。

2003 年 3 月 22 日　上海

水色上海

——关于写作《富萍》

一九九八年夏，我们几个一行去扬州，乘火车到镇江，有朋友来车接，越江到扬州地面。正逢雨季，空气中水汽充盈，看出去婆娑一片，有拂地的杨柳，汪汪的稻田，还有一种奇异的红砖房子。那红不是通常的带铁锈色的砖红，而是带黄的火红。后来才知，这是粗烧的红砖，寻常人家所用。这情景有一种妖娆和艳情，令人想起“烟花三月下扬州”的诗句，却是小调式的，类似“挂枝儿”或“山歌”一类。此时，有一个面影忽浮现眼前，那就是我后来所写的小说《富萍》中的富萍。

我从小是在扬州保姆手里带大，我先会说的话，不是上海话，亦不是普通话，而是扬州话。那话音里有一种旖旎，一波三折的，其实挺合乎小女孩子小心眼里的矫情。她替我买过一条手绢，是苹果粉绿上配粉红，这粉红偏些桃红，有一股喜鹊闹枝的喜色，抢眼的嫣丽。我母亲大叫乡气，我却喜欢得要命。她往来的亲属，多有一副细细淡淡的眉眼，笑起来会弯，嘴角亦是弯的。肤色并不像那些因长年在室外劳作的农人是黑和紫红，而是一种轻浅的黄，这样的肤色在农人里面堪称得上白皙了。所以，她那方的乡党都是形容清秀的。我这老保姆对男女情事持有的态度很可寻味，当我们从小孩子长成大孩子时，她便自觉多了一种监视我们行为举止的责任，往来的异性同学，她都要加以评判，然后汇报我们的母亲。同时呢，她也会与我们合谋，为我们作掩护。有一回，我与男生在家中

2004 年秋在巴黎左岸著名的莎士比亚书店

2005 年台北“上海书展”上，与前辈作家金庸在一起

"约会"，不巧，我的要好女生来了，老保姆她夸张地大起喉咙，与这女生纠缠，趁此机会，男生就从前边院子的门一溜烟地逃走。她还有一次，将我拉到门背后，很神秘地告诉我，她前天夜里做了一个梦，梦见我与某某人好了，使我从此看见这人就要逃跑。总之，她对此类事怀有兴趣，混杂了天真和一定程度的饮食男女之心。

走入婆娑扬州，那过往的人事忽就显现出它的色泽与情调，我甚至于觉着，钢筋水泥的上海，因有了扬帮人的乡俗，方才变得柔软，有了风情。这可说就是我写《富萍》的起因。写到中途，富萍要去她舅舅家，也就是将走入扬帮人的部落了，我让她往哪里去呢？十年前的一段经历便跃出记忆。那是在上世纪九十年代初期，北京朋友为某电视台撰稿一部关于中国人口问题的长篇电视报道剧，来到上海采访。正逢盛夏，歇笔无事，便跟了他们跑点。其中有一处，是跟了环卫工人的垃圾船走苏州河。那一日的情形真是风光无限。垃圾船上的生活并不如我们预先想象的那样腌臜和困苦，一艘机轮船，船板涂了红漆，水洗得锃亮，一应用具都洗刷得纤尘不染，连小板凳的四个脚底都露出木质的洁白。垃圾上船后，洗白的大帆布罩得严严实实，每一个角落都绷得铁紧。船走在苏州河，先是在高楼夹岸的狭道里，然后愈见开阔。水泥河岸换成柔软的泥坡，坡上庄稼碧绿，树影重重，水也渐清。对面开来船只，有些亦是他们同业，互打招呼，女人赤脚坐在船板上，做着针线，风和日丽。劳动的生活其实是很美的。那些环卫工人，都是苏北籍，无论男女，都有着健硕的身材，在摇晃逼仄的船上，行走动作，是含蓄的敏捷。他们本没有料想会来一个女的，见了我一怔，然后急骤地商量，其中一个撒脚往队部疾跑，再跑回来，身边多了一个妇女，专来负责我的安全。她替我套上救生衣，然后就紧紧地搀着我的手，没有松开过半会儿。她的敦厚的手掌和笑容，含着一股鲁直的温柔。后来，在他们大队部食堂午饭，都是味厚的风格。肉炖得酥烂，入口即化，鱼炸得金黄，汤熬成牛乳的稠浓，乡下人的膏腴。我便让富萍去了他们那里。

最后，我要下一场透雨，让这城市浸泡在水色中，变得剔透晶莹，然后开出莲花。在纷攘的时世替换中，其实常态的生活永不会变，常态里面有着简朴的和谐，它出于人性合理的需求而分配布局，产生力度，代代繁衍。

2003 年 6 月 9 日　上海

假作真时真亦假

——记《51/52 次列车》

这趟列车及车上的人与事，全都是我亲眼见，已经是多少年前的印象了，延至现在，有些部分肯定遗失，而有些部分却清晰得很，所谓是记忆的残片。这种不自觉的筛选是根据什么原则，似乎挺神秘，也很难琢磨。等到逐字逐句将它在纸上写出来，终于组成一个故事的时候，这原则渐渐呈现出来。它其实是这些残片所以能够结合起来，重新获有完整的外形的内核。这个内核是假定的，在印象获取之后的时间与经验里，或许是自生亦或许是由某种偶发的感触所至，促进的想象最后拟定，于是，这些真实的材料就成了虚构的存在——小说。

小说的生活就是这样，在真与假之间穿行往来，将真实的存在变为虚假，再让虚假的在纸上重塑一种真实。那第一次的真实存在记忆中是怎样奇妙地变形着，有一些人，你原先是仰视着，渐渐平视而到俯视；有一些事，原先是隔膜着，又走进去穿越出来再过一条界河；还有时是从模糊到清晰，又从清晰到模糊。这过程里，假定性的因素不断参与进来，向第二次真实过渡。普鲁斯特由于能够在积攒了足够的真实材料之后，再因禁于孤独之中，所以他就能将他的第一次存在完整、大量、持续性地储蓄，看和记下它的演变，最终抵达一个富丽堂皇的海市蜃楼。而像我们，总是被外部生活打扰，繁复和杂芜的经验弄混了记忆的纯度，结果，只余下一些片断。

不过，小说还有可能是有着另一种较为公众性质的生活，第一次真实在不断地转述中变成虚假，向又一次真实渡去。但这需要诚恳的性格，还有纯真的情感。所以这是一条危途，在任何时候都可能夭折，流传下来的便是天助人佑，比如话本传奇，还有无数民间传说，都是钟灵毓秀。而在现代社会中，传媒的覆盖性其实剥夺了转述的自由，使得转述变成学舌，没有新鲜的假定参加进来，事情只得停留在第一次真实的状态里。

日本作家水上勉先生自称是：我是一个大骗子！这句话很有意思，虚构就是谎言，可一千遍的谎言不就是真实？何况谎言的材料又攫自真实，“铁马冰河入梦来”，我们要的就是这个“入梦来”。

2004 年 4 月 11 日

《遍地枭雄》后记

倘若多年前，阿城的小说《遍地风流》不那么著名的话，我的这个长篇，就要叫作《遍地风流》了，当然，此“风流”不是彼“风流”。“枭雄”的意思多少要狭隘一些，也直露了一些，但还切我的本意。我本意不止是指那四个“游侠”——《遍地枭雄》这名字真有些像武侠小说，其实我并不热情武侠，总觉得武侠是另一路数，石头缝里蹦出来的，当属神仙志怪；但要是从现实出发，想象武侠的前世，也当是在你我他的世界里，不知怎么一脚踩空，跌进异度空间，比如那个叫作“江湖”的地方——我本意却不仅在此，更在“遍地”这二字，就是说处处英雄业绩。当然，这“英雄”也不是那“英雄”，这“英雄”大约可用“大王”这个人作说明。《史记》中写商鞅，听说秦孝公求贤，便找路子晋见。第一次见，说的是“帝道”，秦孝公边听边打瞌睡；第二次见，讲的是“王道”，秦孝公虽然也没用他，但态度好了些，以为此人尚可对话；第三次，商鞅摸准了秦孝公的心思，摆出了“霸道”，结果一谈谈了数日，秦孝公道出心里话，帝王之道费时太久，我等不了，“安能邑邑待数十百年以成帝王乎？”于是用了商鞅。大王就是崇尚霸道，当然不能是秦孝公，“大王”不过叫叫罢了，只能自领了那三个小枭雄，也不能像古时的侠客云游天上，而是在地的隙缝里流窜，最终还是落入窠臼。

由来已久，我想写一个出游的故事，就是说将一个人从常态的生活里引出来，进入异样的境地，然后，要让他目睹种种奇情怪景，好像《镜花缘》似的。我还进一步设想过，一名老实的职员，忽被前来索讨债务的债主劫持，当作人质，带他离开从未走出过的城市，踏入另一个世界。这只是一个故事的壳，壳里面盛什么，心中却是茫然的。后来，看了日本作家安部公房的小说《砂女》，也是被引入异样境地的遭遇，差不多是同种类型的壳，虽然壳里的东西不尽相同，可因为壳的外部特征太过鲜明，不禁有熟腻的厌倦，便没了尝试的兴味。其实，故事的壳多是大同小异，有些壳可说一二百年地使用着，却并没有磨蚀光泽。比如说一个男人和一个女人相爱，像亚当和夏娃；比如说一个人杀死另一个人，像《奥赛罗》；再比如说一个人要从死亡里逃生，像《舍赫拉查德如是说》，这些模式演绎出多少故事，至今不使人生厌。那就是说，这些壳容量大，虽然器型简约，可惟是简约才可纳入丰富多样的内容。而器型太过复杂精巧，所容纳的物体反要受限制。于是，我便把那个“出游”的壳放弃了。然而，壳里面却似乎有一种物质依然兀自生长着，而且有壮大的趋势，那就是“遍地”的景象。

二〇〇三年这一年，我走过两处废矿。一处是浙江临安，大明山里的钨矿。四十多年开采，矿藏已经殆尽，余下破碎的山体。从铁轨的路基、涵洞、岩壁的横切面，可看出当年雄伟的生产劳动。就在这矿山的残骸上，开辟了旅游景点。我将这一处废墟作了小说中的场景，让“游侠们”藏身其间，因这里有一股宿命的空气，很适合作逃亡的终局。场景就和人一样，具有着不同的性格，有的平淡，而有的却色彩强烈，你走进去，就会觉着四周围偃息着无穷的声色，不知什么时候，一得契机，便奔涌而出。你禁不住要为它设想故事，有关过去和将来，这就是场景的戏剧性。我要说的第二处废矿，是在马来西亚，西马的东海岸城市关丹，附近的林明锡矿。英国人在此开采一百年，运走无数锡锭，最终弃下一座空山回家了。进入这个小镇，情景忽就变得不真实，挤挤的房屋——外壁多涂有鲜艳的漆色，是热带居民的喜好，房屋里没有人，是一座空城。犹如从天而降，一间水泥二层小楼却传下《红梅赞》的歌声，原来是华人的同乡会馆，正唱卡拉OK。矿里的工人多是上世纪初来自中国南方，然后世代相袭，在此繁衍一百年，就好像一个中国的小社会。甚而至于，上世纪六十年代，这里也组织了毛泽东思想宣传队。又当我问起当年，镇上会不会有妓女，人们回答：你说的是流莺？那有！“流莺”这个词，且带着旧式的风尘，也在这里伫步，积压起语言的考古层。矿已封闭，山坡上的入口被疯长的植物壅塞，昔日的运输码头早就颓圮，河流上横贯一座吊桥，一名工人正在修补桥板。为了让我放心走过，他耐心地拖过一条条木板，盖住漏空。我想他是喜欢有人来，与他搭讪说几句话。这条河很像电影里看见过的湄公河，所有热带的河流大约都一个样，掩在茂密的树丛里，有一种丰饶的荒凉。不消说，这一处场景也充满了生动的性格感，它几乎要发出声，它要讲述什么故事呢？我想说的是，这一年，我无意走过两处废墟，这就好像是一种命运的排定，还像是，要为我这一年的旅行和生活规划一个背景，一幅“遍地”的景象。

就这样，这个“游走”的故事又来到面前，但已经从那个形式的壳里脱出来，内里的物质生长着，有了它自己的生命的形状。这其实也更贴近于事实，本来，内部的就比外部来得更重要，更是我的所思所想所要表达，所以，也更有活力，能够自生自长。同时，它也向你要求更多的养料，你必须努力地充实它，使它不至于流失行踪，最终无影无形。写小说就是这样，一桩东西存在不存在，似乎就取决于你是不是能够坐下来，拿起笔，在空白的笔记本上写下一行一行字，然后，第二天，第三天，再接着上一日所写的，继续一行一行写下去，日以继日。要是有一点动摇和犹疑，一切就将不复存在。现在，我终于坚持到底，使它从悬虚中显现，肯定，它存在了。

2005 年 3 月 24 日　上海

谁夺走了我们的性格？

——关于《世家》

《世家》其实是一篇故事材料匮乏的小说，如此捉襟见肘的境况下，一定要写它，是因为其中的思想吸引着我。这思想就隐在支离破碎的细节里，时而闪一下，就像碎玻璃反射光线。光的强度也许是玻璃碎片远承受不起的，但是，倘若没有玻璃的残骸，那光就无处寄予了。有时候，我们就会在这样尴尬的处境里，故事和思想体量相差，彼此无法迁就，那就全靠写作的决心了。

在这一篇里，我想说的是，性格这一回事。性格是在相对封闭的状态下养成的，需要有特殊的养料。就像在偏僻一隅里的一些奇异的姓氏，能够不为归化一径保存下来。还有口音，甚至人的生相，在限制性的交流中，可保持个别的性质。这种封闭的空间，不一定非是为地理条件所规定，即便是在熙攘的人群里，亦有着无形的藩篱，将这一些人与那一些人隔离开来。比较有效的保守也许就是家族了。那种源远流长的家族就是家族中的精英，他们一定有着过人的精气神，还有传继的欲望，能够不失散地一代一代走下来。由于人数众多，时间久远，从概率出发，他们必定要经受更多的死亡和罹难，但死亡和罹难却在某种程度上刺激他们的繁衍和凝聚力。性格就是在这样的传承中酝酿而成，在一定的自闭中含着信心。如今，家族的身影渐渐模糊了。有时候，听某人说某人，是如何七弯八绕的亲朋，再顺带着说起些遗闻轶事，就是家族的星散状态了。我想，这不止是生殖力衰微，倒反是与社会进化有关。个人日益发展强大，足以不依赖家族的保护独立生存，于是，藩篱拆除。在那现代居室、公寓的小格子里，住着一个人，两个人，至多三个人，自给自足着。可是，那格式同一，温湿度同一的巢里，孵出来的人，也面目相像呢！

这个题目对于一个短篇，是过于庞大了。倘若有个容量大的故事，当可做得内外相谐，成个大东西。无奈我没有更多的故事资源，我只得用些机巧，来描摹我的思想。这时候，文字就显出了它的弹性。事实上呢，多少是勉强的，我是有些不爱惜它了。好在，只是六千字，再要多，就真的是滥用的意思。这样的小说不可多写，会把小说的地力耗干。唯此一篇，谨以自省。

2005 年 4 月 25 日

期然与不期然之间

——写《发廊情话》

多年前，我往白茅岭的上海劳教农场采访，先是翻检卡片，很奇怪地，在好几个卖淫女的卡片上，都提到同一个人，从寥寥几个字上看，此人大约中年，在市中心著名的小商品街做服装生意。然后，我与其中的一个女孩有了接触。这女孩长得很是匀称，即便是在这般黯淡境地，着装简陋，依然显出妩媚。她有一种做梦的表情，回答我的问题，倒更像是自言自语，兀自回想着过去的生活。那生活在皖南丘陵地区平庸的水泥院落里，变得很不真实。她的浮夸描述又增添了虚假成分。在她断续的、前言不搭后语的话语间，跳出了那个人的名字。关于这个人，她的思路似乎清晰了起来。她说，他待她很好，对她说——这就是那句最重要的话——他说，“不要去和年轻的人搞，搞出感情来就麻烦了。”

这句嘱咐，包含着情感之道，是在通常认识之外的。好像专针对一些失去爱情的人群，可其实又不止是这人群。这感情处境的复杂性，如此简约地说出来，真是简朴的哲学啊！当然这是市井的哲学，注重现实，而将精神视作无意义的浪费，它多少是苟且的，可是生活不那么容易，收和支很难平衡，先要保存实力，然后方可再谈争取。

我一直想为这句话写一个故事。因这句话毕竟缺乏材料，资源有限，所以这故事不能太重大，但太小了却又承不住这句话了。因这句话的内核还是比较结实的。总之，我需要一个大小适中的故事，既不能辜负了这门“哲学”，又不能言过其实。而我还有一个顾虑，那就是爱情这个题材很难处理，它很容易滑向伤感剧，这个核却又不是悲剧的核，所以还轻重适度。写成目下的《发廊情话》，我承认是有些雕琢了，匠作气太露，虽然我从不认为“匠作”是个贬词，因我自认为就是个匠人，日日制作“小说”这个活计。我说的“匠作气”太重，指的是不够单纯简洁，藏和露的榫头有点多。这也是怪事先想得太多，好的东西应是浑然天成，换成人工的说法，则是“一气呵成”。

我说的“藏”是指那个看客和“光头爷”的情节，这种故事实在有些滥，尽管还在蜂拥上演，但最终还是脱不了窠臼，再说我的重点并不在此，所以便将它“藏”起来。老法师和看客的故事也“藏”起来了。似乎表情一归于“爱情”，总是进了窠臼——说是“情话”，只是挪用现成的名义，事实上是另一路的情和义。“话”谓“露”的最正面，是由看客，其实也是发廊营生的前辈了，话给她的后辈人听，包括那个老板，他原是手艺淘里的人，如今方入江湖，也是一名学生。再有“露”的便是“老法师”这个人，也就是当年在卡片上的那个名字，这是最引我遐想的东西，写作的兴奋点就在此。有了他那句至理名言，我似可向四面八方开拓想象。可终究一句话只是一句话，它多少是概念性的，笼罩住了想象。所以，不知不觉中，让看客占了画面，这是事先不期然的。这看客是最终乖顺地依了那一句警世通言的人，被“老法师”视为最聪明，她将这一句话演绎成了故事。我以为，小说的好通常是在不期然上，针对性的准备会影响事物的生动性。要我自己说，《发廊情话》也是这一个不期然说得过去。这个看客并没有具体的映像，可是在文字的材质里，她忽然活跃起来，简直笔下开花。写作需要的就是这种状态，要找一个自生自长的东西，这东西看似没有，其实就在最近处，它无形无影，弥漫在日常的所见所闻之中，到了某一刻，获得某一契机，便转瞬间幻化成活物。有意栽花倒不非是“花不发”，但最好的境界却真是“无心插柳柳成荫”。

2005 年 6 月 11 日　上海

短篇小说检讨

——《化妆间》序

短篇小说对我来说，总是难得的。它需要一个特别适度的故事去配它的体裁，因它的体裁是相当轻盈和灵巧，倘若内里的容纳略大或略多，会显得笨重累赘；倘小和少了，则会轻薄。而这大和小、多与少，又似乎不完全与篇幅有关，它自有一种含量的规定，外力最好不要勉强它。这体裁是十分挑剔的，不仅挑剔写作的技术，也挑剔感受能力。它要求节制，想象力、笔力都需节制，而这节制又必须在优裕的基础上做到。所以，它又是颇费料的，你要舍得挥霍。它是一种特殊天赋的果实，这种天赋就好像能够接受神秘的旨意，可任意摘取美好的短篇小说。和写作中篇长篇不同，中篇尤其长篇是花笨力气的，好比砖砌房子，需要持续、耐劳的能力，有一些像奴隶的劳动，似乎更可依赖训练、学习和励志来达成。短篇小说则是有灵光的。我很遗憾灵光极少光顾我，我写短篇小说，一定程度上是一种练习，于是，便多带有匠气。而那些写得比较自然的，却又铺张了，失去了短篇小说的形式感。

这里的十个短篇小说，是在最近三年内写成。我自以为比较像短篇小说的是《羊》《乒乓房》《51/52 次列车》。接近理想的是《羊》，但多少伤于精巧，有些走偏锋；《乒乓房》形式似还完整，但故事却有些不足，太微妙，微妙也不坏，但总不能算上乘的品格；《51/52 次列车》呢？旅途中的萍水相逢且又流俗了，只能在人物身上挽回得分，但人物在此逼仄空间里，活动又受了限制，就变得刻意了。从结构上看，《发廊情话》似通短篇小说的款曲，但匠心太重，其实将故事写紧了。写的得心应手的是《姊妹们》和《临淮关》，可它们又漫流出短篇小说的形式，为什么不干脆写成一个三万字以上的略大的作品？是因为材料本身的体量没这么大，我又不想稀释它。所以，它们虽然从容，却缺乏形式感。前者是听来的一个故事，其中最吸引我的一个细节是，当被拐卖的两个女孩中的一个逃脱出来，部队里服役的未婚夫却毁了婚约，乡人们也不能接受她，尴尬的处境里，她的行动是，寻找那一个被拐的伙伴！这个举动一下子使人物有了性格，也有了身世感。而很多年以后，让我终于写下这个故事的原因是，忽然眼前有了一个场面，就是当那女孩找到她的小姊妹，两个人嬉笑打闹着丢下襁褓里的婴儿，说："走！"于是，就走了。可真到这一节时，却因前边受过了那些苦楚，到此已经嬉笑不起来，于是写得就有些辛酸，改变了初衷。也是因为这故事是从这一小点上出发的，所以就不想过度扩张开来，所占的篇幅其实多是为了引渡到那一节，但又不能单纯地引渡，过程中便生出许多人和事的风趣。这应是好的写作境界，任水自流，可在我，短篇小说的空间总是局促，周转不开来，是天生的身手笨拙，就把故事撑大了。《临淮关》其实是要写淮河，青年时从河上面过往，必经临淮关，是个有年头的码头，上客下客均很汹涌。至今还记得锚的丁当，水手粗犷的脚步踩在跳板上的咚咚，上下船的纷沓，汽笛鸣叫。经临淮关是正值中午，太阳当头，江水白亮白亮，波光粼粼，小说中有一句，"对岸看不见有人，却传来杵衣声"，就是那情景。我从来没在那里登过岸，我只是对它心仪，于是就将一段旧事放在它上面演出。也许真该写成大篇幅的，河总是有足够的体量，可承载重物。但这个故事本身重力不足，我又不想小题大做，多少有些辜负河的容纳了。这两篇是比较合乎我铺张和粗拙的性格，但作为短篇小说的艺术，总是不够。

《后窗》也是写多了，又舍不得少写；《稻香楼》则写少了，本来是可写成一本书的，这就是我经验的局限了，我对乡村生活终究是隔膜的，这妨碍了我的想象，我不敢胡造，特别拘谨；《一家之主》更像是散文，作为小说，紧张度不够；《化妆间》其实是一个中篇的残象，起笔初是准备写三至五万字的篇幅，现今写下的是开局。开局太阔，也是野心使然，故事的体量就显得孱弱了，无论如何转笔都转不进具体的事件，折磨几日，终于认输，收尾，作一个短篇罢了。就这个开局，我内心挺钟爱，大约也是觉得原先的故事有些配不上，新的又未生出，只能玉碎了。

2006 年 3 月 6 日　北京

剧团魅影

——关于《化妆间》

一九七二年的冬天，我第一次走进我们团的院落，满眼的旧和破。从嘈杂肮脏的车站广场，走入一条石子路，那个小门洞里，就是我们的文工团。我已经在许多小说里写过这个我工作和生活了六个年头的文工团，最早的一篇叫《小院琐记》，然后是《这个鬼团》，再是《尾声》，“三恋”中的《小城之恋》是以它为背景，《歌星日本来》里也有它的影子，后来又有《文工团》，近些年的《羊》，直到更近的《化妆间》。回头看去，能看出我对它心情复杂，说不出是喜欢还是埋怨，是尊敬还是鄙夷，在这困惑之下，其实是我与它的隔膜。似乎我一直在努力，努力看清它，为它做一个描绘，可却总是做不到。它有一种气质是在我的经验和认识以外，我总也触摸不着。

它的名称“文工团”，大约是从战争时期军队的组织形式延用而来，表明了它社会主义新文艺的身份。经过逐渐的演变，到了文化大革命，无论军队还是地方，几乎从县一级开始，都有着这种集歌、舞、剧一体的文工团，“剧”呢，则是以小型话剧为主。总之是短小多样的节目，似乎出于一种战时的需要。这些文工团，有一些是完全新创建，又有一些是从原有的旧剧团改造而来，我们团就属于后者。我对我们团的历史所知甚少，我只是感觉到它的“旧”和“破”，合起来就有着一股落后甚至于衰微的气息。这股气息无所不在，又显得力量强大而不败，它将新文艺给我们团带来的现代气象覆盖了。它很像是一个幽灵，那就是历史的阴影。

历史这样东西，说起来也奇怪，我们对它态度热情，可一旦它具体为细节，比如某一些人，某一些事，唤起的却并不是愉快的心情。它带着时间的泥垢，它幽暗阴晦，它和当下的生活格格不入，要是走近它，很容易就染了孤独和寂寞，于是，你就来不及地避开它，就像从阴影里走出来，走到阳光底下。自己的时代都是朗朗乾坤，那过去的已经沉到地平线下面，难免是森暗的。可是，那又和现在不可分割，打断骨头连着筋，所以，我们就总是对历史发生兴趣，那是我们的前世。

2007 年 4 月 1 日　上海

后　院

无论你走到哪一座城市，你只要来到后院，便会发现，所有的风景都有着极相似的内心，这种相似叫我们怦然而动，所有的陌生与新奇退去了，随之而来的是一股知己知彼的亲近。这里的一切都是我们所理解的，几乎是贴肤贴肉的，无须翻译和解释，是一猜就能猜到的。这是所有风景中最为性感的一种，它是裸着的。当我们对一座城市感到畏惧与胆怯的时候，那么就到后院去，那里有我们所熟识的，有情有义的东西。

有一次，在德国旅行，一月之后，身心都已经疲乏，好奇心之后是深深的隔膜，我好像是从一帧帧明信片前踱过，教堂、音乐厅、森林、莱茵河，它们美不胜收却是两不相干。我想，旅行其实是深深的寂寞，新鲜掩盖了这些。这一日我来到海德堡的一个公寓，在厕所里我看见了公寓的后院，我看见后院和后院连成一排，连绵的屋顶上有鸽子要从邻居的鸽房里腾上天空。这是最日常的情景，这是我们平时生活的日日夜夜里的情景，这是钻心钻肺的情景，真叫人又苦又甜。然后再继续我的旅行，那风景之中便有了一点肺腑之言，有了一点两心相知，许多不懂的我都懂了。

又有一次，我来到河道纵横的阿姆斯特丹，一个人躺在旅馆，好像被这个世界遗忘了似的，旅行总是孤寂无靠的，有举目无亲之感。来到一个陌生地就像遇到一个陌生人，无从攀谈。你越是急切地要进入这地方，与它打成一片，却越是进入不得，受到无形的排斥。阿姆斯特丹的水网有一种神秘的气氛，你好像走入一个迷宫，水网还带有古老的气息，把你带到遥远的运河时代，古风淳淳，阴森之感便也油然而起。当晨曦透进窗户，我起床拉开窗幔，后窗外呈现出一个小院。一个男人正从木梯上走下，手里拿着一件什么工具，要去干一件早晨的家务活。这情景似曾相识，这样的早晨和所有的早晨都无二样，渗进我们的身心。它能够引导我们进入许多陌生的异地，它也是我们孤身旅行的后方。

柏林的后院也有着亲切的面目。前边是著名的库登大街，彻夜通明，当足球赛得胜，喇叭和欢呼阵阵传来，真是奇光异色。灯光与市声笼罩在城市的上空，就像是一个咖啡馆，有厨房里的气味从后院升上我的顶楼，还有厨娘和男招待的说话。我听不懂他们说什么，但我知道他们是在打情骂俏，打情骂俏是国际性的语言，走到哪里都一样。它将柏林的浮华，像揭面纱一样揭去，裸露出它家常的表情。这是我们最诚恳的表情之一，含着朝起暮归的希望。这也是联系着我们的心的东西，是心里那一点沉底的东西，我们走到哪就带到哪的。

在旧金山我曾经在露台上看见邻人的露台。露台也是具有后院性质的地方，也是生活的里层。正是傍晚，太阳在西边落下，露台上坐着一些青年。当青年们站在街头或者地铁车站，他们无一例外都带有莫测的神情，而在露台上，他们都变得好懂了。这里露台连着露台，翻过一排屋脊，就又是露台连着露台。这里有一些受过挫的生活，抱着轻轻的伤痛。香港那地方是寸土为金，后院已被楼房吞没，后窗挤着后窗。夜半醒来，邻人家的排风扇还是呼呼地运转，这是一个静谧的时刻，这静谧不是万籁俱寂的静谧，而是有声的静谧，是从嘈杂、纷繁中辟出的一个静声，也带有一些蚀骨的伤痛。

这些后院使你明白，无论这世界多么大，多么面目各异，可内心却只有一个。这是旅行中最见真情的一刻。

1993 年 9 月 9 日

家　常

一九九八年十二期《读书》上，有沈从文之子沈虎雏谈他父亲的文章，说到沈从文先生对好作品的赞词，是很有限的几个，其中有一个词是“家常”。不禁豁然开朗。

有一些东西，也觉得好，却说不出为什么好。比如有个北欧漫画家的系列漫画《小国王》，有一幅是小国王穿过悄无一人的宫殿廊柱间，手里拿着一只牛奶瓶，去取牛奶。现在知道了，这就叫“家常”。还有电影《周恩来》，周恩来第一次出场。汽车驶过如火如荼的长安街，车里坐一名军人，但显然不是穿惯军服的，帽子戴得朝后了些，领圈也大了些。脸色疲惫，眉毛略微上扬，对窗外的一切带着不解和惊奇的表情。原来这就是周恩来。他看起来有些不像，可就是这点不像，才是周恩来无疑。心里便陡地一动。这是一位表演周恩来最为成功的演员，他的形象、姿态、口音，都酷似周恩来，可是这种酷似总有一些活报的好玩的意味。而到了那里面，情形却不同了。这也是因为，“家常”。《红楼梦》的好，是“家常”，莎士比亚的好，亦是“家常”，像《李尔王》，一部宫廷剧演成了家庭伦理剧。

张艺谋的《摇啊摇，摇到外婆桥》，就遗憾在不“家常”。上海的舞场，何尝是那样富丽堂皇，它其实是听得见隔壁房间里的鼻息声和嗅得到咸鲞的气味。上海的排场是和寻常日子挤堆在一起，一应华丽都染着生计的颜色。而它的好，就好在这里。那时给《风月》写剧本，不知如何才可将这个离奇的故事变得可感一些，设计

2005 年秋在香港弥敦道街头

2005年在香港岭南大学讲课

了卢湾区永年路上，“天香里”那样的老式房子，作金屋藏娇之所，男主角要到楼下二房东房间借打电话，房间里的先生在听无线电里的股票行情。舞场安排在二楼，从街面上的门洞进去，上一道楼梯，虽然传不进鼻息声和咸鲞味，但和日常生活是不隔离的。这场景其实来自南京路上东亚饭店，在繁闹的市面里辟出一个入口，却又是一重天。窗上的白纱帘挽成古典歌剧院舞台幕条的式样，棕色的打蜡地板上滑行着侍者轻捷的脚步，枝形吊灯静静地垂挂着。而透过纱窗，你可看见霓虹灯的粗粝的灯管，还有生了锈的铁支架。我想做的就是“家常”，可却是懵懂和盲目的，最后被导演滤得干干净净。电影《半生缘》里，男女主角别后重聚的那饭店就很“家常”，是居家的住房，两人所在的包间就是套在正房间里的箱子间。人声嘈杂，楼梯空空地响着跑堂的脚步，窗玻璃布了哈气和油烟气，两人骤然相拥。杂沓的人世里，不期然的遭际，真是怆然。《红玫瑰白玫瑰》有一场，男女主角相约去看电影，男人提早从班上回来，女人已等在门口。下午四时许的太阳，墙上淡淡划了几道树枝的影，有一种闲暇，这闲暇也是“家常”。

“家常”的东西总是我们生活中那些最稔熟的部分，但这稔熟因进了审美的领域，就有些生。又不完全生，而是似曾相识。沈从文先生所以为的好，会不会就是这个？

1999 年 3 月 27 日

绿崇明

潮涨时分，船接近滩涂，起了风，浊黄的浪一块块，一条条，叠着过去，滩涂上的芦苇横割在苍茫水天之间，江鸥飞翔。这大约有些像远古时期的景象，江心还没有呈现陆地。崇明真的是有些古意的。走进去，那一种绿，层层叠叠，一进又一进，一重又一重。壮硕而且肥厚，绿得有些蛮荒气。空气又是湿润的，潮气像雾一样漫着，肉眼都可看见，面前移来移去，也有着蛮荒气。

吃的，多是草本食物。老玉米，粒头硬实，排得紧密，咬在嘴里，意想不到的饱满有汁，有一股草木的清甜。还有香酥芋，个头很大，看来粗放得很，烹制又很简单，无甚作料，带皮煮熟而已。吃来竟十分细糯，既没有水渣，也不噎喉。一种香也是粮草的香，质得很。再一种吃食，大约是出于灾年里粮荒的经验，却相当别致，就是草头饼。草头本是肥田的青料，嫩头也可尝鲜，是野菜的风味，和上面，做成饼，草香和着面香，苦中有甜，还带着些糙，便爽口了。崇明还敢吃河豚鱼，杀洗得干净彻底，一百个保险，是踩着先民们的尸骨走过来的食法。

崇明的话，虽听不太懂，但经人讲解，却发现存留着些古音。比如“恁”这个字，是常用的，“恁”样的什么什么。形容人聪敏，是说“黠诈”，相当文面，笨则是“捂”，“捂”这字就有些乡风了，简约而形象，定是用“开窍”的反义。最著名的是“哈”这字了，江对面的上海，用双关语“崇明蟹”来称崇明人，其中一关是指崇明出蟹，“蟹”字在沪语中念“哈”，另一关便是指崇明语了，管“啥”叫“哈”，“干啥去了”说作“做哈去了”。在我曾经居住过的北方古城徐州，也有把“啥”说成“哈”的，但渐渐演化，向普通话靠拢，就不大有人说了。大约“哈”是从“何”来，这就有文言的意思了。

崇明的人，古风淳淳。找一只船，带我们看滩涂，船长、舵手、水手、厨子，一律男性。多是中等的个头，不胖，黑，动作敏捷，在摇摆和逼仄的船上，灵活地上下走动。那厨子围着一条白单子，两腿略叉开站立，煎、煮、炒、炖，大把下料，大瓢舀水，热火烹油，轰轰烈烈，脸上一直带着恳切的微笑，显出对自己工作的满意。船上放下汽艇，两位水手带我们在六级浪中驶向滩涂，汽艇在浪中穿行，忽而高，忽而低，船上的人都挤在舷边，挥手呐喊，让我们回航。那厨子挤在最前面，也跟着跳脚摇手，直等我们重又上船，才又回灶前忙碌。等舱内摆开饭菜，七大盆八大碗地上来，没吃几口，我们便一个个晕了船，现世地放倒了。有睡到船员铺上的，有到甲板上吹风的，蜡黄了脸，说不出笑不出的。那厨子这时捧了碗吃饭了，一边欣赏我们的晕状，满脸笑容。他将肉骨头啃得咯吱地响，有味地咂着嘴，将骨头吐进滔滔江水。他握筷的手势很特别，是用中指以后的两个手指和拇指，中指和食指则张着，形成“钳”和“夹”的姿势，也是有些旷野的。

江风中昏昏地望出去，船一起一伏，远处的崇明一隐一显，正应了“崇明”这两个字的原意：“崇”是高出四方的状态，“明”即是光明，想这“光明”并不止是亮，还有绿的意思吧！

1999 年 10 月 26 日

寂　寞

在斯德哥尔摩时，曾经去米勒花园博物馆。卡尔·米勒是瑞典当代雕塑家，已经去世，在他后几十年里，买了这座临海花园住宅。其中包含有他车间样的工作室和收藏室，他热衷于收藏古希腊与罗马的艺术品。所谓艺术品，其实大多是一些雕塑的残片，完整的作品很少见。当然，经过了这么漫长的岁月，辉煌的古代还能留给今人多少余烬呢？他的作品亦是经现代观念处理过的古典主义，人和动物多表现出一种向上升腾的企图。我倒是比较喜欢看他的素材，一些素描、速写、草图，有很大部分是描绘煤矿工人的劳动体态，多少给这幢过于纯美的花园添加了一点粗糙却有力量的空气。

这所花园住宅坐落在海岸。瑞典的海就是如此平凡，就像溪湾一样温和平静，达有家常。你随处可见一泊碧水，却就是海了。米勒花园临海，这一日天气又好，海和天都有一种凝固的蓝，阳光则又将这蓝通透，简直有些飞溅开来的意思。园子里的白细沙地和雕塑的青铜，色泽异常饱和，在某种程度上减低了阳光的锐利，却增添了质地的细密。阳光下的北欧风景，总有那么一些不真实，就像人工的光和色。而建筑与花园呢，也有着一股小巧稚气的趣味，使人对它们的实用性怀疑。尤其是当人去楼空之时，你真很难想象这里曾经有过兴许还相当激烈的人和事。

米勒花园，除了展览和收藏而外，还开放了一些私人空间，让人们对这位艺术家获得更多的了解。在艺术家的活动场所里，常常会出现一位女士，是卡尔·米勒的女秘书。她的办公桌，她的打字机，她的书柜，她屡屡出现在介绍文字上的姓名，然后，还有她的一间带厨房浴室的卧房。房间的装饰在简明的北欧风格中，略掺有一些罗可可的华丽情调，流露出女性气质，还有这位女士丰富的个性色彩。最引人注目的是圆桌上一大束鲜花，盛在透明玻璃瓶中，硕大的杂色的花朵，绚丽极了。

在住宅的一侧，有一间偏屋，展出着卡尔·米勒妻子的一些画作。画幅的尺寸中等偏小，题材是人物肖像和风景，肖像中有一些是她的亲眷，侄子侄女什么的，水粉为多，笔触非常细腻，色彩薄透，画风相当甜美。你可想见，是如何仔细和耐心地，一点一点画下。窗外是鲜艳的海景，特别有亮度，所有细节都整洁有序地排列在视野里。身边是热烈蓬勃的另一种生活，这住宅里的主体，并没有她的份。她其实不具有绘画的才能，甚至，也许都说不上有什么兴趣，可是，这一笔笔的，就好像编织女工做她的活计，敞亮中变得格外空旷的时间便流淌过去了。

2002 年 12 月 30 日　上海

遍地民工

我每晚大约是六点半到七点之间，都会乘坐一班公共汽车，车上常常有七八个头戴安全帽，身穿帆布工作服，脸色黧黑的壮年男子。要是夏天，衣服便被汗水溻透，脸上也满是汗迹。他们散坐在车厢里，直着背，收缩着身子，默不作声。在拥挤而变得昏暗的空间里，可见他们灼亮的眼睛，怀着对周遭环境的警惕。他们比我早一站下车，这时，便可听见他们互相招呼的声音，是这城市所陌生的口音。他们招呼着，从各个角落集中到下车的后门口，当他们的身影纠结起来，就显得很有重量。这是出于一种紧密的质地，由年轻、体力、室外劳动所形成。车到站停下，他们鱼贯下车，抄着快速的短步，从等车与步行的熙攘人群中穿行而去，路灯映照出工作服后背某建筑公司的字样。

年节里，到西区一条僻静的马路等班车。路边是一道围墙，墙上破着一扇门，站着一个人，对前面不远处的幢幢大楼张望。走过去与他搭话，他先是一惊，后退一步，然后腼腆地笑了。原来他很年轻，几乎是个孩子，像孩子那样背了手，倚着竹爿扎的门。问他一个人在这里做什么，他说大家都回家过年了，他是留守的人员。我问能进去看看吗？他侧过身，让我探进头去。里面是没有尽头的一长条通铺，被褥靠墙卷起，露出竹席。工棚是竹爿搭起的，因是新竹，一片黄灿灿。太阳从窗口与门外照进来，映下一方方亮，亮里翻卷着一些尘埃的絮。有股子喧嚷于无声处起来，洋溢满室。

又有一幅极有趣的景象，是两个川妹子，手里携了行李，风尘仆仆，显然方才下了车船。但因年轻，或还有期待，形容并无倦意，脸红红的。当她们走近建筑工地的入口时，就放慢了脚步。其中一个格外地低着头，不肯举步，另一个推她。被推了几步，却又磨转了身，回到原地，让那一个去，那一个也不愿。两人厮缠着，好久也不能近前。那起到一半的楼房，脚手架上，时不时传下来吆喝声，塔吊的行行声，和了混凝土搅拌声。上面有一个人，是她们千里迢迢来找的。

就是这样，我们这座城市里，四处都是民工，空气中挟裹着他们的汗气和异乡的口音。他们在劳作中练成的着地扎实的步态；穿行在车流之间，肆无忌惮又惊恐的身型；还有，大街小巷墙根下小便的背影，改变了这个城市布尔乔亚的风韵，变得粗粝起来。在我家的住处周围，先后起的楼群，有的就以他们家乡的地方命名。比如有一幢为“新华舍”，我恰巧知道“华舍”这个小镇，坐落在绍兴柯桥边上，曾以“日出万丈绸”扬名。我还注意到，每日中午，不知哪一幢楼上，会响起金属的敲击声，因是居高处，传得很远。听多了，便听出那敲击有拍点，什么拍点？是某个人家乡的小调，快书，或是大鼓。

2003 年 1 月 2 日

泰康路 1958

上海泰康路，是将废置不用的旧厂房租赁给国内外画家、画廊、设计室、工作坊作场地，现在已逐渐形成区域，人称“小苏荷”，人气愈旺。

这些时尚的空间，曲折穿行于旧式里弄的民居之间，立在窗边，几可望入对窗里的人家。那里面，不疾不徐，度着日复一日的柴米生计，流露出这城市的涵养，任凭世事如何改换，它终是万变不离其宗。在蛛网般的弄内，每一间画廊、商铺、酒吧，或者工艺作坊的门前壁上，钉有铜牌，上写厂名与时间。比如“食品机械制造厂，1958”；“上海纸杯厂，1958”；或者，“上海皮革厂，1958”，等等。可见这些间插在民居中的工厂，多是在一九五八年建立。从眼下商业用地的开间看，厂也多是小厂，相当逼仄，不得不折拐屈就，甚至同一爿厂却零散在几处角落。但是密度却很大，可说是簇拥堆叠一起。那时代的情景不由扑面而来。

一个几千年历史的农业国，携带着它沉重的人口，处于国际冷战局势的孤立之中，立下着赶超英美的目标。从这里，一九五八年厂房的分布和格局，可以看出这目标里的悲壮决心，多少有着一些鲁勇，然而，却勃发着一股子天真的热情。在弄堂里的空地上筑起厂房，或者直接将机器搬进客堂和灶间，踏着黄鱼车运来原料。家庭主妇离开锅灶，将孩子送到民办托儿所，戴上袖套，烫卷的发梢掖进布制工作帽，走进车间，学习车床的手艺。于是，一个个产品从机器的传送带上出世了。一九五八年的工业化，挟裹着一种单纯的快乐，可说是共产主义乌托邦式的，亦可说是初民的色彩。心有所向，情有所同。那时代真是有可爱之处的，逞性和忘情。不那么讲求实际，带着点儿谵妄似的，然而，浪漫呀！大众的歌舞，通宵达旦。几十年的时光过去，声气偃息了，只余下几处管道，铸铁的台和架，水泥房梁，行车轨道，被艺术家保留作装饰，正迎合了后现代的观念性风格，旧车床也作了新家什。一整个工业时代都被应用于世界时尚潮流，谁能分辨得出我们的一九五八呢？那个全民的又是孤绝的工业声音，来自于完全不同的性格，它生长在资本主流历史的过程与动力之外，特别的处境里，那里有着别样的遭际，水土风都不一样。

现在，时尚的笔调将它重新抹上颜色，它以另一种面目呈现出来。这也好，就像地图上以不同色彩标明不同的地域，它也被规划出范围。无论命名怎样改变，它的轮廓形状却还暗示出底下的考古层，记录有人类社会的活动状态。它安静地等待，等待有一天，突然被发现于另一个世代之中。

2003 年 1 月 19 日　上海

“非典”时期的生活

在防治“非典”的日子里，生活变得简单了。往年四五月间，是人来客往的旺季，尤其近年，上海变成国际旅游热地，东西南北客，源源而来。圣人说：“有朋自远方来，不亦乐乎。”那是指古时，交通不便，社交珍惜，远方来客，大约有些“邂逅”的意思，要机缘促成，就有意外的喜悦。二十年前游三峡，船从夹岸青山中走过，偶见岸边有一樵夫，对了轮船热烈地挥手，是真正的“不亦乐乎”。

“客”这字，其实有些古意，上海有种外来的蚕豆种，叫作“客豆”，实是上海方言里少见的文气。“客”这一称谓，礼貌地持“主”的身份，区别出内外，是对彼此双方生活的尊重。恒常日子，是不能有太多客的，亦不能有太多的节庆，像广告上说：天天变成节日。那不是过日子之道。自从时兴放长假，一年几度，已经把日子催紧了，一假方过，一假又来，哪经得起“天天节日”。而原本放假是为闲，如今反是越加劳动，“休闲”于是便成了仪式。比如吃饭，平日的果腹营养之外再添些口舌享受，是为节假消遣。可你到外面世界瞧瞧去，一条食街，招牌门面不见尽头。沿公路行去，再偏僻处，都有闪烁霓虹灯下的食府，上下数层，方圆数百米，锅腾鼎沸，而且是岁岁年年。比如唱歌，本是自由零散的事情，想唱开口便可唱得，可也要联合，聚众，辟屋，限时，配以声像，瓜果，还有伴唱女郎。最费解的是泡澡，原是一桩卫生健康的需要。想我们当年曾在苏北地区一个名叫魏庄的地方演出，那里有几个庄合开的澡堂，一周开一次，先女后男。逢此日，天不亮，农妇们便用脸盆端了干净衣服前往，待日头升起，发黑黑地、脸红红地回来，路遇接着去洗的男丁，个个都矜持着昂着脸。如今，泡澡的规模也很盛大，听去过的人回来传诵，花样百般，终于出浴后又有吃饭和唱歌。诸如此类。

“休闲”的生活真的很忙碌很繁重。这倒还在其次，要紧的是，人都改了性情，变得好动不好静，停不下来。记得有一年在法国某市开奥运会，电视采访当地居民，有一对夫妇携儿带女，态度冷淡地回答，决定到郊外去避几日。人家也是现代化中的人民，却不像我们这般爱赶热闹。这次，“五一”长假不放了，却又连上双休，总数终究少了两日，但因休闲各项大都停歇，算是闲了下来。紧接着，媒体都忙着推荐节目，又要组织阅读的运动。其实，阅读也是自由的选择，全不必兴师动众。在休闲的促进下，人们反不知如何打发闲暇时光。想一想，过去的日子如何过的？那时，大多家庭没有电话，访友不能预先通知，所以，星期日下午，常常有少年在窗下殷殷切切地叫人。叫的人若不在，便掉转身回去，有些落寞的背影，走在疏阔的枝条影里。倘要是叫到人，就有两个少年，兴头头地，往哪里去？或就在枝条影里闲话。窃窃中，有一些言语和情绪积起来，养成安宁愉悦的心境。

2003 年 6 月 11 日

“知道了”

电视剧《走向共和》中，有一节说荣禄进了军机处，第一天上班，学习批折子。大臣们教他，不必那么仔细，只需批三个字“知道了”便可。在一本名为《圆明园》的清代档案史料里，读到几则奏章，具体领略了“知道了”的意思。

《圆明园》收集了圆明园修、扩、管、理，日常事务的奏折，雍正五年七月初六有一折，奏的是上等灯笼褪色的事情。从宫中领出的灯笼，到圆明园悬挂不几日，竟就褪色得厉害，于是内务府便展开调查。查到广储司皮库员外郎，回答说此灯笼原先一直存在京城库内，即紫禁城库内，本年正月才交到圆明园悬挂，派了专人看守，也没有淋雨。意思是并无失职之处，但灯笼褪色，总归是他管辖内的过失，“再无言可答”，是带了些情绪的。再查问具体看守的司库，回答却是推卸的意思，说自己并未参与交付收藏灯笼的过程，事后才调到皮库任看守。结论也是和员外郎一样的带情绪：灯笼褪色，总归是他看管的错，“再无言可答”。接下去所问委署司库、库使等人，回答基本一致，均是抽象承认，具体否认。一圈问过，督办人汇总情况，研究下来，认为各级责任人多少都有责任，于是决定依次罚为取消俸禄六个月，赔修，鞭八十。禀报皇上，皇上批曰：“知道了。”结果是——“此辈皆予宽宥”。

乾隆二十年十一月二十三日的一折，情况却没那么简单。园中一座楼阁，名为“春宇舒和”，一日夜里起火，于是铺开调查。太监们自然都是推诿，大约是事关比较重大，谁也不敢虚与委蛇说

“再无言可答”了。查到最后，只有两名当值太监含糊称，曾经到楼上取放笤帚，“未免不无遗火情节”。查办人当然不肯放过，将所有直接责任人都移交慎刑司法办，间接些的则留在内务府治罪。皇上的批旨是“知道了”，这一回“知道了”三个字却没有让内务府就此结束，而是加大力度，继续调查。到十二月初二，又上一折，说遵照“知道了”的圣旨，进一步获取新情况，即“春宇舒和”原先的首领太监走后，此位置一直空缺着，处于无人负责状态，所以将管理人士调配的太监总管一并交内务府处理。将这新进展上奏后，又得来“知道了”三个字的批旨。再接着查办。那上楼取放笤帚的太监在严刑拷打下，终于招出一项关键细节，“曾在楼上打火吸烟来着”。经办人研究处理，依次罚为流放黑龙江为奴，打牲乌喇当差，戴枷两月，鞭一百，罚俸禄一年零六个月。再奏上去，这回批旨比较明确，两个字，“依议”。由此可推见，前边的“知道了”就是严加追查的意思了，这是方才结案。

2003 年 10 月 6 日　上海

读　报

我看报纸，有时爱看报缝里的告示，比如寻人启事。凡是寻出走的孩子，语调都殷切哀情，数十个字里面，有一半是直接诉给那被寻的人听的：自你走后，祖母一病不起；或者：只要你回来，一切好商量；再有：我们错了，你回来吧！看了很替为父母者委屈，总之是，感情深的是弱势一方。也有小孩子可怜的，那就是通常在考试期间出走，十二三岁的学生，猜想必是不能达父母期望，于是一跑了之。其实，跑又怎能跑得了？其中就有一种绝望的告饶。

报缝中另有一大类是讣告，体例比较一致，先列死者的生前职务，衔头，供职单位，于何日何时何病亡故。有八十、甚至九十高寿者，亦详细表出疾患的情形，很令人感慨。因本已是天命，可算作寿终正寝，但后人并不甘心，以为倘无意外，是可好好活着，像是岁月无尽的样子。唯有至亲的人，才会这般妄想。最后是未亡人率子女婿媳孙泣告的字样，有人多的，熙熙攘攘，前呼后拥，亦有人少的，令人生出怜惜，孤儿寡母，家道便单薄了。在身份职务这一节中，有时会看见“离休”、“享局级”或者“副局级待遇”一类的注明。倘是生者，就会生出讥诮，觉着忒看不开，但是，对亡故的人，就不会从这世俗的一面计较，倒是觉着，将一人一生尽其所有，表彰于世，是代为感激，有一份淳厚的心情。曾经看过一则讣告，最是难忘，在极有限的字数中，列了亡者的品行，为“一生俭朴，勤俭持家”，取代了职位、衔头，显见得是一个平凡的人，度过平凡的一生，留下平凡的美德。

报缝文章可归为一大类，是社会新闻边缘上的，私人新闻，个人性很强，所以就有性格。“9·11”之后在美国，某地唐人街的超市门口，免费发放一种小报，专为交流华人社会的信息，整份报纸都是报缝的性质。成版的征婚广告中，有一则十分有趣，一中年男子征婚，说了自身条件，又说了婚配的要求，最后写道，如今急需多少万元资金，方可渡过危机，重整事业，不知哪一位女士愿与他同舟共济。因写得如此坦然，就不叫人生厌，还很佩服此公的率直，只是，到底功利心太重，怕是无人敢托付终身给他。

今年去浙江，看到一份《钱江晚报》，头版上有半版篇幅的文章，却是很有报缝风格。文章标题很醒目，意思是告诉杭州人一个忧喜参半的消息。文章说，经科学实验证明，有十数种食物有致癌的成分，比如腌、霉、发酵制品，而这恰巧是杭州人最爱吃的传统菜肴，如何好呢？不要紧，又有一个好消息来临，那就是，在此同时还开发出三类物质，是可抵消这十几种食品中的致癌因素，于是列出这三类食品，最后欣慰地告之，杭州人可安心了。

2003 年 10 月 6 日　上海

“围　城”

节假内去朱家角，遍地游人。宽平的新街基本由两种建筑铺陈两边，一是临时搭建的商铺，一是仿古的粉墙黑瓦翘檐楼房，人流就在这底下延长涌动，朝向新街环绕中的沿河老街。入口处拦起木栅，设了售票与检票处，每票十元。因朱家角是常来，所以此行专为买东西：粽子、扎肉、糖藕、蒸糕、桃酥、咸菜，等等。朱家角户户都在制作这些，整个小镇包裹在米熟肉香油旺的气味之中，有一股柴米膏腴的丰饶。

与检票的老伯商量，能否免票，采买完了就出来。老伯说不可，态度很绝，心里就有些气急，来回几句变成口角。横心不买票了，伺在出口一边，几次混进逆向的人群，意图潜进去。但那老伯却一直看我，每一次都捉我出来。相持一时不成，只得离开，沿新街绕老镇走，毕竟是座镇，不是园子，路通八方，终有一路可进去。沿街走至镇的侧翼，一领水泥旱桥底下，住宅正在动迁中，略显寥落。走进去，耳根刷地静下来，喧嚣全隔在外面不知多远的地方，两边残余的民居里有一二句话音，青石板路上走过二三个人。经过一段街巷，看见了河，一个小埠头，还有一领石桥，这可不是进到镇里来了？正高兴劲上，忽见前方设一售票处，两名妇女，守一具票箱，依然每票十元。因为街面狭窄，就有一人当关，万夫莫开的形势，比正面入口更难突破。只得撤回，试着从镇的另一翼进入。接近镇中心，最繁华处，也是两名妇女，守一具票箱。再从后方的左侧，右侧，偏街里，狭弄内，试着进入。关隘处，就有售票处，或在檐下，或在桥头。立在河边，见河里游船自由地梭行，与老大商量，能否登船，回答是，到售票处买票。遥望红灯笼张挂，彩旗飘飘，粽箬的香阵阵入鼻，就是不能近前。

向后门口坐着读报的老人打听，几点钟可撤除检票站，免票入镇中心。老人热忱地听我说话，切切地回答，答说：买票需上那边去买。知他耳背，又大声问一遍，回答更为恳切：票是有买的。再大声问，最后的回答是：他这里无票可买。此时，不得不作退步计，与检票女人商议，只进去一人，买了粽子即出。女人说，那就买一张票，一票十元。

从后窗望见，有人在灶前忙碌，以为是在煮粽子，推进去，却是在筛蒸糕的米粉。看来，煮粽子的人家也都圈进镇的核心地带，真是固若金汤。

最后，回到外围，停车场边，吃煎炸臭豆腐。煎臭豆腐的女人，还煎肉串、鸡杂串、鹌鹑蛋串，诸种烤串。一手操铁铲翻转，一手操竹签穿串，还要照应炉火油锅和收钱找钱，不急不躁，脸上都无油汗。问她有没有粽子，她说有，让等一时，她老公来，就叫他去拿。没等老公到，她便从人丛中捉了一个邻人，托他去镇里取粽子。又等一时，邻人骑一架没了撑竿与煞车的自行车，吭哧吭哧驮了粽子来。银货交割完毕，女人嘱道，下回来朱家角，就等在这里，电话打进去，她自会送粽子出来，电话号码就印在装粽子的塑料袋上。我们终于买到了粽子，可到底没有进得镇去。

2003 年 10 月 8 日　上海

废　都

今年冬春某日，夜游金泽镇。

据青浦县志上记：九百六十年前，“因樯人获泽如金，得名金泽。”这里的“泽”，很奇怪的通“石”字，想是青浦乡音的缘故。从县志上看，金泽很有佛缘，“一二六〇年，宋康王(高宗)南渡时曾驻坐守圩。始建颐浩寺。”“一二八八年，西域僧奔聂卜尔纳，栽植银杏树。”据记载，颐浩寺占地三万零八百平方米，共有僧房庙宇五千零四十八间，规模相当宏大，可想见当年盛况，并且延续近三百年。“一五五六年六月十五日，倭寇将颐浩寺大钟劫走，”“一六五四年，颐浩寺大雄宝殿毁于火。”逐渐式微，直至一九三七年，日本侵略军彻底破坏，从此不存。但金泽已有佛名，大庙小庙无数，到一九九一年我们去金泽时，还余有六座庙。乡里中学是在原先东皇庙址上造，到初一十五，四方香客便络绎不绝来到，对了学校院墙烧香。镇上处处有香灰烛痕，尤其桥下，因曾经桥桥有庙。所以猜想，金泽的“泽”，会不会是通“释”，佛地的意思？

二〇〇三年初，在青浦境内，邮电休养所“和欣苑”过宿，忽然兴起，与同伴前往金泽镇去。从沪青平公路行驶四公里，即转上金泽新街。照例是宽、平，未及长高的行道树，以及两边简易房屋内的店铺，一统到底，竟再无路。下车问路人：老街在哪？指示退回一领水泥旱桥，桥下便是旧镇。从桥头下去，摸进一道狭口，渐渐走上石板街，月光下可见，山墙上有“上塘街”字样。住房都老朽了，黑着门窗，剥落的泥墙上写着“吊顶”，工程队的手机号码，也是旧字迹了。一条巷子仅有一扇门敞开，投出灯光到石板地，是杂货铺，一个小孩看店，问他尚余多少老街，他却以为是问他妈妈，回说“妈妈在楼上搞卫生”，一听是外乡口音。穿过狭弄，到河边，沿河板壁房忽然吱嘎一声，推门走出一对年轻男女，提一对热水瓶，窃语着，也是外乡口音。渐渐看不见背影，月光下几是一座空城，几领拱桥的石板面散发着清光。绕回旱桥，再往另一边“下塘街”去，倒有一顶新桥，一九九九年，一家美国的电视公司拍“中国虹桥”电视片，在这里，仿《清明上河图》造成的木桥，弯度很夸张，妖娆得很，并不见宋风。簇簇新地立在老河桥上，更衬托出周遭的残砖剩瓦。遍走下塘街，只街头小屋有灯光，像是一间门房，内坐四个男人，围桌打牌，是值夜还是灯光的缘故，皆面色疲倦不振。

老街已荒芜，却可见出昔日昌盛的轮廓，河岸笔直，街平路宽，房屋整齐，高大的山墙在夜幕上画出天际线，是金泽的旧影。在一犄角里，几间披厦后面，露出一石门，上刻有“耶稣堂”三字。县志上记，一九一一年，天主教始在此布道；一九一五年，耶稣教始来金泽布道。

2003 年 10 月 8 日　上海

男之俊

我母亲曾经赞颂过两个男人的好看，一是京派言派嫡传言兴朋，就友情邀约，客串电视剧《曹雪芹》中的曹雪芹，我母亲的评价是：漂亮，但依然是个男人！另一位是香港电视剧《上海滩》里的周润发，母亲用了八个字：静若处子，动若脱兔。

我看到的最好看男人，很奇怪的，多是僧人。有一年去山西五台山，一进山，便镇住了。只见满目袈裟的明艳的黄，衣袂飘兮，底下皆是打一副白或黑的绑腿，足上一双草鞋。许是因为西北人种交汇异变的缘故，几乎统是直鼻额。还因为吃素，念经，物质生活简单，所以就瘦，又都削发，头颅及脸颊的轮廓均清晰、简练。大约是在出家人的世界里，他们一扫处身人群的拘谨落寞表情，显得十分昂然。佛珠或悬挂颈上，或缠绕腕间，不经意地拂捻玩耍，一派天真。

我还在上海热闹的街头看见一名僧人。午后一点左右的阳光，略偏地直射，通透的亮。那师傅沿了街徐徐地走。瘦面长身，着一领长袈裟，颈上垂一条雪白围巾，散着，随风而动。肤色白净，五官清秀，照理会有女气，可是不。是出家人的缘故，全然不令人想到性别，就像观音。这是我所见过的，称得上“玉树临风”的姿态。次一等的有日本电影 *Shall We Dance* 里的男主角，大明星，我却说不上名字。

再有，我看见过一张西藏小活佛的照片，小小的男孩，坐在金碧辉煌的宝座，侧畔是一名青年喇嘛，穿一领紫红袈裟，一条袖子

2005 年在香港岭南大学讲演时与同学们合影

2006年作代会上与老同学陈世旭(右)、莫伸见面(见《回忆文学讲习所》)

挽在身后，裸出半边臂膀，鹤颈猿臂，透出着虔诚的温柔。用一个冒犯的词：性感。

俗话说，男要俏，一身皂，皂色是大艳。倘顺其道而行之，花哨到顶，热闹至极，也是大派。就像京剧里的“净”行，就是的。有一次，在电视上看采访一对草原兄弟，大风雪中护住羊群，人畜平安。此时，面对镜头，他们换上了过年穿的新袍子，絮得厚厚的，宝蓝色的缎面上，绣了同色的福字团花，系大紫大黄的宽腰带，黑平绒面马靴。紫外线照射成的紫铜皮肤，紧紧绷着高颧骨，勒出一双蒙古种的单睑细长吊梢眼。看他们受了辛苦，而今暖暖和和地安怡着，真是好看。

曾在夜行的火车上遇见过一个标致的男人，三十多正当年的年纪，高大俊拔，眉眼十分周正，在黑暗的车厢里，几乎放出光来。他的漂亮给人印象是俊俏的一种，与他长大的身型不符，有一些轻，甚而至于，怎么说，有一些受过侮辱的感觉。这大概是因为他的眼睛太“水”，笑容又甜，就显得媚了。人可以吃苦，但不可以受侮辱，受侮辱的人总是不好看的，对男女都一样。

2003 年 10 月 19 日　上海

女之倩

我向不怎么爱好模特儿的美，觉得太标准化，与性格无关了。大约是科学的因素，由最初的“黄金分割定律”起头，人体的比例线条日渐量化，便成概念了。尤其是女性，因原本形态更丰富微妙，此时删节一切闲余之笔，精确得简直不太像人。古典油画上的维纳斯，总是有些赘肉，还不够匀称，显出某一种个别的生活，对身体具体的影响力，这是什么生活？似真似幻，既感官又精神的享乐生活，爱和美的生活。这是人性的好看。

是不是因为文艺复兴在意大利兴起，艺术家们大概都依着意大利女人的样子画圣母。所以，凡看意大利电影，就觉着里面的女演员都像圣母，哪怕是个粗作女佣。就想，圣母原是这样的，有烟火气息，有膂力，才能生下耶稣，扛起人类顶罪的重活。于是，那健阔粗鲁里便见出了崇高感。

中国唐代的仕女图，也看得出崇高的美感，稳妥持重的仪态。强盛的大王朝，审美自然趋向壮大，有体积和重力。大户旺族也讲这个，比如《红楼梦》，众人都以为太过纤巧，而薛宝钗长相“敦厚”，才可做贾家的子媳。

现代社会，神权皇权全颠覆了，审美便也走向民主。倒也不是文艺复兴时代的民主，那时候有英雄，小民都有崇高心，保持了壮美的观念。今天是全民的社会，不承认有精英，所以肯定在细微处做文章，走到精致处，再另辟蹊径，现代的审美多有些古怪的。

我却还喜欢堂正的女人的美。多年前，在拥挤的火车上，见一女人立在过道，脚下是坐卧的旅人，还有行李，气氛惶悚。她背靠火车座椅的侧面，从背上的兜里掏出毛线活，一针一针悠闲地织。她的安详从容，就有一些壮美里的意思。目下的影视明星中，我新近找到一个，就是赵薇。以前因讨厌“小燕子”的轻佻，不乐意看她，最近看了几回，发现她竟有些古代的壮美，龙眼狮鼻。倘有开天辟地的故事，她可演女娲。

崇高的美，还是和处子的纯洁并在一起，不是说，圣母是从天意受孕？处子的纯洁不止来自于年轻幼稚，更关乎于精神的清洁。不久前，在瑞典遇到一位旧友，曾是派遣北京的外交官，当时是金发碧眼的美人，十多年过去，添了岁数，可依然觉着她美。仔细想一想，是因为她完好地保存有处子的表情，温柔的羞怯。这使她显得很可宝贵，不可冒犯。崇高的美必是这样的。

2003 年 10 月 27 日　上海

家有传奇

上海要开设电影频道，顿时感到这时代的丰饶，日日夜夜，时时刻刻，电影从我们生活中无尽地流淌。看电影曾经是一件大事，它带有传奇的意思，调节着平淡的家常日子，它引动着我们的感情，却并不伤及身心，使我们在安全的处境中体味各色经验。对这些经验的好奇甚至超过了对那些真实发生的，因为它更富于色彩。我舅舅家曾经养了一只可爱的小狗，母亲一直筹划要带我们去看它，却没有成行。不久，它就患了痢疾，生命垂危。有一晚，舅舅打电话来，报告小狗熬不过今晚，让我们在它临终之时看它一眼。可我们最终决定不去，而是去看电影，这晚的电影名叫《以革命的名义》，在我家附近电影院最末一场放映。小狗在第二日清晨死去了，我们到底没有看见它。

在安徽农村插队时，有一回相隔十数里的村庄放电影，是我们庄嫁去那里的一位姊妹捎信让她兄弟去看，消息便传开了。于是，那晚我们庄的姊妹媳妇还有年轻爷们儿，吃了饭便往那里去了。我们庄到那里，也没有一条正经路，大多路途，是在宽宽窄窄的堤上走，天很快黑到底，一不留神，就从堤上溜下去，几双手把人提上来，再继续走。磕绊着到了那庄场上，人头黑压压一片，老远的有一方银幕，我们还只能站在堤上看。也不晓得是机器的缘故还是放映技术的缘故，几乎每一分钟断一次片。那晚的电影是越南故事片，《森林之火》，其中有一个跳神的场面，那巫师在断续中唱着“天灵灵，地灵灵”，人们便断续地哄笑，是这电影最热烈的高潮。

看罢电影，下弦月已经起来，路倒亮堂得多，年轻人就唱着“天灵灵，地灵灵”往回走，寂静的乡野变得沸腾。

在我们家门前，是一个女中的操场，夏天的夜晚，有时会在操场上放露天电影，这是令人兴奋的时刻。我们在狭窄的窗台上放个小板凳，很危险地站在上面，踮脚翘首，方可看见半截银幕，并且是从背面，于是人物场景全是反着的。片子都是旧片子，已经看过了，但这样在家里看电影，却别是一番乐趣。一桩遥不可及的事情，忽然彼此间接近，抬手可及。这并没有削弱电影的传奇性，而是，使生活变得戏剧化了。这大约有些开通电影频道的意思了。

如今，电影走入寻常人家，使人疑惑的是，它的储量。它的储量够如此消耗吗？而且，当这些传奇多到满坑满谷，超过了日常事件的量，会不会反过来，平常的生活倒变成传奇戏剧了？现代生活真是不可思议，就让我们等着看，这剧情如何往下走吧！

2003 年 12 月 7 日　上海

香港的说梦人

多年来，西西和她所居住的地方，香港，保持着静默的距离。她似乎有一种奇异的能力，就是不让自己蹈入香港的现实，而是让香港谦恭地伫立在她的视野，任她看，想，然后写。这是一个虚构者和现实世界的典型关系，不是唇齿相依、痛痒相关的亲密的性质，反是间离的，越行越远，最终至于海市蜃楼。它是真实和梦境的关系，而文字将此梦境固定下来，使之免于消散和流逝。

我想，西西的梦又和真实的梦不同，她不是在睡里进行，相反，她是以抗拒睡眠来进行的，就像《飞毡》里的某些人物，肥土镇的天文台长，他的朋友——一个“在纸面上飞行的人”，美丽的少女花艳颜，他们都是有幸看见飞毡，甚至乘飞毡飞行的人——所以，连西西的梦都是虚构的。香港是这样一个充满行动的世界，顾不上冥想，如西西这样，沉溺在醒着的梦境里，无功无用，实在是这世界分出的一点心，走开的一点神。所以，西西其实是替香港做梦，给这个太过结实的地方添一些虚无的魅影。

梦里的世界总是变形的，这点，西西的梦和真实的梦相仿，眼睛摄入的事物到梦里，就变成另一种情形——成人都变成孩子，有着天籁童贞；孩子呢，则成了先知；事态的演变不是循既定的逻辑，而是依人的心智，就好像上帝说要有光，就有了光；繁荣盛事呈现出苍凉的底色；寂寞的心却像花一样开放；古人穿越时间隧道寻找近代的旧相识；今人则溯流而上古觅求知音；空间打开新的维度，又关闭了旧的……而无论如何离奇怪诞，它最终又一定能镶嵌契合，自圆其说，合为一体。

这个做梦人有着怎样的眼睛和头脑呢？她似乎另有一种原理和逻辑，还有能量，可将原有的世界全散为互不关联的碎片，它们四处飞扬，旋转，忽然之间，各就各位，一下子携起手，组成一个全新的世界。或者换一种说法，如弗吉尼亚·伍尔芙描绘艾米莉·勃朗特："她朝外望去，看到一个四分五裂、混乱不堪的世界，于是她觉得她的内心有一股力量，要在一部作品中把那分裂的世界重新合为一体。"这个世界不定比原先的合理，却更合乎人道。这个世界也不定比原先的坚固，它甚至相当脆弱，但是，它有着异常的亮度，多棱地照射，激起反光，交互相错，发出魅惑的引力。

在突厥国度的果鲁果鲁村里，编织飞毡的手艺其实很平常，可却年经日久失传，还因为地处偏僻失传，又因为进化中的变异中断遗传。可是就有那么一些人，幸运地保留了这个禀赋，于是，她就变成自由自在于芸芸众生人世之上飞翔俯瞰的那个精灵，将暗沉沉的梦魇化作良辰美景。

2005 年 12 月 12 日于香港至上海 KA800 航班

岭南大学

岭南大学地处屯门，临青山公路，与九龙、港岛隔一脉大屿山，它的环境有些使我想起书上看到的，抗战时期的西南联大。周遭的住宅楼约半是政府为迁移居民所建的屋村，其他也因偏于一隅而价格低廉，因此，所住大多黎民百姓。四下也无写字间或行政机构，所以，路上见不到白领和公务员类型的人，少见着西装携公文包的男女。岭南大学的师生，在此很显眼，是读书人的模样。

附近有一个商圈，名“富泰中心”，内有百佳超市、麦当劳、汇丰银行这些连锁点，但似乎也并没有因此而与外面的大世界有了联系，它依然是独立自守的。它是这一带的活动中心，购物，理发，洗衣，饮茶，以及社交，大人孩子穿了拖鞋睡衣呼叫往来，其中当然也有岭南的师生。在茶餐厅张着告示：岭南师生可凭证件优惠。届时，拿了账单来到收银台，亮一亮工作证或学生证，里面的人搭一眼，便会意地给出九折，节余虽不多，可也有一种岭南的优越感。这茶餐厅的人其实能认出客人大概，因都是熟客，那些常换常新的面孔，无疑也是岭南的了。掌管店务的男子，年约四十上下，体魄即便在北人中也算高大，并且丰肥白皙。他当门一立，凡滚梯上来的人都要请进去坐，要是他人在店内，有人上来却不得招呼，他便从店深处大声斥责那些跑堂，我不懂广东话，但听出是责骂他们不接应。上客多的时刻，他则大碟小碗，跨着轩昂的步子在餐桌间穿行。起先当他老板，后听学生说，知道他只是替老板管店的人，算是个经理吧！但凭他尽心和得意的程度，应当是老板的知己。有一日生意略清闲，见他挤坐在客人椅上，热烈地说话，又觉得他也是顾客的知己。

据说只近两年，才有这一条西铁通往屯门，在岭南这一站，叫“兆康”。因铁路穿行，这里多少有些开放的空气。不过新建的宽敞大堂，相对于客流，还是显得冷清了。也有些店铺，糖果店，糕饼店，杂品店，光顾者只是过路乘客，并没有像“富泰”，聚成中心。似乎那些店铺太过清洁，大堂又太肃穆，不宜随便。临走时去退交通卡，后边等候一个阿婆，并不嫌慢，而是帮着留意计算，指出西铁职员多给了我款。等那职员解释清楚我是退多张卡，又累积给她看钱数，她才放心道：我是怕你搞错！就好像是那人的母亲。

在“富泰”的街角，总是停几辆计程车，静静等候上客。因我急迫要去火炭，乘上一辆。司机先向我说明路途的遥远，车资不菲，后见我决意打车，便十分地高兴起来，一路聊天，而香港的计程车司机向来是缄默的。他准确地辨出我是岭南的，问我从哪里来，几时来，又几时走，要不要他来送我去机场。最后，他将我送到荃湾换红色车的地方，看我走到车阵的头上，方才道着再见离去。看那车后影，跃跃的，因不欺不瞒地做了一单好生意，踌躇满志。

岭南大学，就是处在这朴素的地方，这似乎很合乎知识的本意。

2005 年 12 月 14 日　上海

指路的小孩

屯门有一条轻铁，沿途一边是街道，一边是山坡绿地。站台是敞开的，立着刷卡机，自己刷卡。站在月台上，看闲花野草，楼宇路人，过一时，有电车驶来，行行的路轨声在高远的天空下散得很远。于是，就有一种悠闲。

头一回搭轻铁去天水围看朋友，半路上与一个小孩同行。那是个胖胖的男孩，穿一条肥大的短裤，颈上挂着八达通交通卡，手里提一具黑色的乐器盒，肩上的布袋里想必就是乐谱了，是星期六上琴课或者下琴课回家。看他神情严肃身负要务的样子很有趣，便逗他，指他的盒子说：欧勃？又说：长笛？他先还绷着，后就绷不住了，鼓鼓的脸颊咧出笑容。第三遍猜：梵俄铃？他用劲点一下头，猜对了。于是，我们就唱一段小提琴基础课程“开塞”练习曲，与他套近乎。他不说话，只是笑，就此我们与他之间，就有了些默契。然后，轻铁站到了。

搭乘的情形比预想的要复杂。首先，同一个站台上却有多条不同方向的线路，其次，我们要去的天水围似乎不在任何一条线路上。于是，招来新识的朋友，请他指点。他默想片刻，胖胖的手指头在线路图上指定一个点，表示是我们应乘的那路车；沿线爬行一段，停下了，表示我们需抵达的地方；停一会儿，手指头跳到另一条线路上，这回的意思是换车；然后，迅速爬行，直至天水围，停下。指点完毕，他便走开去，与我们保持一段距离。车来了，才知道他与我们上同一路车。壅塞的人群，将我们的视线阻断了，有几次，我见他转着头寻找我们，脸上流露出焦急的表情，但等找见我们，却又立即回过头，看前边人的脊背。到他指定换车的站，原来是个枢纽大站，车上人尽下去，他遥遥对了我们，指出一个方向。顺他指点走了几步，不料，已到对面站台的他，又转身奔来。他努力交替滚圆的小腿，将小提琴盒提高到膝盖以上，好避免磕碰，就更吃力了，肩上的布袋就拍打着他的身子。我们不由停下脚步。他一边跑，一边用手再次强调地指点，使我们明白走错了。这一回，他引领着我们走到正确的站台，还是站在一段距离以外。车站上熙来攘往，他与我们，就像茫茫人海中的知遇，聚散无常的样子。等驶往天水围的电车靠站，小孩看我们上车，才放心离去，乘坐他自己的车。

从他手提的三分之二小提琴看，他不会超过十岁的年龄，却一个人辗转搭车上下琴课，还负起为陌生人指路的义务，一路负责到底，已有成人的心志。从头至尾，他基本没有说话，怕我们听不懂他的广东话，大概还怕我们笑话他的普通话，极少又极关键的几个字，是用英语说。唯有那“开塞”小提琴练习曲的旋律，为我们作沟通，于萍水中结交。

2005 年 12 月 15 日　上海

手 艺 人

在我们周围，生活着许多手艺人，他们与我们有着一种类似肌肤亲昵的关系。比如理发师，他知道你头发的厚薄、色泽、质地；比如鞋匠，他知道你的脚型、落脚是轻是重、走步有哪些偏倚，还知道你有些什么样的鞋；同样对你的家当有所掌握的是洗衣店里的烫工，他们对你衣服的材质、款式以及你的审美取向一清二楚；再有裁缝铺的那对夫妇，他们知道你的三围。

这些手艺里的功夫，不是一朝一夕练成。你看如今遍地涌出的发廊，切莫以为成长起了多少手艺人，其实那多半是操某种暧昧的营生。测验的标准有一条，就是会不会光脸。我如今常去的一家是我父亲生前选定的，理由就是他们会光脸。我当然不需要此项服务，但这证明了他们是堂正的手艺人。烫工和裁缝的技艺同样不可小视，现在人大多着洋装，洋装是立体结构，要仔细追究，几乎可涉及解剖学领域，闪烁着科学之光。鞋匠也很不容易，鞋是所有穿着里最象形肢体的部件，而它又吃力最重，支撑着全身分量，也是和科学有关，涉及的是力学。

中国老话说：无须黄金万贯，只需一技在身，所以，手艺人大多有一种心定的表情。有一次在路边摊修理皮包带，那鞋匠手摸皮包立马说出它的产地。夸他有眼光，他微微一笑，慢慢告诉道，他原是皮鞋厂技工，后来辞职出来开皮件厂，皮件厂最终倒闭，于是就做了路边摊的鞋匠。说起来是沧海桑田，神色却是淡定自如。弄内那一个裁缝铺，夫妇二人来自南通乡下，租半间临时建房，白天铺裁衣板，晚上铺床。每月房租两千元，外加水电煤。弄内人家和施工民工，送的活多半是缝改补缀，换一条拉链七元钱，缝一条豁口两元。正经的缝纫活，也不过二十五元一条裙子。所以他们从天明做起，那盏灯一直亮到夜深。四下里都沉寂了，发廊掩紧的门里有着一些动响，他们的亮就显得光明正大。

这些手艺人带着世袭的意思。我原先父母家所在的愚园路上，有一个老鞋匠，患肺疾去世，他在弄口的一方地盘，约有一平方米，传给了他的女婿。我曾住过的镇宁路弄里，那一个鞋匠则将他的小席棚传给了兄弟——他兄弟的才艺、头脑都差他好几筹，性子又鲁勇，生生将我的鞋“修”坏几双。我曾怀恋地打听他哥哥去了什么地方，回说早已不做这一行了。做什么呢？做家庭录像，先是替人打工，后是有了自己的生意，已经在上海的莘庄买下房子。如今我光顾的鞋匠，闲时总是看书，想他是不是也要另谋发展。手艺人中的精英，似乎都要离开本行。那一对裁缝夫妇，暑假期间女儿从乡下上来小住，四年级的小学生，朗朗地读着英语，竟没有口音。父母也不像打算让她继承手艺，显见得手艺人愈来愈少了。

2006 年 4 月 22 日

小　范

在我们这一带收废品的女人，姓范，人人都称小范。她原先是一家国营厂的工人，国企改革的潮汐中，工厂几度停，几度起。有一度，很奇怪地，是生产火油炉销给海湾战争中流离失所的伊拉克人民。不知道是谁，又是怎样得到这么一份订单，它将我们生活的一隅向国际社会开放了，还带有风云际会的意思。当然，结果是同样的，火油炉又滞销了，工厂再一次停工，工人们各自另谋生路。

小范她踩一辆三轮脚踏车，上海俗话叫“黄鱼车”，空的来，满的去。从各家各户收来旧报纸、旧书刊、废纸、易拉罐，再送往废品收购站，从中挣一些菲薄的差价。她在这一带人缘很好，人们都将东西留着，专等她来收。她呢，一点机会都不舍得遗漏。所以就两头黑地做，从没什么节假日之说。有一回，家中积攒的报纸废纸多了，她却老不来，便提出去，藏在消防楼梯的门后，觉得相当隐蔽，结果还是被人取走了。小范得知后，竟然一层楼一层楼地询问，自然问不出什么，十分的生气。还有一次，她又有一阵子没顾上来，最后她的丈夫代她过来收取。她的丈夫，同她一样，也是一家国营厂的工人，此时工厂半开半关，于是，他便有时做，有时停。我对他说：弄堂里也不时有收废品的摇铃经过，但是——这个瘦削的男人敏捷地拦住我的话：那些流动收废品的人秤都不足的！我的下半句其实是“让生人上门总归不方便”，他这样理解我的意思让我挺感动，因为他那么珍惜我的废品。以后，无论废品在家里堆积多久，带来多少不方便，我都一定等小范上门，决不随便处置。

要说他们挺不容易的，两个人都没有稳定的收入，还要供养一个儿子。儿子读的是大专一个美术设计，好歹读出来，却又向哪里找工作？这城市到处是美术设计的大专、中专、职高。

但是小范并不给人凄苦的印象，她拦腰系一个腰包，脚蹬跑鞋，头发剪短，压一顶旅游帽，全副武装的样子。一辆“黄鱼车”踏得风快，如果遇到走路蹒跚或提东西的人，还让他们上车带一段。她把废品码得见棱见角，如是下雨，再蒙上一张塑料雨布，四边掖齐，远远地看，就有点集装箱的风格。

有时看她在树底下歇晌，吃一块糕饼或者一根雪糕，和人闲聊着天，可见她并不苛待自己的。后来呢，她又配了一个手机，使大家方便找她。总之，她将这种劳作的生活过得挺有趣。但她又不是混沌的，对将来有着计划，就是，苦一些钱，给儿子讨老婆，那时候，将一室户的房子给小辈，她和男人回乡下，所以还要攒够养老的钱。不过，事实却比预想的要好上一点点。有一位居民，就是她收废品的人家，应该也称作“客户”吧，给她的儿子找到一份公交车驾驶员的工作。当然，之前，她已经花了一笔钱让儿子考到了驾驶执照。在日复一日的劳动中，小范的生活好起来了。

2006 年 4 月 22 日

寻根二十年忆

一旦提起那个年代，许多人和事便簇拥着过来，排序和情节都杂乱着，纠成一团，显出万般的激动热闹。我说的那个年代，指的是二十年前，即上世纪八十年代中期，文学运动潮起的日子。

有一日，阿城来到上海，住在作家协会西楼的顶层。这幢西楼早已经拆除，原地造起一幢新办公楼。虽然样式格局极力接近旧楼，但到底建筑材料与施工方式不同，一眼看去便大相径庭。那时，阿城所住的顶楼，屋顶呈三角，积着一些蛛网与灰垢，底下架一张木板床，床脚搁着阿城简单的行囊。他似乎是专程来到上海，为召集我们，上海的作家。这天晚上，我们聚集到这里，每人带一个菜，组合成一顿杂七杂八的晚宴。因没有餐桌和足够的椅子，便各人分散各处，自找地方安身。阿城则正襟危坐于床沿，无疑是晚宴的中心。他很郑重地向我们宣告，目下正酝酿着一场全国性的文学革命，那就是“寻根”。他说，意思是，中国文学应在一个新的背景下展开，那就是文化的背景，什么是“文化”？他解释道，比如陕北的剪纸，“鱼穿莲”的意味——他还告诉我们，现在，各地都在动起来了——西北，有郑义，骑自行车走黄河；江南，有李杭育，虚构了一条葛川江；韩少功，写了一篇文章，《文学的根》，带有誓师宣言的含意；而他最重视的人物，就是贾平凹，他所写作的《商州纪事》，可说是“寻根”最自觉的实践。阿城没有提他自己的《遍地风流》，是谦虚，但更像是一种自持，意思是，不消说，那是开了先河。

阿城的来上海，有一点像古代哲人周游列国宣扬学说，还有点像文化起义的发动者。回想起来，十分戏剧性，可是在当时却真的很自然，并无一点造作。那时代就是这么充盈着诗情，人都是诗人。

想不起来是之前还是之后，事情就是这么壅塞着，总之，是不久的前后。《上海文学》在杭州开会，到会者有阿城、李陀、郑万隆……加上杭州的李杭育，“寻根”的骁勇江湖会合。其时，我在徐州探亲，收到会议通知，已临到会期，立即忙着买车票。从徐州往杭州，直达只有一班北京发出的普通快车，经停徐州，每日只有寥寥几张坐票。去找一位铁路工作的朋友搞票，那朋友表示了为难，眼看赶不上会期，心中十分失望。在作雪的阴霾里，悻悻地走回，只觉得寂寞和荒凉。而此时此刻的江南杭州，则热气腾腾。后来，许多与会者向我转达那次会议的情形，最集中描绘的是阿城发言。他讲了三个故事，内容亦已忘了，或者是转达者没说清楚，似乎阿城对那三个故事并不作任何解释，归纳出什么道理，所以，便给我一种禅机的印象。那时候，听阿城说话，就是像参禅，而我们又都缺乏慧根，只感到有光明透来，却觉悟不得。

再然后——这个时间是明确的，一九八四年和一九八五年之间，第四次作代会上。有一日听说，阿城要来拜访贾平凹，这两位“寻根”领袖的会晤，使我们很是激动。午饭后，我和季红真就等在京西宾馆的大门口，多时，看见阿城骑一架自行车，从北地苍黄的太阳光里穿越而来。他下了车，在我们的伴送下，走过辽阔的院子，一路上没有与我们搭话，进到贾平凹的房间，第一句话是：我能在这里洗个澡吗？回答是可以，于是进了浴室，掩上门。这才叫高人相遇，不动声色，内里是无限的玄机。就像是《棋王》里的王一生，平常时的饭囊，一旦出手，便是刀光剑影。小说中最后以一当十的弈棋场面，如何的恢弘！

就是在这一次会上，方创刊的《中国作家》，编辑和主编冯牧，与我谈《小鲍庄》的修改意见。一日中午，我们这些青年聚在冯牧前辈的房间，其中有坐着轮椅的史铁生，由陈建功推来赴会。大家前倾着身子，听冯牧说话。冯牧戴一顶睡帽，就像在自家的客厅内，对我们这些后辈并无一点高仰，更无一点屈就，而是十分的坦然。那时候，真的是有规矩，长是长，幼是幼，既有前人，又有来者。回想起来，都有泫然之意。会后不久，我的《小鲍庄》便在《中国作家》第二期刊登，同期上的还有莫言的《透明的红萝卜》。

2006 年 6 月 6 日　巴黎

月儿弯弯照九州

看《秀才与刽子手》，我喜欢那个举着半个纸月亮的女人，唱道："月儿弯弯照九州，几家欢乐几家愁。"天真朴拙得就好像灶前田头，乡下人要开讲，讲的却是国家大事。朝廷兴衰，江山易主，一旦入了渔樵闲话，多半成家长里短。农妇羡慕皇帝娘子的生活，奢华不过午觉醒来，伸一个懒腰，喊道：太监，递个柿饼来尝尝——就有点那个意思。

那秀才和刽子手，可说是旧制度的代表，而且，挺具象征性的，秀才一改读书人的文弱纤细，是膀大腰圆；刽子手呢，本是力气活出身，却精瘦短小。看起来，二者都是涵养深，前者将内心修道放为外功，后者则将外力收作内功。亦可视作入了偏道，暗示两种制度式微或变种。可是导演并没在此做理论功课，他就像那个举纸月亮的女人一样，意只在讲故事，讲乡下人的故事，也叫作民间讲史。

再说这两个不搭界的人，却互为知遇。刽子手识秀才，识的不是他的道德文章，而是他的好身坯。虽是刑房里的人，并不懂什么酷刑不酷刑，只识得刀下的货色，也是职业精神。秀才识的是刽子手的馒头和馄饨，读书人的生活总归是清贫的，但安贫乐道，他未必信奉"学而优则仕"，一年年的科考已让他上瘾，也是职业精神。然而，饭总是要吃的，哪怕向刽子手讨得一口半口，好在是用写家书抵账的，多少和知识生活有了干系。要说，他们又都入了偏道，可是歪打正着。

后来，秀才落魄到给当铺的朝奉做塾师，受小孩子的欺凌。那朝奉是择偶人之一来扮演，作为世人的代表。商贾本是儒道正业之外的末流，当铺又几是趁火打劫挣昧心钱，竟卑鄙到用当死的夜壶来利诱秀才，可谓拔毛的凤凰不如鸡。再要挣一点做人的志气，还是靠他的知遇刽子手。此时的刽子手也落魄了，落魄到杀猪开肉铺，用猪肉哄哄自己的刀口。照理，君子是要远庖厨的，可吃饭要紧，又关系到做人的志气，只得两害相权取其轻，妥协一头了。这两个失意的人在人生的末途相遇，凄然好比“同是天涯沦落人，相逢何必曾相识”。

这样，就要提到栀子花这个女人了，她是这两位的启蒙者，为命运的转折点铺了道路。只有乡里民间才可生出这样聪明剔透的女人，社稷朝廷，政治大舞台，是男人的世界，捭阖纵横，其实不过是鲁勇，再加上奸诈，就称作文治武功了，哪里能像这些乡下女人，得天地之灵秀。比如，浙江的“九斤姑娘”，桂林的“刘三姐”，《西厢记》里的“红娘”，《牡丹亭》里的春香，想来也都是从乡下买的丫头。这里的栀子花，先给两个失魂落魄人谋了生计，再洗了脑。她又不是硬拗着来，而是顺风顺水转过舵，变通的意思。刽子手开猪肉市，她摆的是行刑的排场，秀才破戒试刀，则是应天试的谱。大老爷们儿，且都是有气节的人，那么，就成全他们，搭一个台阶，好让走下神坛。圣人不是说，“尔爱其羊，吾爱其礼”，周礼不存了，暂且给个“羊”吧！这也是民间说史，乡下人的历史观。改朝换代之际，不是《桃花扇》里的侯朝宗，顺变逆道；也不是王国维无从安置精神取向，投未名湖；还不是革命者批判的眼睛里，阿Q式的懵懂不醒，他们是乐陶陶地劳动、吃饭和睡觉，自存其身，要不怎么能有百姓黎民呢？谁坐江山，都少不了百姓黎民，这才是国家大计。其实呢，是对天地自然的尊敬，乡下人不是有一句话："老天不打吃饭人。"在此天条之下，乡下人看什么都是发噱的，越严肃正经，他们越好笑，文艺家叫作谐谑剧，他们叫作滑稽。这乐天就来自信仰，信的是生活。生活的力量是强大的，强大过意识形态。到末了，那秀才不也是娶妻养家，剁肉如剁泥；刽子手呢，粗通文字，想来是要自写家书，秀才自家有馒头馄饨，不必充作廉价劳动力，两下里都自食其力，独立于世。这不就是民主社会的图景吗？乡下人讲史，不也讲到民主这一节了？编剧和导演没有和我们讲道理，历史也进步了，这就是故事的能动性了。

看完戏，回头想想，禁不住有些后怕，怕的是编剧给了导演这么多形式主义的机会，其实也是陷阱——人和事都很奇出，偶人们的歌舞更可玩招数，郭小男，东北人，挺汉子的，要赶着上，一条道能走到黑，可到底不上套，保持了朴素的叙事。却也不是板板六十四，该出手时还得出手。比如刽子手的美梦里，偶人将面具摘下，挂上了绞刑架，真的别出心裁，又象形，又有惊怵的美，还很俏皮。那举纸月亮的女人，一幕天青之下，只凭自己的腿脚走动，都有些大盗不动干戈，像日本古老的文乐，木偶操纵人直接站到台上，搬动偶人的脚手，简直有《诗经》的意境。要是没底气，是可动用多媒体的，可唯有此，才是这故事的本义，也是郭小男工穷之后工。《牡丹亭》的满台繁花，如今偃息下来，剪叶节枝，独见一株光华。

2006 年 11 月 7 日　北京

2006 年 3 月 9 日这一天

这是第十届全国政协第四次会议中的一日，上午休息，前日与宗璞先生联系好，早饭后便打一辆出租车往北大。按老师给的路线在一红门前下车，路对面便是中关村，人车熙攘，店铺，楼房挤挨，看去十分热闹。进门内顺甬道走，时而清静，时而喧哗，过勺园，停有出租车，如一小集市，问了几个师生，看到了网球场，但还是不知燕南园在哪边。走过网球场，一道坡路却扑向眼前，沿坡上去，气象渐转变，越来越静谧。虽是初春，北地还是冬日景象，草木萧条，走到一具龟驮石碑前，不敢乱走，打电话给老师，等老师的陪护小高来接。等在碑底下，左右望望，好似入了古画。不一时，见小高从古画深处跑来，赶紧迎上，一同去老师家。

老师的房间很暖和，家具略有些满，凡事伸手便可及得，就十分舒适。老师问我开会的情形，我一一告之，说到我们小组的成员，怕老师有所不知，特强调组员中多有名人之后，某某人的后代，又某某某人的后代。老师说：何不专成立一个后代组？我就笑。接着老师又问开会讨论有无谈到“冰点”，我摇头。看起来，宗璞老师虽然家中坐，与世事并不隔膜。最终，还是谈到《红楼梦》。老师问对刘心武谈《红楼梦》有何看法，我说很好，“三春”最有意思。老师也很有兴趣，却以为对湘云命运的解释似还不够，第五回太虚幻境看册子，关于湘云那一节，末一句为“湘江水逝楚云飞”，湘云应是早逝。我献宝似的说余英时有一观点，即黛玉和宝钗实为一人，老师说这是早就有的“宝黛合一说”，为俞平伯的见解。我又提出一意见，黛玉弹琴在前八十回中未出现，是出自高鹗笔下，这一形象与黛玉颇不合，黛玉是天人，不当操艺，老师想了想，只说，是没大必要，听来并不是热烈地赞同。谈话时，窗外院子里喜鹊闹喳喳的，也是古时的喜鹊吗？

午饭时，小高出去叫出租车，饭毕，车已停在院门前，老师特嘱咐，这是参加两会的代表，要及时赴会，万不可迟到。上得车去，出租车司机便说，倘遇堵车或别的意外，我会申请特别通行。不过，一路顺畅，适时抵华润宾馆，赶上一时半发车。

下午，人民大会堂。天气极好，从下车地方往大会堂，煌煌的太阳地里，风从宽阔的地坪浩荡而来，天地泱泱。会程是大会发言，印象较深的是一女委员，谈到农民工进城之后家庭问题，配偶间及子女教育存在的困境，觉着很有社会关怀，因农民工其实是我们最基本的建设者，但他们的基本利益并未得到保障，劳动者应安居乐业。

大会发言毕，已五时许，车回华润，虽有特行通道，但高峰期间难免受堵，进宾馆，再进电梯到房间，已六时许。进门就接到刘庆邦电话，说前日聚会意犹未尽，想今晚再聚一次。于是，他又分头通知，我则在房内等他们到齐。一小时之后，下到门口，刘恒、刘庆邦、阎连科及阎连科的车都停在夜色里。上车茫茫然向前去，沿通惠河。这一带均不熟，转入一条小街，沿街尽是"农家菜"小馆，进去一家，专烹驴肉。找一桌坐下，由刘恒点菜，叫来小姐，小姐一应声，举座皆惊，小小的女孩竟声若洪钟。因驴肉是招牌，所以要了一大盆，上来后却极咸，难以入口，又叫来一小姐，请求设法修改，这小姐应声亦洪亮如钟，刘恒惊讶道：你们是姐俩吗？小姐笑而不答，端进驴肉，复又端出，附一碟白糖，说，请自行调配。饭毕，都不想分手，阎连科开车在宽阔的街上茫然地行驶，找到一个茶室，又下车入内。茶室倒颇清静，极尽雅致之所能。这才安下心坐定。先是谈及刘恒的《张思德》，我喜欢开完追悼会后扫地的那一幕，刘庆邦则喜欢“老张”，但是，难道刘恒从此不写小说了吗？于是，谈到小说。近午夜出得茶室，空气特别清明，天是无尽的高，黑到透蓝。刘恒忽然说了一句：我们怎么在谈小说了？是啊，不知觉中，谈了一晚的小说。

2006 年 12 月 17 日

麦田物语

我插队的地方，是淮河流域的平原，一年两季作物，一季麦子，一季黄豆。种豆的记忆都是与农作的劳苦联系在一起，犁去麦茬，耩下黄豆，由于牲畜不足，总是七八个人拉一具耩；黄豆出芽长叶正逢盛暑，锄豆子的活计就拉开帷幕，豆苗匍匐在地上，叶间漏出灰白的地皮，锄板划开，有深褐色的新土翻出，转眼又叫烈日晒干；也不知老天爷如何算计的，挂豆荚的当口，一定连日大雨，豆地变成一片汪洋；倘若侥幸适时退水，便露出稀疏低矮的豆棵，未熟已衰，收获亦是戚然的，镰刀在枯瘦的豆棵里划拉，干瘪的豆荚裂出豆粒儿，滚在板结的地上——那是耗尽膏腴的土地，来不及歇地一茬接一茬耕种，多少嗷嗷待哺的口在等着。而麦子却是这贫瘠土地的亮光。麦子的长势总是比较顺利，经过夏季的风雨动荡，秋冬是安谧静好的，麦种就在这时候着床睡眠，然后苏醒，正迎来生机勃勃的春天。即便是在这里，疲惫不堪的土地上，春风依然是撩人的，麦子在这时节长起来了。可怜见的，它依然算不上茁壮，但却按时按令地拔节、抽穗、灌浆，你真是要惊讶大自然的手笔，它造出了什么呀！麦秆挺直，叶片修长，再扭扭地垂下，麦粒儿排列得端正，麦芒齐刷刷。我们那里有一个耕种的习惯，就是将豌豆间播在麦地里，麦子黄了，豌豆正好绿了，麦芒呢，亮闪闪。看麦的，割草的，走路的，尽可以下到麦田间，摘嫩豆角，连壳吃，甜津津的。等麦子割倒，打下，麦粒儿里滚着豌豆粒儿，磨成的面，绿莹莹，蒸出的馍，也是绿莹莹。

收麦的日子，阳光明媚，麦棵在刀口悄然倒下，拦腰扎成捆，举上大车，砌起黄金的城，辘辘走过大路，进了庄。麦秸的色泽特别光亮圆润，巧手的姊妹将麦秸捋平，编成戒指和手镯，套在结实黝黑的指和腕上。麦秸是庄户人的宝，茅草房漏了，是用它苫房顶；倘要是烧锅，就一定是烧最好的待客的饭食，麦秸火着得快，烧得透，燃得尽，蒸发面馍，发得老高，贴饼子，几蓬火就红了锅底，饼一下子透了；麦秸铡成麦穰子，细细洒在半熄的火上，星星点点明灭着，锅里的稀饭就黏稠了。在收割的麦地里，用麦秸燎麦子，火灭烟起，一股子麦香扑面而来。总的说来，烧麦秸是奢侈的事情，因麦穰是牛半年的口粮。起房子时，麦穰是和在泥里做土坯，就像水泥里的钢筋，是庄户人的建材。最不济的麦秸，是用来填毛窝，毛窝是农人冬天的御寒装备。苘麻编成鞋壳，填进麦秸，伸进脚去，全身都热了。那留在地里的麦茬，被犁铧翻起来，作了豆地的草肥，养育歉收的秋庄稼。麦子就是这么温润着农人清寒的岁月，点亮了黯淡的视野。

我们那里还有一种麦子，叫作荞麦。当大水彻底淹没豆地，播种的节令也错过的时候，还赶得及种上一季快熟的庄稼，那就是荞麦。在地势略高，退水早的地里，赶紧撒下种，几乎转眼间，出土长叶开花。荞麦花是白色的，在我们村庄田地的高处，平地里还泥泞着，沤烂着倒伏的豆棵，可这里那里，是纯洁的荞麦花，就像在安慰受委屈的心。荞麦的果实却是黑黄的，有一股子韧劲，特别难对付。刁蛮的老婆婆算计刚过门的新媳妇，第一顿饭就让做荞麦面馍。新媳妇的手插在面里，拔也拔不起来，和面的黄瓦盆摔烂了，面还在手上。要能做好荞麦面的饭食，就什么也难不倒了。

我曾经在小说《上种红菱下种藕》里写道，船老大载和尚走水路，让和尚讲故事听，和尚的故事里有一则，讲的是江西的觅宝人。这觅宝人跟循的宝脉断了踪迹，却已远离家乡，身在荒僻，眼看山穷水尽，却忽然老鼠洞里挖出一把麦种，于是开荒下种，来年长出一片麦田，觅宝人想，这大约就是他要找的宝了。陈雨航先生看到这一节，忽来电话，说有无限的感慨，这时方才意识这麦田也是那麦田。埋头往格子纸上栽字儿，竟是落到“麦田”。就这样，人常常看不到自己的喜欢，有一次，朋友喜得贵子，命我起名，我给的就是一个“麦”字，也才知道心里一向存着什么。这大概就叫作“缘”吧！

2007 年元月 19 日　上海